Magdeburg im Jahre 1482: Die Hansestadt verfügt über eines der fruchtbarsten Kornanbaugebiete – die Börde. Das vom Kaiser bestätigte Stapelrecht monopolisiert den Kornhandel der Stadt, die ihre Ware über Hamburg vor allem nach England verschifft.

Die Hochzeit zwischen Richard Alemann, Sohn einer Magdeburger Patrizierfamilie, und Regina Jessen, Tochter eines Hamburger Kaufmanns, soll also nicht nur die Liebe, sondern auch die gemeinsamen Handelsbeziehungen festigen.

Doch dann findet Richard die Leiche des ermordeten Kaiserlichen Rats Wulffenstein. Ein blutverschmiertes Dokument steckt ihm im Rachen; mit dem Siegel des Kaisers, gerichtet an die Hansestadt Hamburg. Als man Richard als Mörder einsperrt, löst der alte Jessen die Verlobung und reist abrupt ab. Sein Weg führt ihn in die Börde, zu Adela Braunböck von Alvensleben – der Herrin des Korns.

Welche Verbindung besteht zwischen den beiden? Haben sie den Mord an Wulffenstein in Auftrag gegeben? Die Zeit drängt: Richard sitzt im Gefängnis, und Regina ist die Einzige, die an seine Unschuld glaubt …

Waldtraut Lewin und ihre Tochter Miriam Margraf sind ein erfolgreiches Autorinnen-Gespann. Gemeinsam haben sie bis heute mehr als 12 Bücher veröffentlicht. Beide Autorinnen leben in Berlin.

WALDTRAUT LEWIN / MIRIAM MARGRAF

Weiberwirtschaft

Ein Hansekrimi

Die Hanse

Bibliografische Information der Deutschen Bibliothek

Die Deutsche Bibliothek verzeichnet diese Publikation in der Deutschen Nationalbibliografie; detaillierte bibliografische Daten sind im Internet über http://dnb.ddb.de abrufbar.

Umschlaggestaltung: Susanne Reizlein, Hamburg
Motiv: Detail aus Albrecht Dürer, »Felicitas Tucher, née Rieter«, (1499)

Herstellung: Das Herstellungsbüro, Hamburg
Satz: Greiner & Reichel, Köln
Druck und Bindung: Clausen & Bosse, Leck
Printed in Germany

ISBN 3-434-52810-5

Informationen zu unserem Verlagsprogramm finden Sie im Internet unter www.die-hanse.de

DIE PERSONEN

Tiberius von Wulffenstein, Kaiserlicher Rat, kann den Hals nicht voll kriegen

Adela Braunböck von Alvensleben, Witwe, die »Herrin des Korns«, versteht sich aufs Rechnen

Andres und Claus, ihre Kinder, sehen dem Kaiserlichen Rat unheimlich ähnlich

Graf Gero von Barby möchte der lachende Dritte sein und benutzt dazu etwas rüde Mittel

Der *Hauptmann* einer Landsknechtrotte ist besser als sein Ruf

Der *Tolle Michel*, auch Erzengel Michael genannt, hat ein Faible für Kinder

DIE HAMBURGER:

Senator Oswald Jessen, Vorsteher eines Handelshauses, besitzt ein überbordendes Temperament, das ihm manchmal Streiche spielt

Regina, seine Tochter, hat dergleichen geerbt, und seinen Starrsinn dazu. Im Übrigen ist sie die Venus und Pallas des Saeculums

Ulrich Sendeke, sein Adlatus, behält nicht immer einen kühlen Kopf

Lukas, Diener im Hause Jessen, kennt seine Herrschaft in- und auswendig

Margrete, Kammermädchen Reginas, ist sich ihrer Stellung sehr bewusst

DIE MAGDEBURGER:

Schöffe *Marcus Alemann* feiert die Heimkehr des verlorenen Sohnes nur sehr kurz und tappt ins Fettnäpfchen

Gesine Alemann, seine Eheliebste, gefällt sich in Verkleidungen

Richard, beider Sohn, kommt nicht so recht dazu, seinen Posten als Stadtschreiber zu genießen

Elsabe, Gesines Magd, ist immer da, wenn man sie braucht

Erdmann Eippe, Nachtwächter, ist auch dann da, wenn man ihn nicht braucht

Stadthauptmann Atzdorn hat ein Talent, sich nach der Decke zu strecken

Richter Thalbach blickt nicht immer durch

DES WEITEREN:

Wendelin Röhrer, Gastwirt zu Grabow, ist beflissen, aber ein bisschen vergesslich

Sein Kollege, der *Mühlenwirt zu Burg*, verleiht pausenlos Pferde

... und viele Statisten, wie Bürgermeister, Schöffen, Ratsherren, Stadt- und Landvolk ...

1. KAPITEL

In welchem Richard Alemann in verschiedene unerfreuliche Situationen gerät und einige Speculationes anstellt

Man kann unmöglich einen Roland anpinkeln, dessen war sich Richard Alemann durchaus bewusst. Einen Roland anzupinkeln ist ein Sakrileg, schließlich ist er das steinerne Symbol der Stadtrechte und der gerichtlichen Oberhoheit über das ganze Terrain. Aber der Sockel war so verführerisch für jemanden, den die Blase drückte!

Die Nacht war mondklar, an Rathaus und Ratswaage erkannte man jede Verzierung im Mauerwerk, und das Denkmal des Kaisers Otto warf einen scharfen Schlagschatten über den Marktplatz. Richard guckte sich kurz über die Schulter um. Lieber den Roland als den Kaiser! Er zwinkerte der glotzäugigen, gepanzerten Gestalt mit dem erhobenen Schwert kurz zu und murmelte: »Nichts für ungut, Gesell!«

Der Samttalar erwies sich als ziemlich unpraktisch, wenn man an seinen Hosenstall wollte. Richard fummelte herum, knurrte wütend. Er kannte sich mit dergleichen Kleidungsstücken nicht aus, und nach den vielen Humpen Zerbster Bitterbier waren seine Finger nicht mehr die geschicktesten. Als er gerade so weit war, vom Leder zu ziehen, drang ein gellender Ton in seine Ohren. Die Tute des Nachtwächters, verdammt! Hastig knöpfte sich Richard wieder zu, lehnte sich an Rolands linkes Bein und presste die Knie zusammen. Mit etwas Glück würde man ihn nicht sehen. Hauptsache, der verzog sich schnell wieder!

Aber da kannte er Erdmann Eippe schlecht. Erdmann Eippe hatte zwar fast siebzig Jährchen auf dem Buckel und ging krumm wie ein Fiedelbogen, aber seine Augen waren noch immer luchsscharf. Mit seinem watschelnden Gang, der an einen überfetteten Dachshund erinnerte, kam er schnurstracks auf das Monument des Stadtgerechtsamen zugewankt, die Tute am Mund, die Blendlaterne hoch erhoben, ein kurioser Dreiklang, immer zwei Eippe-Schritte, dann das Klingklong der Pike. Noch ein Tut-Ton, dann krähte der Nachtwächter sein Sprüchlein: »Hört, ihr Leute, lasst euch sagen / die Glock hat zwölf geschlagen!« (Tatsächlich, so spät schon?, wunderte sich Richard.) »Bewahret Feuer und auch Licht / Dass unsrer Stadt kein Schad' geschicht! Lobet Gott den Herrn!«

»In Ewigkeit, Amen«, murmelte Richard mechanisch, während die durchdringende Stimme in einem Atemzug weitermachte: »Was treibt Ihr Euch da am Roland herum, Richard Alemann, zu nachtschlafender Zeit?«

Er kannte ihn. Natürlich kannte ihn der Alte, noch aus der Zeit, wo er im Kinderkittel herumgelaufen war und ihm einmal eine tote Maus auf die Pike gespießt hatte (die Sache kam heraus und bekam ihm übel). Eippe kannte jeden in Magdeburg und wusste wohl auch von jedem die Lebensgeschichte, soweit sie sich denn innerhalb der Stadtmauern abgespielt hatte. In der Hinsicht allerdings war er bei Richard deutlich im Hintertreffen – der war schließlich nach längerer »Herumtreiberei« gerade erst wieder nach Hause gekommen.

»Wir haben ein bisschen gefeiert, Erdmann«, sagte er und kniff die Beine fester zusammen – das Zerbster Bitterbier! »Gab ja Grund genug dazu.«

Der Alte musterte ihn abschätzig. »Die Ernennung zum Stadtschreiber? Oder die noble Verlobung?«, fragte er. Es klang nicht sehr ehrfurchtsvoll. Der Miene von Erdmann Eippe konnte man im Licht seiner Blendlaterne deutlich anmerken, was er von beiden Ereignissen hielt: So einer wie der junge Alemann ist eben mit einem silbernen Löffel im Maul geboren!, sagte diese Miene. Da kann einer jahrelang in der Weltgeschichte herumvagabundieren und Gott weiß was treiben, aber kaum kommt er nach Hause, so werden für den verlorenen Sohn alle Kälber der Umgebung geschlachtet. Da wird das Patriziersöhnchen nicht nur liebevoll zu Hause aufgenommen, sondern kriegt gleich noch die Bestallung beim hochwohllöblichen Magistrat hinterhergeschmissen und dann als Beigabe gleich noch 'ne reiche Braut!

»Beides, Meister Erdmann, beides!«, gab Richard zurück. »Eine schöne und würdevolle Feier im Hirschen ...«

»Klar, drunter tut man's nicht bei den Alemanns und Gerickes und wie alle heißen! Im Hirschen muss es sein. Und – ist sie annehmbar, die Jungfer Braut?« Dieses Grinsen war ein bisschen zu viel der Anmaßung, fand Richard. »Habt Ihr nicht noch Eure Runde zu gehen?«, sagte er schroff. Was so viel hieß wie: Mach, dass du wegkommst, und scher dich nicht um anderer Leute Angelegenheiten!

Der Alte zuckte die Achseln. »Hab ich. Und Ihr, junger Herr Stadtschreiber, seht zu, dass Ihr in Euer Bett kommt! Zerbster Bitterbier, wie?« Er leckte sich kennerisch die Lippen.

Richard musste lachen. Erdmann kannte sich aus. »Zerbster, ja«, bestätigte er, »und Süßwein aus Malaga und gebranntes Wasser.«

»Soll ich Euch stützen?« Der Nachtwächter bewegte sich nicht vom Fleck. Bestimmt ahnte er, was der junge Mann am Roland plante ...

»Geht schon. Gute Nacht, Meister Eippe.« Richard löste sich tapfer von dem steinernen Mal und marschierte bemüht in Richtung Elbufer. Dann eben unter der Brücke. So weit würde er es schon noch schaffen.

Erdmann Eippe sah ihm nach. »Peppellork«, murmelte er. »Bürschchen von fertigem Geld. So etwas sitzt nun im Regiment unserer Stadt ...«

Er tutete wütend.

Halb rutschend, halb laufend bewegte sich Richard im Eiltempo die glitschigen Stufen gleich neben der Elbbrücke zum Strom herunter und trat dabei mehrfach auf den Saum seines edlen Amtsschreiber-Talars, des Zeichens seiner frisch gebackenen Würde.

Schließlich zog er ihn kurzerhand aus und ließ ihn an einem Busch hängen. Bei dem, was er vorhatte, war das Ding mehr als hinderlich. Mit einem Seufzer der Erleichterung ließ er locker. Der prachtvolle Strahl spritzte in hohem Bogen gegen den vordersten Brückenpfeiler, da war überhaupt kein Ende abzusehen.

Neben Richard gluckerte das Elbwasser, schwarz mit silbrigen Mondreflexen. Der Strom war das Ein und Alles der guten Stadt Magdeburg, ihr Lebensnerv und die Quelle ihres Reichtums, verknüpfendes Band zwischen Böhmen, wo es Silber und Rubine zu holen gab, bis hoch nach Hamburg, der Partnerstadt und hanseatischen Konkurrentin, und von da aus weiter nach England und um die halbe Welt. Richard, während er sich zunestelte, atmete den kühlen Geruch des Wassers ein, das Faulige des Uferschlamms, das Fischige von den Verkaufsbänken weiter stromaufwärts.

Gute Elbe, treuer Strom! Richard lächelte vor sich hin in seiner Beschwipstheit. Zwei Städte vereint durch den Bund der Hanse und durch den Strom. Und er nun auch sehr bald verbunden mit der Stadt an der Nordsee durch das Band der Ehe ... Regina! Regina Jessen. Eine Vernunftehe, Geld zu Geld, Handelshaus mit Handelshaus verbandelt, so war es geplant und von ihm billigend in Kauf genommen. Er hatte ja nicht geahnt, was für ein Präsent ihm da überreicht wurde mit dieser Regina Jessen! Ein Blümlein, ein Kronjuwel! Er hatte im Stillen das Gesicht verzogen, als man ihm vorher erklärt hatte, die Jungfer Jessen sei gebildet wie ein Scholar, sie könne zudem singen, tanzen, musizieren, reiten, fechten und verstehe sich auf die Beizjagd. Zu viel des Guten!, hatte er innerlich gestöhnt. Wenn man einem Frauenzimmer derart viel Bildung angedeihen lässt, muss ja irgendwo der Haken sein. Wahrscheinlich ist sie so hässlich wie der Boden eines rußgeschwärzten Kochtopfs.

Das war wirklich eine angenehme Überraschung gewesen, als das gut gewachsene Frauenzimmer bei der Verlobungszeremonie den Schleier hob und ihr Gesicht enthüllte!

Richard war weit herumgekommen und hatte in Welschland,

bei Rom, die Statuen der alten Götter und Göttinnen gesehen, die sie da neuerdings aus der italienischen Erde hervorgruben. Da war eine Pallas Athene dabei, eine Göttin der Weisheit – ganz so sah seine anverlobte Braut aus, und ihre Augen waren grau und wie Sterne unter der weißen, klugen Stirn. Was das wohl für ein Brautbett gibt mit so einer Schönen? Er grinste vor sich hin.

Seine angenehmen Liebesgedanken wurden jäh unterbrochen durch ein merkwürdiges Geräusch, ein Schnarchen oder Gurgeln. Wildsäue triben sich keine herum mitten in der Stadt, und schon gar nicht am Elbufer, Fischotter gaben andere Töne von sich, und an Wassergeister glaubte der weltläufige junge Mann nicht.

Hatte er sich geirrt? Hatte ihm sein noch immer benebelter Kopf irgendwelche Gespinste vorgegaukelt? Aber nein, da war es wieder, dieses Geräusch. Klang ziemlich unheimlich.

»Holla, wer da?«

Keine Antwort. Richard lockerte den Dolch im Gürtel und schritt beherzt auf das Dunkel unter dem Brückenbogen zu.

Da war etwas. Ein dunkler Klumpen. Ein Mensch.

»He, was treibt Ihr da?«

Die zusammengesunkene Gestalt gab keine Antwort. Nur wieder dieses unheimliche Gurgeln oder Blubbern. War da einer, mit Verlaub, noch besoffener als er und schlief seinen Rausch unter der Elbbrücke aus?

Der da lag mit dem Gesicht nach unten, halb im Wasser, ganz verhüllt von seinem großen Mantel, und unter ihm breitete sich eine dunkle Lache aus …

Richard Alemann war mit einem Mal nüchtern. Das war nicht der erste Verletzte, Zusammengeschlagene oder Zerstochene, den er während seines Wanderlebens gesehen hatte. Vielleicht konnte man helfen.

Kurz entschlossen packte er die Gestalt an den Füßen, zerrte sie heraus aus den Elbschlamm, der schmatzend nachgab, hervor unterm Brückenpfeiler und ins helle Licht des Mondes. Ein schwerer Kerl. Richard fasste nach, drehte seinen Fund um – und unterdrückte mit Mühe einen Aufschrei.

Der Hals des Mannes über dem von Blut geschwärzten Kragen klaffte weit auf. Das unheimliche Geräusch war das verzweifelte Ringen des Abgestochenen nach Luft. Bei jedem Versuch, Atem zu holen, lief ihm mehr Blut den Rachen hinunter in die Lunge. In seinem Mund steckte so etwas wie ein Knebel. Aber was das Schrecklichste an der ganzen schrecklichen Angelegenheit war: Richard kannte den Verletzten. Es war noch keine Stunde her, da hatte der auf die Gesundheit des jungen Paares und auf Erfolg im Amt den Pokal gehoben, im Gasthaus zum Hirschen. Der Halbtote hier war der erlauchteste Gast des Festes gewesen, der Kaiserliche Rat Tiberius von Wulffenstein.

»Edler und gestrenger Herr!« Richard hob den Kopf des Mannes an und entfernte mit Mühe den Knebel aus seinem Mund. Es war ein Stück Papier, das man ihm fast bis in den Hals geschoben hatte. »Sprecht, wenn Ihr könnt! Wer hat dergleichen an Euch verübt?«

Aber da war keine Antwort mehr zu erwarten. Wulffenstein rochelte, gurgelte, würgte – und dann brach ein Strom von im Mondschein schwarz aussehenden Bluts aus seinem Mund, ergoss sich über ihn selbst und bespritzte seinen Helfer über und über.

Ein letztes dumpfes Grunzen, dann fiel der Kopf kraftlos zur Seite. Der Kaiserliche Rat Tiberius von Wulffenstein war mausetot, und Richard sprang mit einem mühsam unterdrückten Fluch beiseite und begann, so gut es ging, das Blut von seinem Wams zu wischen. Eine üble Sauerei und nicht gerade das, was man sich als Abschluss eines festlichen Tages wünschte.

Richard war übel. Er setzte sich für einen Moment abseits und versuchte seine Gedanken zu sammeln.

Wulffenstein war nicht gerade jemand gewesen, den man sich zum Freund wünschte. Der Kaiserliche Rat war bekannt als Schmarotzer und schamloser Absahner, dabei von schroffem, hochfahrendem Wesen und ohne Humor. Keine Gefälligkeit, keine Vermittlung irgendwelcher Vergünstigungen bei der Kaiserlichen Majestät, die er sich nicht reichlich vergüten ließ, keine größere Festivität, zu der er nicht eingeladen wurde, wenn er in der Nähe war, weil es allen natürlich eine Ehre sein musste, eine so hoch gestellte Person unter den Gästen zu wissen. Und in der Nähe war er leider in magdeburgischen Landen ziemlich häufig. Es trieb ihn immer wieder in die Bördegegend – in Geschäften, wie es hieß. Hinter der vorgehaltenen Hand wurde gemunkelt, dass er irgendwo eine Liebschaft hatte, die alles andere als standesgemäß war.

So weit, so gut – oder schlecht. Kein Mann, um den man unbedingt weinen musste – obwohl es sicher schwer fallen würde, dem Kaiser klar zu machen, wieso sein Legatus in der guten Stadt Magdeburg auf so barbarische Weise den Löffel abgeben musste – und dem Ansehen der Magdeburger war das sicherlich nicht förderlich.

Und hier lag der springende Punkt. Richard wusste, wie wenig zimperlich die Magistrate hierorts und anderwärts waren, wenn es um die Aufklärung eines Mordfalls ging – und nun gar um einen so hoch angesiedelten Mordfall! Und deshalb hatte er, Richard Alemann, frisch gebackener Stadtschreiber des Hohen Rates, nicht die geringste Lust, in diese Geschichte verwickelt zu werden. Was also tun?

Richard gab sich einen Ruck und näherte sich wieder der Leiche. Man musste dem ja wenigstens die Augen schließen und ein Vaterunser für seine arme Seele sprechen. Wenn er bedachte, mit welch begehrlichen Glubschaugen Wulffenstein seine Braut gemustert hatte vor noch kaum einer Stunde …

In seinem frommen Bemühen wurde er gestoppt, weil er auf etwas Glitschigem ausgerutscht und um ein Haar auf die Leiche gestürzt wäre. Mit einem leisen Fluch griff er nach dem, was ihn fast zu Fall gebracht hätte. Es war das mit Blut und Speichel verschmierte Dokument, das er Wulffenstein aus dem Rachen gezerrt hatte, an einem Ende baumelte das kaiserliche Siegel. Eklig und grausig zugleich. Trotzdem. Dieses Siegel … Man sollte doch vielleicht einen Versuch machen, zu lesen, was man dem edlen Herrn so tief in den Schlund geschoben hatte. Richard nahm das schlabbrig-feuchte Ding mit spitzen Fingern und verstaute es in seiner Gürteltasche. Und als er dem Toten mit dem Daumen ein flüchtiges Kreuz über die Stirn zeichnete und ein schnelles De Profundis murmelte, fiel sein Blick auf die rechte Hand des Mordopfers. Sie war weit hinter den Kopf zurückgebogen, als ob jemand anders sie in diese Position gebracht hätte. Und diese Hand hielt etwas umklammert: einen gut gefüllten Geldbeutel.

Kein Raubmord also, war das Erste, was Richard einfiel. Aber was dann? Zu all seinen Erfahrungen in der Fremde, die sich vom Landsknecht in Milanos Diensten bis zum Schatzmeister eines venezianischen Nobiles erstreckten, kamen ein paar Semester Jura, die er in Bologna belegt hatte, hinzu. Aber die halfen ihm auch nicht viel weiter in diesem Fall. Jedenfalls war ein Ermordeter, dem man das Geld nicht abgenommen, sondern in die Hand gedrückt hatte, etwas ziemlich Ungewöhnliches. Demonstrativ, gleichsam als Zeichen – wofür? Dass Wulffenstein käuflich gewesen war, das wusste jeder, der mit ihm zu tun gehabt hatte. Kurz entschlossen beugte Richard sich vor und nahm den Beutel aus der noch nicht erstarrten Totenhand. Und da sah er die ungelenken Schriftzüge – fast hätte er das Corpus Delicti wieder fallen gelassen. Jemand hatte mit Blut, mit dem Blut des Opfers, auf diesen Beutel JUDAS geschrieben.

Der junge Mann lehnte sich an den Brückenpfeiler, spürte wohltuend die Sonnenwärme, die das Gemäuer jetzt in der Nacht noch abstrahlte – ihn fröstelte. Aber sein Kopf war wieder klar.

Also, da hatte der edle und gestrenge Herr Kaiserliche Rat offenbar den Hals nicht voll kriegen können. Hatte sich von jemandem bezahlen lassen und den Kontrakt nicht eingehalten. Und dieser Jemand war darüber ungeheuer erzürnt. Und irgendeinen Grund musste er haben, gerade hier, in der Hansestadt Magdeburg, dieses makabre Zeichen zu setzen – als Warnung? Als Drohung? Als grausamen Scherz? Zumindest musste er angenommen haben, dass diejenigen, die den Toten finden würden, das Zeichen deuten konnten.

Nun, er, Richard, hatte keine Ahnung. Er kannte sich in den innerstädtischen Intrigen, den politischen und kaufmännischen

Verwicklungen seiner Heimatstadt noch nicht wieder aus, war erst zurückgekommen aus der Fremde. Er war der Letzte, um hier eine Deutung zu versuchen. Aber er hatte nun mal diese Leiche gefunden.

Was tut ein pflichtbewusster Stadtschreiber in so einem Fall? Er geht zum Stadthaus und alarmiert die Wache. Dann wird man ihn befragen, wieso *er* denn diesen Toten gefunden hat. Und leider kannte er sich ziemlich gut aus in den Methoden und Denkweisen solcher Leute, wie es der Hauptmann der Stadtwache war. Sensibilität war deren starke Seite so wenig wie Scharfsinn. Richard wurde der Halskragen zu eng. Dieser Tote kam äußerst ungelegen. Sie würden – schon aus Bequemlichkeit – aufs Nächstliegende verfallen: Der Finder ist auch der Mörder. Sie würden ihn ins Verhör nehmen. Sie würden ... Richard sah schon seine gerade erst begonnene Karriere im Stadtrat genauso den Bach runtergehen wie die Heirat mit der grauäugigen Athena Regina Jessen.

Andererseits, wenn das ein ganz gewöhnlicher Raubmord war, wenn da bloß jemand mit durchschnittener Kehle am Elbufer lag, wenn es da kein Rebus zu lösen galt – dann würde das zwar ein höchst bedauerlicher Zwischenfall sein, und seine Vaterstadt hätte sich bei der Kaiserlichen Majestät unendlich zu entschuldigen –, aber welcher vernünftige Mensch ging schon nach einer durchzechten Nacht unter die Brücke? Das würde immer mitschwingen bei dem, was auch immer demnächst gesagt oder getan wurde.

Richard Alemann fasste einen Entschluss. Mitternacht war vorüber, beim ersten Dämmerlicht, also gegen fünf Uhr in der Frühe, würden die Flussfischer unterwegs sein, deren Kähne hochgezogen auf dem schlammigen Ufer lagen. Sie würden den Toten finden. In den paar Stunden, so hoffte der junge Mann inständig, würden die Ratten ja nicht gleich ihr Werk tun ... Es schüttelte ihn. *Er* jedenfalls war nie hier gewesen. Und das Papier in seiner Tasche, das sollte wohl genauso wenig hier herumliegen wie der Geldbeutel mit der Aufschrift JUDAS – Verräter.

Er schob die Geldkatze unter sein Wams. Schlug noch einmal das Kreuz über dem Toten. Und da hörte er auf der anderen Seite des Pfeilers, nicht einsehbar von seiner Stelle aus, schlurfende Schritte. Kam der Mörder zurück?

Richard sauste, so schnell er konnte, die Treppen hoch, das Herz klopfte ihm bis zum Hals. Vom Brückengeländer aus versuchte er auszumachen, was da unten vorging. Er beugte sich weit vor. Wo war dieser Mensch, zu dem der schlurfende Schritt gehörte? Da unten war niemand. Nur der dunkle Klumpen lag da, der Tote. Aber etwas schien sich zu bewegen um ihn oder unter ihm ...

Bisher war er leidlich kaltblütig gewesen. Aber jetzt, im Nachhinein, packte ihn auf einmal das blanke Entsetzen. Ohne nach rechts oder links zu gucken, stürmte er am Ufer entlang, bog in die Klosterstraße ein. Nach Hause.

Erst, als er erschöpft auf sein Bett sank, fiel ihm ein, dass er das Emblem seiner neuen Würde, den samtenen Gelehrtentalar des Stadtschreibers, irgendwo an der Elbe in die Büsche gehängt hatte.

2. KAPITEL

In welchem Richard Alemann unversehens inkriminiert wird und die Frauenspersonen erste Initiativen ergreifen

Der Schreck ging ihm durch und durch. An Schlaf war nicht mehr zu denken. Er richtete sich auf, schwenkte die Beine wieder von der Bettstelle, auf die er in voller Montur, inklusive Stiefel, gefallen war, und entzündete den Leuchter an der Flamme des Öllämpchens, das als Notbeleuchtung auf dem Tisch brannte.

Ruhig Blut, Richard!, ermahnte er sich selbst. Mach dich nicht verrückt. Was wird schon geschehen? Irgendein Fischer oder Fährmann wird kommen, wird den Mantel finden noch vor der Leiche und ihn so schnell in seinem hoffentlich geräumigen Schnappsack verschwinden lassen, wie man eine Hand umdreht, um das kostbare Samtgebilde irgendwo auf einem Markt zu verhökern. Hab Vertrauen in die Unehrlichkeit der Leute. Kein Mensch ist heutzutage so brav und fromm, dass er so ein Fundstück abliefert. Also von da droht keine Gefahr.

Und wenn du nun schon wach bist, dann mach dich einfach daran und untersuche das, was du da mitgenommen hast am Ufer von dem Kaiserlichen Rat, Gott möge ihn selig haben – obwohl ich, was das angeht, nicht so ganz sicher bin.

Richard goss sich einen Becher von dem Rotwein ein, den man vorsorglich an seinem Bett parat gestellt hatte, stellte den Geldbeutel mit der Inschrift vor sich auf den Tisch und zog das zerdrückte Schriftstück aus seiner Tasche.

Das kaiserliche Siegel deutete darauf hin, dass es sich um eine wirklich bedeutungsvolle Urkunde handeln musste, ein Privilegium oder eine Schenkung vielleicht. Vorsichtig versuchte der junge Mann, das übel zugerichtete Pergament zu glätten, um den

Inhalt zu entziffern. Aber das war vergebliche Liebesmüh. Blut und Speichel hatten alles durchnässt und die Buchstaben unleserlich gemacht. Da waren nur noch Flecken und Schlieren, wo vorher Worte und Sätze gestanden hatten. Entmutigt wollte Richard das Ding beiseite schieben. Aber dann entdeckte er gleich zu Beginn, unter dem verschmierten Klecks, der wohl einmal das Anfangsmajuskel gewesen war, noch ein paar Großbuchstaben, kunstvoll verschlungen. Ein »A« war da zu erkennen, und nach einer Lücke –»BURG«. Magdeburg? Dazu war der Abstand zwischen dem A und dem letzten Wortteil nicht groß genug. Eigentlich passte nur noch ein Buchstabe dazwischen. Hamburg? Was für ein Unfug. Wenn Wulffenstein ein kaiserliches Dokument für eine der beiden Städte in seiner Tasche gehabt hätte, wieso hatte er auf der Feier, wo er sogar noch eine hochtrabende Rede geschwungen hatte, nichts davon erwähnt? Das ergab keinen Sinn.

Inzwischen verfluchte Richard sich selbst. Welch ein Dämon hatte ihn geritten, dass er diese beiden Dinge an sich genommen hatte? Bologna war schuld daran, das Studium, das seine juristische Spürnase entwickelt hatte, seine Freude an kniffligen Fällen. Aber hiervon hätte er wirklich lieber die Finger lassen sollen. Das war ein heißes Eisen, so viel stand fest.

Wulffenstein hatte ein Dokument in der Tasche gehabt, das auszuhändigen ihm nicht mehr gelungen war – für wen auch immer es bestimmt war. Offenbar hatte derjenige, der scharf auf die in diesem Dokument aufgezeichneten Privilegien war, ihn geschmiert – und nicht zu knapp, wie Richard mit einem Blick auf den Beutel feststellte. Was da durch die feinen Maschen des Geflechts hindurchschimmerte, waren nicht etwa gemeine Silbertaler, sondern Goldgulden.

Einem anderen hatte das nicht gepasst. Er hatte dem Rat aufgelauert (aber warum begab der sich an einen so obskuren Ort wie das Elbufer?) und ihn abgemurkst. So weit, so schlecht. Bloß, wäre es nicht das Einfachste gewesen, das Pergament zu vernichten, das Geld einzustecken und abzuhauen? Warum musste diese ziemlich pathetische Inszenierung mit der blutigen Schrift und dem in den Hals gestopften Schriftstück stattfinden?

Wulffenstein sollte von den Magdeburgern gefunden werden. War das Ganze als Mahnung oder Drohung an die Stadt gedacht – und wenn ja, was hatten die Stadtväter mit dem Kaiserlichen Rat ausgeheckt?

Im Nachhinein kam Richard die Anwesenheit des Mannes auf seiner Verlobungs- und Einsetzungsfestivität gar nicht mehr so harmlos und zufällig vor. Hatte er nicht mehrfach mit Gericke und Göder, den beiden führenden Patriziern im Stadtparlament, in einer Ecke gehockt und getuschelt?

Zum Teufel mit der juristischen Neugier! Richard nahm einen tiefen Schluck aus seinem Weinbecher. Das Dokument konnte man verschwinden lassen. Aber dieser Geldbeutel – schließlich war er kein Dieb. Während seines Wanderlebens, ja, da wäre ihm so ein Goldsegen hin und wieder schon recht zustatten gekommen. Aber jetzt, gerade wo er in aller Form ins reputierliche Leben eines Magdeburger Stadtschreibers und verehelichten Mannes einziehen wollte ... Er war ein Mitglied der Familie Alemann. Und das Ding mit der Aufschrift JUDAS war wie ein Fangeisen am Bein, eine Kugel für Galeerensträflinge.

Es gab keine Lösung für das Rätsel. Und es gab eigentlich nur zwei Möglichkeiten für ihn. Entweder sofort hinzugehen zu Erdmann Eippe oder der Patrouille der Stadtwache den grausigen Fund zu melden und die beiden Corpora Delicti abzuliefern – was endlose Verhöre und Unannehmlichkeiten, wahrscheinlich sogar Verdächtigungen nach sich ziehen und den Ruf der Familie wie seinen eigenen beschädigen würde – oder das ganze Zeug erst einmal in einer Ecke verschwinden zu lassen, wo es so schnell keiner vermuten würde, und Gras über die ganze Sache wachsen zu lassen, bevor man sich behutsam jemandem anvertraute. Dem Vater vielleicht. Oder sogar der schönen Braut? Vielleicht fand sie dergleichen aufregend, wer weiß?

Als er mit seinen Gedanken so weit gekommen war, erhob sich Richard kurz entschlossen, packte Beutel und Dokument und steckte sie in seine Kleidertruhe, ganz unten unter die nach Terpentin riechenden Winterpelze. So. Das war weg. Nun blieb nur zu hoffen, dass sein Talar so bald wie möglich einen Interessenten finden würde. Wie gesagt, er vertraute auf die Unehrlichkeit der Menschen.

Als er meinte, so mit allem ins Reine gekommen zu sein, schleuderte er die Stiefel von den Füßen, streckte sich wieder auf seinem Lager aus und zog die Bettdecke bis zur Nasenspitze. Jungfer Regina Jessen! Morgen würde er mit einem Blumengebinde beim Quartier seiner Braut vorbeigehen, Rosmarin für ewige Treue und Gelbveigelein und Rosen, mit blauer Seide gebunden, als Zeichen seiner beständigen Liebe …

Unter den angenehmsten Gedanken schlief er ein.

Richard Alemanns Spekulation auf die Unehrlichkeit der Menschen ging nicht auf – das wurde ihm spätestens klar, als er die Augen öffnete und vor seiner Bettstatt zwei grimmig dreinschauende Angehörige der Stadtwache erblickte. Einer von ihnen hielt seinen schönen Gelehrtenmantel in der Faust hoch, wie einen jungen Hund am Nackenfell.

Ein zweiter Blick belehrte ihn darüber, dass im Türrahmen neben der verängstigt ihre Schürze knetenden Magd Elsabe der Hauptmann der Wache selbst stand, und dessen ohnehin bärbeißiges Gesicht mit dem schwarzgrauen Vollbart wirkte heute Morgen noch grimmiger. Von Richards Eltern weit und breit keine Spur.

»Herr Stadtschreiber!« Der Bass des Wachhabenden dröhnte durch die Stube.

»Könnet Ihr mir hinreichende Erklärung geben, wie dies Euer Ehrenkleidungsstück Euch abhanden gekommen?«

Was für eine Sprache!, dachte Richard, während er sich aufsetzte und ein unschuldiges Lächeln probierte. »Herr Hauptmann, einen guten Morgen! Da bin ich dankbar für die Auffindung dieses Mantels! Wo habt Ihr denn meinen Dienstrock gefunden? Wir haben gestern ein bisschen über die Stränge geschlagen bei der Doppelfeier meiner Amtseinweihung und Verlobung, müsst Ihr wissen – gewiss hat jeder wackere Mann für so etwas Verständnis. Und da muss ich meinen Talar wohl im Hirschen überm Geländer vergessen haben, als ich …«

Er kam nicht weiter.

»Nicht so, junger Herr Alemann! Ein glaubhafter Zeuge in Gestalt unseres ehrenfesten und reputierlichen Nachtwächters Erdmann Eippe versichert uns, Euch noch nach Mitternacht in diesem Gewand gesehen zu haben, und ist bereit zu schwören, dass Ihr nach gehabtem Gespräch in Richtung Elbbrücke marschiert seid.«

Marschiert? Eher getorkelt, kommentierte Richard innerlich. Dieser verfluchte Nachtwächter. Er setzte eine einfältige Miene auf. »War wohl hackedicht«, murmelte er.

Der Stadthauptmann ignorierte diese Anmerkung. »Soll ich Euch Weiteres berichten, Herr Alemann? Nämlich, dass man unweit vom Fundort dieses Eures Talars einen Ermordeten aufgespürt hat, und zwar keinen anderen als den hochedlen Herrn Kaiserlichen Rat von Wulffenstein!« Es tönte in Richards Ohren wie die Posaunen des Jüngsten Gerichts. Er bekam eine Gänsehaut. In was für eine verfluchte Geschichte war er da bloß hineingeraten! Er beschloss, erst einmal gar nichts zu sagen. Alles, was er vorbringen würde, konnte sich gegen ihn wenden, dessen war er sich klar, als der Hauptmann fortfuhr. »Und besagten Kaiserlichen Rat hat unser wackerer Nachtwächter keine zehn Vaterunser vorher ebenfalls in Richtung Elbe spazieren sehen. Wie reimt Ihr Euch das zusammen?«

Richard zuckte die Achseln. »Erlaubt, dass ich aufstehe, damit ich Euch in gebührender Form gegenübertreten kann!«

Der Hauptmann nickte.

Der junge Mann schlug die Bettdecke zurück.

Die Magd Elsabe unterdrückte ihren Aufschrei im Schürzenzipfel, und das »Ha!« des Stadthauptmanns war fast ein Triumphgebrüll. Richard sah an sich hinunter. Sein weißes, gesticktes Feiertagshemd, in dem er sich gestern schlafen gelegt hatte, war von Blutflecken gemustert. Und jetzt, da er sich näher betrachtete, entdeckte er, dass auch an seinen Händen noch angetrocknetes Blut haftete – unselig verräterische Folgen der Beschäftigung mit dem Sterbenden und dessen »Requisiten«.

Als der Hauptmann den Befehl zur Durchsuchung des Raumes gab, wusste Richard, dass ihn nur ein Wunder noch aus den Fängen der Justiz retten konnte.

Dass der ehrsame und gestrenge Herr Marcus Alemann, seines Zeichens Schöffe und Vater des Beschuldigten, bei der Verhaftung seines Sohnes nicht zugegen war und infolgedessen mit keinem Sterbenswörtchen für oder gegen Richard Partei ergriff, hatte einen ganz einfachen Grund: Er war den Versuchungen des Zerbster Bitterbiers am Vorabend in weit stärkerem Maße erlegen als der junge Mann, zumal, da er die Herbheit dieses Getränkes durch einige, nicht nachzuzählende Gläser süßen Malagaweins zu mildern beflissen gewesen war.

Mit anderen Worten: Vater Marcus schnarchte noch wie ein Bär, und seine Gattin Gesine wusste aus Erfahrung, dass nicht einmal ein neben seinem Ohr erschallender Trompetenton ihn vor dem Mittag würde wecken können. Die Kaltwassermethode anzuwenden, getraute sie sich nicht, nachdem ihr Eheliebster einmal, auf diese Weise aufgeweckt, in seiner noch rauschbedingten Verwirrung zu seinem Dolchmesser gegriffen, sie und ihre Mägde verletzt und danach die halbe Einrichtung kurz und klein geschlagen hatte. Marcus war in nüchternem Zustand wirklich eine Seele von Mann. Leider verkehrte sich das im Suff ins Gegenteil.

So stand denn Frau Gesine mit gerungenen Händen im Flur ihres Hauses, das noch unfrisierte Haar notdürftig unter der Frauenhaube versteckt, die Schaube überm Nachthemd, und lauschte mit gerecktem Hals den Stimmen aus dem Obergeschoss, wo das Zimmer ihres Sohnes lag. Sie war ohnehin eine eher ängstliche Natur und dazu erzogen, sich nicht in Männersachen einzumischen.

Als jedoch ihr einziger Sohn zwischen zwei Stadtwachen die Treppe herunterstolperte, in einem blutbefleckten Hemd, herabschlotternden Strümpfen, das Haar über den Augen und die Hände auf dem Rücken verschnürt, wie ein gemeiner Verbrecher, war es vorbei mit ihrer Zurückhaltung. Sie baute sich unerschrocken vor der imponierenden Figur des Stadthauptmanns auf, legte den Kopf in den Nacken und fragte mit kicksender Stimme: »Was soll das, Atzdorn? Was erdreistet Ihr Euch? Was habt Ihr mit dem Herrn Stadtschreiber vor?«

»Stadtschreiber?« Der Herr über die Wachen schnaubte verächtlich durch die Nase. »Vergesst es, Alemannin! Vergesst es für alle Zeiten! War für unsereinen ohnehin ein Rätsel, weshalb die hohen Herren des Rates bereit gewesen waren, Euren hergelaufenen Tunichtgut von Sohn für seine Rückkehr nach Hause derart zu belohnen – aber wer will schon die weisen Entschlüsse der Oberen anzweifeln, auch wenn man im Stillen die Achseln zuckt. Alemanns Sohn, freilich! Muss ja was sein! Nun haben wir die Quittung, Weib, nun haben wir sie! Euer sauberer Herr Sohn ist, wie er da steht und den Kopf hängen lässt, des Mordes angeklagt, und die Beweise, liebe Frau, die Beweise sind überwältigend!«

Wer den Stadthauptmann näher kannte, musste sich wundern. Er war sonst nicht ein Mann vieler Worte, und diese für seine Verhältnisse geradezu gigantische Suada zeugte davon, was für einen Groll die Ernennung des hergelaufenen jungen Mannes zu der hohen Position im Rat in den Gemütern der einfachen Magistrate erweckt haben musste. Atzdorn, schlicht gesprochen, schäumte das Maul vor Schadenfreude und Selbstgerechtigkeit.

Gesine Alemann war zwar ein etwas verhuschtes Frauenzimmer, aber sich des Standesunterschieds doch sehr bewusst, und wenn es um ihren Sohn ging, vergaß sie all ihre Scheu. Sie reckte sich auf die Zehen und wich keinen Schritt. »Ich werde das nicht zulassen! Ohne mit dem Familienoberhaupt, meinem Eheherrn, gesprochen zu haben, werdet Ihr kein Mitglied dieser Familie in Banden aus dem Haus führen!«

»Mutter, lasst es!« Richard hatte den Kopf gehoben, und Gesine sah mit Erschrecken die rot unterlaufenen Augen im unrasierten, dunkelstoppligen Gesicht unter dem zerzausten Haar: ein Bild des Jammers und – ja, so konnte es scheinen – vielleicht sogar der Schuld.

»Mein Sohn! Sagt denen, dass Ihr nichts zu tun habt mit so abscheulichen Sachen!«

»Das will ich gern tun, und es ist die Wahrheit – aber mein Stern scheint sich gegen mich zu kehren in dieser Sache. Es ist verzwickt. Vor allem – lasst Vater aus dem Spiel. Wenn es mir gelingt, mich reinzuwaschen – gut. Aber falls ich unschuldig verurteilt werde, soll dem Haus Alemann keinerlei Makel anhaften, und niemand soll dem Schöffen Marcus nachsagen, er hätte sich einer ungerechten Sache angenommen aus Familiengründen.«

»Richard!«

»Habt Ihr genug salbadert, Alemann? Vorwärts!«

»Eine Bitte habe ich an meine Mutter zu richten, erlaubt, Herr Atzdorn!«

Der Hauptmann gab dessen ungeachtet seinen beiden Männern ein Zeichen, den Gefangenen wegzuführen. Richard sträubte sich, man musste ihn förmlich die Treppe herunterzerren. Stolpernd unter den Püffen der Wächter, rief er: »Sucht meine Jungfer Braut und ihren Herrn Vater auf! Bewegt ihn um Gottes willen, mich im Kerker zu besuchen! Die Sache, um derentwillen ich hier inhaftiert werde, hat etwas mit Hamburg zu tun, und das müssen die Jessens wissen!«

»Richard! Gott schütze dich!«

Und unter dem Gejammer der Magd Elsabe wurde der hoffnungsvolle Sohn des Hauses an seiner Mutter vorbei zur Haustür hinausgeschleppt. Herrin und Dienerin lagen sich schließlich weinend in den Armen.

Gesine Alemannin war zwar eine demütige, aber keine dumme Frau, und sie begriff sehr wohl, dass ihr Sohn ihr eben einen sehr gescheiten Rat gegeben hatte. Denn Marcus Alemann konnte sich zwar für seinen Sohn stark machen, aber sich dabei unendlich in die Nesseln setzen; solche Familienverteidigungen wären natürlich höchst argwöhnisch beäugt worden. Und die Einbeziehung der mächtigen Stadt Hamburg, Partnerin und Konkurrentin im Hansebund, gab der Sache Richards gleich einen anderen Anstrich.

Seufzend löste sie sich aus den Armen ihrer Magd. »Bind deine beste Schürze um, Elsabe, setz die Sonntagshaube auf und geh ins Quartier des Kaufherrn Jessen. Sag ihm, die Frau Alemannin wünscht ihn dringend zu sprechen, es brennt! Ja, bring ihn am besten gleich mit. Ich möchte das alles vor Mittag regeln, wenn Alemann aufwacht. Aber sag dem Hamburger nicht, was geschehen ist. Das überlass mir.«

Elsabe heulte noch immer wie ein Schlosshund. »Ja, Frau. Ich wasch mir das Gesicht, und dann ... Aber sagt doch, ist es denn wahr, was man dem jungen Herrn vorwirft?«

Gesines zartes Altfrauengesicht, das noch die Spuren ihrer früheren dunkeläugigen Schönheit bewahrt hatte, wurde zu einer starren Maske. »Erstens«, erwiderte sie, »weiß ich überhaupt nicht, was man ihm vorwirft. Und zweitens stimmt es sowieso nicht.«

»Aber die Beweise ...«

»Halt den Mund und mach, was ich dir befohlen habe!«

Sie hatte nicht vor, ihren Sohn im Stich zu lassen. Nie und nimmer. Was immer er auch getan haben mochte ...

3. KAPITEL

In welchem Regina Jessen zu agieren beginnt und Richard Alemann Gelegenheit erhält, seine Inhaftierung vor seinem Schwiegervater in spe zu justifizieren

Regina Jessen begutachtete sich im Spiegel, und was sie sah, gefiel ihr. Das Kammermädchen hatte ihr am Abend das Haar mit Zuckerwasser zu vielen kleinen Zöpfen geflochten. Nun, nachdem diese Flechten aufgelöst waren, fiel ihr das Haar als aschblonder, welliger Mantel über die Schultern, aus der Stirn zurückgehalten von einem schmalen, bestickten Seidenband. Es gab Reginas eher strengem Gesicht mit der geraden Nase, dem großen Mund und den grauen Sternenaugen einen Rahmen wie ein Heiligenschein – obwohl ihr zur Heiligkeit wirklich viel fehlte.

Sie lächelte ihr Spiegelbild an. Bald war es ohnehin vorbei mit dieser jugendlichen Haartracht. Die geziemte nur unverheirateten Jungfern. Als Ehegespons von Richard Alemann würde sie ihr Haar unter der strengen Frauenhaube verbergen müssen, und nur in den Nächten, die ihrem Gatten gehörten, konnte sie ihr Haar offen tragen.

Ihr Gatte … Mit Vergnügen sah sie, wie ihr eine leichte Röte in die Wangen stieg. Er gefiel ihr, der junge Alemann. Er gefiel ihr sogar sehr, mit seinem dunkellockigen, stets zerzausten Schopf und seinen lustigen Augen. Ihr gefiel seine schlagfertige Art, mit ihr scherzhaft die Klingen zu kreuzen und gewagte Komplimente zu drechseln. Er war nett anzusehen und alles andere als dumm. Gewiss, Regina hätte ihn auch ehelichen müssen, wenn er ein Stoffel oder Widerling gewesen wäre. Dessen war sie sich bewusst. In dieser Verbindung ging es nun wirklich nicht um ein Seelenbündnis, sondern Geld sollte zu Geld, Beziehungen sollten zu Beziehungen kommen. Aber wenn darüber hinaus noch so etwas wie Zuneigung da war, konnte es ja nicht schaden und machte die ganze Angelegenheit angenehmer.

Regina überlegte. Die Männer bei der gestrigen Feier hatten alle zu tief ins Glas geguckt. Nur Oswald, ihr Vater, hatte sich wie üblich zurückgehalten. Er hasste es, wie er selbst es nannte, »seinen gesunden Menschenverstand gegen einen Affen einzutauschen«, und da er selbst cholerischer Natur war, wusste er nur zu gut, wie leicht es war, aus den Grenzen auszubrechen. Seine maßvolle Besonnenheit hatte ihm später bei geschäftlichen Verhandlungen oft Vorteile eingebracht, denn im Wein lag Wahrheit, und die Männer, die er im Suff beobachtet hatte, vermochte er in ihren Schwächen einzuschätzen.

Ihr Vater also würde schon auf sein. Richard schlief mit Sicherheit noch seinen Rausch aus. Dann, daran zweifelte sie nicht, würde er kommen, um ihr seine Aufwartung zu machen, bestimmt mit Blumen oder einem anderen Angebinde. War es angebracht, sich noch mehr zu putzen? Zweifelnd hielt sie sich eine Kette probeweise um den Hals. Florentiner Arbeit. Verführerisch versank der große Rubin, der den Abschluss des Schmucks bildete, halb im Ausschnitt, lenkte den Blick auf ihre knapp vom Schleier verhüllten Brüste. Eine Mode, wie man sie nur im Haus vorführen konnte. Auf der Straße und in größerer Gesellschaft hatte man sich bedeutend modester anzuziehen. Es gab Kleidergesetze, und nicht nur von allen Kanzeln Hamburgs wurde wider Luxus und unzüchtige Entblößung gewettert – das galt für Magdeburg genauso wie für Hamburg.

Magdeburg – Hamburg. Regina seufzte. Nichts gegen die Partner- und Hansestadt hier an der Elbe, die ihre Hand auf den Binnenhandel von Böhmen bis zur Nordsee hielt – gegen das weltläufige Hamburg war das natürlich doch nur eine bessere *Ortschaft*. Aber das half ja nun nichts. Das hier würde ihre neue Heimat werden, und sie würde schon dafür sorgen, dass sie standesgemäß leben konnte – und vor allem hatte sie nicht vor, sich zu langweilen.

Regina besaß nämlich in den Augen der Zeitgenossen einen gravierenden Fehler, der unter anderem bewirkt hatte, dass sie so spät – erst mit fast zwanzig – unter die Haube kam. Sie war nicht nur schön und reich, sondern besaß auch einen regen Geist und eine fundierte Bildung, die der Vater dem allzu lebhaften, allzu »unweiblich« an allem und jedem interessierten Kind hatte angedeihen lassen – mehr um es zu beschäftigen und »los zu sein« als aus Überzeugung.

Sie entschied sich gegen das Schmuckstück und überlegte gerade, ob sie vielleicht lieber ein mädchenhaftes Samtband aus Venedig um ihren Hals schlingen sollte, um nicht zu damenhaft zu wirken, als ein Gekreisch auf dem Flur der Herberge ihre Aufmerksamkeit erregte. Neugierig öffnete sie die Tür ihres Quartiers einen Spaltbreit und sah hinaus.

Ihr eigenes Kammermädchen, die kleine und energische Margrete, stand mit in die Hüften gestemmten Armen und wie zum Angriff gesenkten Kopf und schielte von unten zu einem anderen dienstbaren Geist hinauf, einer ältlichen Frau in gestärkter Schürze und blütenweißer Haube, die gerade die Stimme erhob und erklärte: »Und das alles geht mich gar nichts an, und davon will ich nichts hören. Ich habe den Auftrag, den ehrenwerten Herrn Jessen ins Haus meiner Herrschaft zu bringen, und gehe nicht allein fort, und damit gut. Und eilig ist es auch! Sehr eilig sogar!«

»Und *meine* Herrschaft hat Anweisung gegeben, niemanden vor Mittag vorzulassen, außer der junge Herr Bräutigam wollte der Jungfer Braut seine Aufwartung machen!«

»Da werdet ihr lange warten können!«, schrillte die andere – hieß sie nicht Elsabe?

»Was soll das heißen?!«, fragte Margrete empört zurück und erhielt nur den giftigen Bescheid: »Das geht dich gar nichts an!«

Regina stieß die Tür vollends auf. »Aber vielleicht geht es mich etwas an, Frau!«

Vor der gebieterischen Person im vollen Putz versanken die beiden dienstbaren Geister in tiefem Knicks, wobei auf Margretes rundem, spitzbübischem Gesicht ein triumphierendes Grinsen erschien: Ihre junge Herrin würde dieser respektlosen Alten schon Mores lehren!

Elsabe knautschte mal wieder ihre Schürze zwischen den Fingern. »Vergebt mir, Jungfer Braut, aber die Meisterin hat mir ausdrücklich aufgetragen, den ehrenwerten Herrn Senator Oswald Jessen, und nur ihn, zu treffen und womöglich mitzubringen!«

Sie brachte ihre Rede mit so zittriger Stimme, so gepresstem Atem vor, hatte so angstvoll aufgerissene Augen, dass Regina ein ungutes Gefühl beschlich. Da lag irgendetwas im Argen.

»Beruhige dich!«, sagte sie streng. »Mach nicht so einen Lärm hier in unserem Quartier! Margrete hat Recht, wenn sie dich rügt! Begib dich nach Hause – deiner Herrin ergebene Grüße – und richte aus, ich werde meinem Vater von ihrer Bitte sagen. Sicher wird er unfehlbar noch vor Mittag erscheinen.«

Sie redete mit Bedacht. Wenn es denn wirklich irgendein Unglück gab, wenn der Besuch im Hause Alemann so unendlich wichtig war, dann war die beste Art und Weise, die Magd zum Reden zu bringen, die, die Sache auf die lange Bank zu schieben.

Die Taktik erwies sich als richtig. »Ach, Jungfer Jessen, um der Barmherzigkeit Christi willen! Es geht ja um den jungen Herrn, es geht ja um Euren Bräutigam, Fräulein! Und um etwas, das der Stadt – das Eurer Stadt ...« Sie verhaspelte sich, sah verstört zwischen den beiden anderen hin und her.

Regina runzelte die Brauen. »Warum kommt Richard nicht selbst?«

»Aber der ist ja – den hat ja die Stadtwache gerade in Banden abgeführt!« Vor Schreck hielt sich Elsabe mit beiden Händen den Mund zu. Nun war es ihr doch herausgerutscht, was sie auf keinen Fall hatte ausplappern sollen!

»Die Stadtwache? Was faselst du da?«

»Gott bewahre uns vor Schaden!« Die kleine Margrete presste die Hände vor den Mund.

Regina hatte genug gehört. Sie war eine Person von schnellen Entschlüssen. »Meinen Mantel! Meinen Schleier!«, kommandierte sie. »Und hol den Herrn Senator, sag ihm, es pressiert!«

Ein einsamer Sonnenstrahl fiel durch das vergitterte Fenster des Stadtkarzers – nicht gerade eine finstere Kasematte (die hatte die Stadt auch zu bieten), sondern nur ein Gelass, um noch nicht verurteilte Straftäter minder schwerer Delikte vorübergehend bis zum Richtspruch festzuhalten; da aber der Verbrecher, ungeachtet des Mordverdachts, immerhin ein Alemann war, hatte man gewisse Rücksicht genommen.

Es gab hier einen Tisch und einen Stuhl, einen Wasserkrug und einen Kübel und eine steinerne Bank mit einer Strohschütte, auf der Richard saß und ein Bild des Jammers abgab, mit seinem zerknitterten, blutverschmierten Hemd, den herabschlotternden Strümpfen, dem zerwühlten Haar und den rot unterlaufenen Augen im unrasierten Gesicht – kein Anblick für eine zarte junge Frau.

Regina hielt sich ihr Fläschchen mit Duftessenz unter die hübsche Nase – es roch nicht gerade blumig in diesem Raum. Sie hatte sich von ihrem Platz an der Tür nicht wegbewegt, nachdem sie ihren Bräutigam mit einem gemessenen Kopfnicken begrüßt hatte.

Senator Oswald Jessen hockte massig und schwer auf dem einzigen Stuhl des Raumes, dessen Binsengeflecht sich unter seinem Gewicht merklich durchbog, und der einzige Sonnenstrahl umspielte pflichtschuldig sein silberweißes Haupthaar. Mit gerunzelten Brauen betrachtete er missbilligend das Häufchen Elend da vor ihm.

»Eure Geschichte ist und bleibt wirr. Wirr und unglaubwürdig«, sagte er mit gesenkter Stimme. »Und sie wird auch nicht plausibler, wenn Ihr sie mir nun zum dritten Mal wiederholen würdet. Nein, Richard, nein! Ich gehe davon aus, dass Ihr kein Mörder seid! Denn der Bräutigam meiner Tochter kann gar kein Mörder sein!«, fuhr der Senator mit der ihm eigenen Logik des Hochmütigen fort. »Aber ich kenne viele, die im Rausch schon ihre Contenance verloren haben und nachher nicht mehr wussten, was sie taten!«

»Herr Senator!« Richard schüttelte verzweifelt den Kopf. »Es ist wohl wahr, dass ich als ein wilder Gesell durch die Welt gezogen bin, mir in diesem und jenem Land weidlich die Hörner abgestoßen, diesen und jenen Unfug getrieben habe und wohl auch mal hier und da in eine Rauferei verwickelt war. Aber Gott sei mein Zeuge, dass ich niemals so außer Rand und Band war, jemandem ernsthaft an Leib und Leben zu schaden – ich bin kein Mordbube, auch nicht im Rausch, und das wird sich erweisen, wenn ich auch jetzt noch nicht weiß, wie. Jungfer Regina …«

Richard warf einen Blick zur Tür, wo Regina immer noch unbeweglich wie eine Statue verharrte, im Glanz ihres Putzes, das Schleiertuch verhüllte halb ihr Gesicht, sodass man nicht sehen konnte, was in ihrer Miene vorging.

»Jungfer Regina, glaubt Ihr mir?«

Schweigen. Dann sagte sie leise: »Ich werde in allem den Ansichten meines Herrn Vaters folgen.«

Richard seufzte. »Ja, das dachte ich mir wohl, und so geziemt es sich ja auch. Aber unter Brautleuten vielleicht …«

»Ob ihr noch Brautleute seid, das wage ich zu bezweifeln«, sagte der Senator gewichtig. »Jedenfalls bin ich kaum gewillt, einem vermeintlichen Mörder die Hand meiner Tochter zu geben.«

»Meister Jessen, vermeintlich! Noch bin ich weder überführt noch verurteilt, und seht Ihr denn nicht, was für ein wichtiges Indicium der Rest dieses Dokuments sein könnte, mit dem man den Toten geknebelt?! Ich habe Euch wahrhaftig nicht hierher gebeten, um Euer Mitleid zu erflehen, sondern um Eure kriminalistische Mithilfe zu evozieren, denn wie es scheint, ist Eure ehrwürdige Stadt auf irgendeine geheimnisvolle Weise verwickelt in diesen Fall!«

Jessen lief rot an unter seinem weißen Haarschopf, und er erhob sein imponierendes Gesäß halb vom Stuhl. »Was meinet Ihr damit, junger Mensch?«

»Herr Senator, verehrter Herr Eidam!« Richards Stimme klang beschwörend. »Jemand hat den Kaiserlichen Rat umgebracht und ihn, wie das Wort ›Judas‹ auf dem prallen Geldbeutel annehmen lässt, verräterischer Untat bezichtigt. Und was er ihm in seinen Hals hineingestopft hat, das war justament eine Urkunde, in der es um Eure werte und hochlöbliche Vaterstadt geht! In der ihr, was wohl anzunehmen, ein Privilegium erteilt werden soll, das anderen quer im Magen liegt! Sodass dieser Jemand also durch diesen Mord und das Zeichen, was er setzt, gleichsam eine Warnung aussprechen wollte, dergestalt, dass …« Weiter kam er nicht.

Jessen hatte sich nun vollends erhoben. »Noch nie in meinem Leben«, sagte er, und die Kälte seiner Stimme kontrastierte seltsam mit der Zornesröte seiner Wangen, »hat wohl ein Delinquent derart aberwitzigen Gallimathias dahergeschwafelt, um seine Haut zu retten! Merkt Euch, junger Alemann, der ehrenwerten Stadt Hamburg droht man nicht! Wer das täte, der müsste schon ein unbesonnener Narr sein. Mit unserem Namen steht und fällt der Stolz und Ruhm des ganzen hanseatischen Bundes und …«

Richard konnte nicht umhin, nun seinerseits den Älteren zu unterbrechen. »Euren Stolz in allen Ehren!«, erwiderte er, nicht ohne Heftigkeit, »aber vergesset bitte nicht, dass auch die Stadt, deren Gastrecht Ihr im Augenblick genießet, dem Bund der Hanse angehört, als gleichberechtigte Partnerin, und es zu gemeinsamem Nutz und Frommen sein könnte herauszufinden, was hier geschehen ist oder geschehen soll. Die schöne Verbindung, die wir gestern zwischen den Jessens aus Hamburg und den Alemanns von hier geschmiedet, das Bündnis zwischen der Jungfer Regina und mir – wollt Ihr das wirklich so aufs Spiel setzen, ohne einen Augenblick darüber nachzudenken, ob Ihr nicht einer Intrige zum Opfer fallt und ich unschuldig bin?«

Er hatte sich in Hitze geredet. Seine anfängliche Verzagtheit war von ihm abgefallen, und ungeachtet seines desolaten Äußeren strahlte ein jugendliches Feuer und eine unverzagte Klugheit aus seinen dunklen Augen, die der jungen Frau nicht verborgen blieben. Sie drehte ihr Riechfläschchen zwischen den Fingern.

Der Senator hatte den Kopf zur Seite gedreht, sah Richard nicht an. »Ein Jessen fällt keiner Intrige zum Opfer!«, bemerkte er hochnäsig. »Was Euch angeht – ich kenne Euch ja kaum. Wie soll ich da wissen, ob Ihr zu einer solchen Untat im Rausch fähig seid oder nicht? Mir ist einiges über Eure Vergangenheit zu Ohren gekommen. Gewiss, nicht Mord und Totschlag, aber immerhin – nun, es gibt ein Beispiel aus der Antike. Der große Julius Caesar ließ sich von seinem Weibe scheiden, als auch nur der Schatten eines Verdachts der Untreue auf sie fiel, gleich ob zu Recht oder zu Unrecht. So danke ich dem Himmel, dass er eine Verbindung vereitelte, durch die auch nur der Schatten eines Verdachts der Straftat auf den Bräutigam meiner Tochter fallen könnte. Ich werde für Euch beten. Komm, Regina.«

»Das kann Euer Ernst nicht sein!«

Etwas Helles wehte zu Boden. Die Tür schloss sich hinter den beiden Hamburgern, und Richard fiel auf die Knie, außer sich vor Wut und Verzweiflung, und verbarg den Kopf in den Händen.

»Ich habe meinen Schleier liegen lassen.«

»Margrete wird ihn holen. Komm.«

»Nein, ich warte hier, bis sie ihn bringt. Es ziemt sich nicht, entblößten Hauptes durch die Stadt zu gehen, mit offenem Haar. Außerdem: Das Stück ist mir sehr kostbar, eine Stickerei aus Flandern.«

»Aber beeil dich. Du weißt, wir wollen fort. Nun noch dringender als vorher.« Jessen nickte seiner Tochter zu und machte sich auf, das Rathaus zu verlassen. Regina, kaum dass die Tür ins Schloss gefallen war, sprang von dem Schemel im Vorsaal auf, wo sie sich niedergelassen hatte. »Bleib du hier«, sagte sie halblaut zu ihrem Mädchen. »Ich will das selbst erledigen.«

Über Margretes Gesicht huschte ein spitzbübisches Lächeln. Sie kannte ihre Herrin, war ihr seit Jahren behilflich, die Befehle und Anordnungen des »Herrn Vaters« trickreich zu umgehen und nach außen hin die brave Tochter hervorzukehren.

Ein kurzer Wortwechsel mit dem Schließer, eine Münze, die den Besitzer wechselte – und schon war der Weg geebnet. Selbst ein unbedeutender kleiner Stadtdiener wusste den Vorzug eines Turnosegroschens gegenüber einem Silbergroschen einzuschätzen.

Regina fand Richard in seinem Karzer auf und ab laufend wie ein gefangenes Tier im Käfig. Bei ihrem Erscheinen in der Tür fuhr er herum, und seine verstörte Miene hellte sich auf. »Regina! Ihr seid zurückgekommen! Und ich dachte schon, auch Ihr – auch Ihr glaubtet an meine Schuld!«

Das Mädchen sah ihn einen Moment lang starr an. Dann sagte es gemessen: »Ich bin zurückgekommen, um meinen Schleier zu holen, den ich hier verloren hatte, und aus keinem anderen Grund.«

Sie bückte sich und hob das durchsichtige weiße Gebilde vom Boden auf. Fuhr dann leise fort: »Richard, Eure Sache steht schlechter, als Ihr vielleicht denkt, und als Ihr Jessen ins Vertrauen zogt und ihm von diesem Dokument erzähltet, da habt Ihr leider das Falsche getan. Der Vorwurf gegen Euch ist absurd, aber ob ich an Eure Schuld glaube oder nicht, das ist ganz unwichtig. Ihr seid in eine Sache hineingerutscht, die – aber ich rede zu viel. Wir verlassen jetzt Magdeburg, mein Vater und ich.«

»Ihr verlasst die Stadt?«

»So ist es. Mein Vater hat wichtige Verabredungen auf dem Lande, in Alvensleben. Ich muss ihm folgen. Aber ein vertrauter Knecht von mir wird bei Eurer Frau Mutter bleiben und Euch von Zeit zu Zeit mit einem Korb voller Lebensmittel versorgen. Mehr kann ich nicht tun. Der Mann heißt Jakob. Merkt Euch den Namen. Jakob, der Lebensmittel bringt.«

Mittlerweile hatte sie sich den Schleier um den Kopf geschlungen. Das helle Grau ihrer Augen leuchtete ihm entgegen. »Lebt wohl, Richard. Ich kann nichts weiter für Euch tun. Es tut mir Leid um uns.« Wieder senkte sie die Stimme. »Zögert Euren Prozess hinaus, mit allen Mitteln!«

Sie war fort.

Richard starrte zur Tür, die sich hinter ihr schloss, und wusste nicht, ob das nicht vielleicht nur eine Erscheinung, eine Ausgeburt seiner Verzweiflung gewesen war. Immerhin: Jakob, der Lebensmittel bringt. Und: Zögert Euren Prozess hinaus. Das waren Angaben, die zur Welt der Realitäten gehörten.

Wer war sie eigentlich, diese seine schöne Braut? Sie wollte ihm helfen, wie es schien. Warum? Aus Liebe? Sie kannten sich gerade eine Woche, hatten sich in dieser Zeit vier- oder fünfmal gesehen, fanden Wohlgefallen aneinander. War das alles?

Er warf sich auf das Strohlager, verschränkte die Arme hinterm Kopf, sah zu dem Sonnenstrahl hinauf, der langsam weitergewandert war.

»Eure Sache steht schlechter, als Ihr denkt …«

Nein. Das wohl nicht. Er kannte sich aus mit der Justiz. Verfluchte Neugier, verfluchte spitzfindige Schnüffelei, die ihn diese Indizien von dem Toten entfernen und mitnehmen hieß – statt den da einfach liegen zu lassen, tot, wie er war, und all das Zeug um ihn herum auch.

Wie es aussah, hatte sich seine Heimkehr in die Vaterstadt, sein Versuch, ein neues, geordnetes Leben anzufangen, in das größte Desaster verwandelt, das ihm bisher je zugestoßen war.

Dass dieser Hamburger Patrizier ihn einfach so fallen ließ wie einen heißen Mehlkloß – ja, sah er denn nicht, was für eine bedeutende Mitteilung er ihm da gemacht hatte? Was in aller Welt steckte dahinter? Wohin wollte Jessen? Nach Alvensleben?

Richard fuhr von seinem stachligen Bett auf – aber nicht, weil ihn das Stroh gestochen hatte. Irgendetwas von gestern Abend schoss ihm durch den Kopf, eine Bemerkung, ein kleines Wortgeplänkel – was war das nur? Verdammtes Zerbster Bitterbier! Er schloss die Augen und versuchte sich an den Inhalt zu erinnern, den Sinn, die Stimmen …

Die Stimmen. Ohne Zweifel. Das war die helle, etwas näselnde Stimme des Mannes gewesen, der ihm jetzt posthum so viel Ärger machte. Der Rat Wulffenstein. Wulffenstein, der sich, angesäuselt, wie er war, gegen eine Neckerei eines anderen Gastes verteidigte, sie halb entkräftete und halb bestätigte; um was war es denn nur gegangen? Um eine Weibergeschichte? Alvensleben.

In Alvensleben sei er so gern und so oft, weil da der Boden so fruchtbar sei. So etwas in der Richtung. Und der andere hatte irgendeine zweideutige Anmerkung gemacht – mit dem Boden – nein, der Rat hatte nicht Boden gesagt, sondern »Schoß der Erde«, und der andere hatte gefragt. »Nur der Schoß der *Erde*, Ehrenwerter?« Und dann hatten sie beide gelacht.

Schön und gut. Bloß, das half ihm jetzt auch nicht weiter. Er war gerade erst aus der Fremde zurück, nicht mehr vertraut mit den Feinheiten und Vertraulichkeiten der Leute und der Gegend, und von Alvensleben wusste er allerhöchstens zu sagen, dass es eine Ortschaft unweit von Magdeburg war, in der allerfruchtbarsten Gegend, der so genannten »Börde«, gelegen, wo das Korn so reichlich wuchs wie anderwärts das Gras.

Er beschloss, den Erstbesten, der ihm über den Weg lief, danach zu fragen. Nur waren die Aussichten, dass ihm in den nächsten Stunden jemand über den Weg lief, verschwindend gering ...

4. KAPITEL

In welchem ohne ersichtlichen Grund eine platte Gegend bereist wird

Was ist das für eine Gegend, in der es nur hin und wieder eine Hecke oder eine Baumgruppe gibt, aber man sonst der Sonne gnadenlos ausgesetzt ist! Die Reisenden wischten sich den Schweiß von der Stirn. Und wie wirtschaften die hier überhaupt? Normalerweise wechselt man sich mit drei Feldern ab: Eins trägt die Winterfrucht, also Dinkel oder Weizen, eins trägt Sommerfrucht, also Hafer oder Roggen, das dritte liegt brach, und allerlei Wildkräuter wuchern auf ihm, sodass die Schafe Weide haben. Aber hier gibt es keine Schafe.

Auf einer üppig grünen Almende – der Weide für die Allgemeinheit – dagegen Kühe, die glänzen vor Sattheit und Zufriedenheit.

Das dritte Feld ist umgepflügt, liegt in nachtschwarzen, fetten Schollen, und kein Kraut wagt sich hervor, als wenn jemand zum Jäten angestellt worden wäre.

Sommerfrucht? Nichts da. Der Weizen steht prall auf dem Halm. Erntereif. Der Schnitt muss morgen oder übermorgen beginnen, schätzte Ulrich Sendeke, der Sekretär und Schreiber des Herrn Senators Jessen, der auf seinem Maultier hinter dem Braunen des Meisters herzockelte. Gute Voraussetzungen für Geschäfte.

Der Wagen, in dem das »Frauenzimmer« saß, war ein wahres Folterinstrument. Schlecht gefedert, auf harten Rädern, rumpelte er durch die tief ausgefahrenen Rillen des Weges, und der Staub legte sich wie eine feine Puderschicht auf alles und jedes. Jungfer Regina und ihr Kammermädchen hatten sich beide ein dichtes Tuch vor Mund und Nase gebunden und sahen aus wie die Orientalinnen. Aber ihre Vermummung hinderte sie nicht daran, die ganze Zeit miteinander zu tuscheln und zu flüstern.

Regina stöhnte ungeduldig. »Verdammte Kutsche! Viel lieber würde ich zu Pferd sitzen und mich an die Spitze des Trupps schwingen – schon, damit ich nicht den ganzen Weg diesen Dreck schlucken muss! Aber nein, für ein Fräulein geziemt es sich nun mal nicht! Dabei wäre mein Herr Vater in diesem Gefährt viel besser aufgehoben. Dem tun doch schon nach einer halben Stunde Reiten alle Knochen weh!«

Margrete kicherte. »Was das wohl für ein Bild geben würde – Ihr führt die Kavalkade an, und Euer alter Herr steigt aus dem Wagen, als wenn er das Zipperlein haben würde!«

»Ich finde daran nichts Absonderliches«, erwiderte das Mädchen ungerührt. »Der arme Gaul bricht unter dem Gewicht seines Reiters fast zusammen.« Sie seufzte. »Ehrlich gestanden, ich hab zu dieser ganzen Reise überhaupt keine Lust. Andererseits – wenn ich überhaupt etwas herausbekommen kann, was das Schicksal des armen Kerls im Kerker noch zum Guten wenden mag, dann ist es hier. In Alvensleben.«

»Versteh ich nicht«, nuschelte die kleine Margrete hinter ihrem Mundschutz hervor. »Der Herr Richard soll doch einen Kaiserlichen Rat ermordet haben!«

»Hüte deine Zunge!«, fuhr ihre Herrin sie scharf an. »Es gibt einen Verdacht gegen ihn, das ist alles.«

Margrete verstummte eingeschüchtert, und die Jungfer Jessen fuhr nach einer Pause in moderatem Ton fort: »Weiberohren / haben im Rat nichts verloren / wenn der Männer Runden / soll man sie verspunden – so heißt es im Sprichwort, aber ich sperre meine Ohren schon ganz gern auf, wenn es um die Geschäfte der Herren geht, und das war bisher nie von Schaden. Außerdem hab ich einen Gewährsmann, der mir hin und wieder das eine oder das andere zuträgt ...« Sie kniff ein Auge zu und machte eine kleine Bewegung mit dem Kinn nach draußen.

Margrete reckte den Hals. Da sie außer den begleitenden

Stadtknechten, die für ihre Sicherheit sorgten, sonst niemand Besonderen sah, schloss sie folgerichtig: »Der Sendeke-Ulrich?«

Ihre Augen waren rund vor Staunen.

»Der Sendeke-Ulrich«, bestätigte Regina. Sie zog spöttisch die Augenbrauen in die Höhe. »Du bist doch sonst nicht auf den Kopf gefallen, Kleine! Hast du's wirklich nie bemerkt? Der Sendeke-Ulrich hat einen Narren an mir gefressen, schon als ich ein Mädchen war. Nein, nicht so! Habt ihr Gören immer nur das eine im Sinn? Er war stets voller Respekt gegenüber der Tochter seines Meisters. Aber als er mitbekam, wie wissbegierig mein Geist war, hat er mich in diesem und jenem unterrichtet.«

»In Lesen und Schreiben gewiss doch.«

Regina lachte. »Und darüber hinaus in Regula di Tre und Cambio, Agio und Lombard, kurz, in der ganzen kaufmännischen Buchhaltung. Es hat mir einfach Spaß gemacht, guck nicht so! Und weil ich nun einmal dabei war, wollte ich auch nicht einrosten und nahm mir mit ihm immer mal wieder die Bücher vor. Natürlich ohne Wissen des Herrn Vaters! Kurz und gut, wenn ich ihn um eine Auskunft bitte, bekomm ich sie auch.«

Margrete reckte den Hals aus der Kutsche. Der kleine Adlatus des Herrn, unscheinbar, blond, unbestimmbaren Alters, schüchtern ... »Stille Wasser sind tief!«, sagte sie bewundernd. »Also wisset Ihr auch, was wir hier wollen in diesem Stück langweiligen Flachlands?«

»Nicht genau.« Regina wischte sich den Schweiß von der Stirn. »Wir besuchen hier eine Dame.«

»Eine Dame?«

»Zumindest trägt sie den Adelstitel von ihrem Mann. Sie ist Wittib schon seit fast zehn Jahren.«

»Die Ärmste! Fand sich kein Neuer?«

»Im Gegenteil. Sendeke sagt, Bewerber hatte sie wie Sand am Meer.«

»So schön ist sie also?«

Regina lachte. »Dummerchen! Meinst du, den Männern geht's

nur und vor allem um die Schönheit? Unsinn. Es gibt Umstände, da kann die Braut so hässlich sein wie eine Kröte im Teich, und die Freier kommen in Scharen. Nämlich, wenn sie genug in Kisten und Kasten hat. Und daran soll's in Alvensleben nicht mangeln.«

»Verrückt! Woher stammen denn die sagenhaften Schätze?«

»Hm.« Ihre Herrin musterte die kleine Margrete spöttisch. »Wenn du mal deine Nase aus dem Wagenfenster steckst und was anderes anstarrst als die strammen Waden des Begleitmanns neben uns« (Margrete errötete), »dann wirst du sehen, dass dieses, wie du sagst, Stück langweiligen Flachlands das pure Gold hervorbringt. Börde kommt von böhren, zu Hochdeutsch: tragen, und hier trägt der schwarze Boden goldene Früchte. Hier gibt es nicht einmal drei Zelgen.«

»Drei Zelgen? Was ist denn das schon wieder?«

»Man merkt dir wirklich an, dass du in deiner Kindheit nichts als Alsterwasser gesehen hast. Verstehst du wenigstens was von Fischen?«

Margrete, völlig verunsichert, zuckte die Achseln, und ihre Herrin fuhr freundlich belehrend fort: »Sonst gibt es drei Fruchtfolgen auf dem Land: Winterfrucht, Sommerfrucht, Brache, wo das Land ruht. Das haben die hier in dieser Gegend nicht nötig. Sie haben nur eine so genannte Schwarzbrache, das heißt, sie pflügen nach der Ernte dreimal um, dann kommt die nächste Wintersaat rein. Der Boden braucht kein Jahr der Ruhe. Sieh die ganze Tracht, reif zur Ernte!«

Margrete sah bewundernd zu ihrer Herrin auf. »Ihr seid so gebildet …«

»Unsinn, bloß neugierig. Aber nun zu der Frau, zu der wir reisen! Sie wird auch ›die Herrin des Korns‹ genannt. Denn das meiste ist ihr zu Eigen, und was ihr nicht gehört, das kauft sie auf. Die Dame von Alvensleben schwimmt in Weizen. Und dann gibt es da so eine Geschichte …«

Margrete spitzte die Ohren. Eine Geschichte? Aber leider kam sie nicht mehr dazu, ihre Herrin auszufragen. Die Reisenden bogen von der mit Apfelbäumen gesäumten Straße in eine breite, bequeme Lindenallee ein.

»Ruhe jetzt! Wir sind gleich da.«

»Aber ...!«

»Pst! Ist vielleicht auch besser, wenn du nicht ... Guck mal. Imponierend.«

Schloss oder Burg? Das war nicht so ganz auszumachen. Nicht dass es einen Burgberg gegeben hätte – dergleichen war schlechterdings unmöglich in diesem flachen Land. Aber immerhin erhob sich das grausteinerne Anwesen mit Mauern und Turm und Wohn- und Stallgebäuden doch trutzig aus einer Gruppe von Eichen und Linden. Solide, massiv, durchaus in der Lage, einem Angriff standzuhalten.

Alvensleben. Bei ihrer Annäherung tutete doch tatsächlich jemand ins Horn. Man wurde erwartet, und der Luginsland der Herrin war infolgedessen besetzt. Ein Wächter erfüllte brav seine Aufgabe.

Während die Berittenen sich lediglich den Staub von Schultern, Armen und Schenkeln klopften, ging es in der Kutsche nahezu hektisch zu: Margrete hatte aus ihrem gut verschlossenen Korb ein feuchtes Tuch vorgezogen, reinigte Regina Gesicht, Kleidausschnitt und Hände und machte sich dann, des Gerumpels ungeachtet, daran, die Stirn zu weißen und die Wangen zu röten. Regina, den runden Spiegel in der Hand, wehrte ab: »Nicht so heftig, Mädchen! Ich treffe hier auf eine Wittfrau und gehe nicht auf den Tanz unter der Linde!«

»Es gibt keinen Anlass«, nuschelte die kleine Margrete altklug an den Haarnadeln vorbei, die sie im Mund hatte, um die Frisur ihrer Herrin aufzustecken, »wo man nicht aussehen sollte wie bereit zum Tanz!«

Der Wagen rollte über die gepflasterte Auffahrt in den Hof, schüttelte die beiden Insassen noch einmal so richtig durch, kam zum Stehen.

Bedienstete eilten geschäftig herbei, hoben den Senator nicht ohne Anstrengung aus dem Sattel, öffneten den Kutschenschlag und halfen den Weibern beim Aussteigen, brachten Waschwasser und Erfrischungen, führten sie ins Innere.

Die Halle war weiträumig, ausgestattet mit schön geschnitztem Mobiliar und Teppichen an Wänden und auf dem Boden – und vor allem kühl! Eine Wohltat nach der Reise in Staub und Hitze.

Eine Schaffnerin mit klirrendem Schlüsselbund am Gürtel – ihrer Leibesbeschaffenheit nach litten die Dienstboten nicht unbedingt Hunger auf Alvensleben – knickste, dass sich die Röcke bauschten, und beschied die Ankömmlinge, doch freundlichst Platz zu nehmen, die Frau würde gleich kommen.

Jessen nahm seine Tochter beiseite. »Mir ist gar nicht wohl dabei, dass ich dich mitnehmen musste auf diese Fahrt, Kind«, sagte er halblaut.

»Ihr musstet nicht, Herr Vater.« Regina senkte bescheiden den Kopf. Sie verschwieg wohlweislich, dass sie selbst alles darangesetzt hatte, mitzukommen, und über Ulrich Sendeke ihren alten Herrn erst auf die »Idee« gebracht hatte.

»Oh, doch. Schließlich konnte ich dich nicht bei diesen Magdeburgern lassen, die dich mit einem Mordbuben verloben wollten!«

Auch hierzu verkniff sich das Mädchen den Kommentar – schließlich hatte Jessen selbst die Verbindung gewollt und befördert.

»Aber du musst wissen, dass die Frau, zu der wir hier fahren, nicht unbedingt der Umgang für eine sittsame Jungfrau ist.«

»Aber wieso fahren wir dann überhaupt hierher?« Reginas große graue Augen waren unschuldsvoll zum väterlichen Angesicht aufgeschlagen.

»Geschäfte, meine Liebe! Und Geschäfte lassen sich nicht immer mit der Moral der Beteiligten in Einklang bringen!«, sprüchelte der Senator. »Jedenfalls, Adela Braunböck …«

»Adela Braunböck?«

»Adela Braunböck von Alvensleben, ja. Der Herr auf Alvensleben hat seinerzeit unter seinem Stand geheiratet. Nicht einmal eine Bürgersfrau – eine so genannte Freie Bäuerin hat er heimgeführt. Allerdings, sie war das einzige Kind eines Freisassen, der durch Erbschaft und geschickte Käufe eine wirklich hübsche Menge Land an sich gebracht hatte. Das war eine gute Partie. Was der Herr Junker freilich nicht erwartet hatte, war Adelas herrische Art. Sie benahm sich von Beginn an höchst unweiblich, redete ihrem Ehegatten in die Geschäfte hinein – nun, er ließ sich's gefallen, denn sie verstand es besser als er, und so hatte er reichlich Muße, seiner Lieblingsbeschäftigung nachzugehen.« Jessen seufzte, blinzelte. »Zwei Stübchen Wein am Tag, das sind nach neustem Lübecker Maß vier Liter ... Nun, nach drei Jahren war er tot. Er hinterließ eine kinderlose Wittib. Adela war Herrin des Korns geworden und ist es nun seit Stücker zehn Jahren. Und man hat mit ihr zu rechnen. Wie es nun freilich weitergehen soll, nach diesem grausigen Mord an dem Kaiserlichen Rat ...«

Regina neigte den Kopf schief. »Was hat der Kaiserliche Rat denn mit der Frau Adela zu schaffen?«, fragte sie mit gerunzelter Stirn. »Und was macht diese Frau denn nun zu einem Weibsbild, mit dem eine ehrbare Jungfrau nicht Umgang pflegen sollte?«

»Eben das ist es ja, was sie ...« Jessen kam nicht weiter.

Die Tür im Hintergrund öffnete sich, und eine üppige Person von vielleicht dreißig Jahren erschien auf der Schwelle. Sie hielt sich sehr gerade. Ihr dunkles Haar trug sie zu einem Kranz aus Flechten aufgesteckt über der Stirn, und ein paar Leinenbänder sollten wohl die Frauenhaube ersetzen. Überhaupt war ihr Aufzug höchst ungewöhnlich. Zu dem bäuerlichen Rock aus grobem blauem Leinen, der ihr nur bis zu den Knöcheln reichte, trug sie ein fein gefälteltes Hemd italienischer Machart und ein Mieder, das von Goldstickerei nur so starrte. Eine doppelte Kette aus Goldmünzen, die mit einem großen Medaillon abschloss, hing ihr fast bis zur Taille – ein Aufzug, in dem man in jeder größeren Stadt unweigerlich Ärger mit den Aufwandgesetzen bekommen hätte, denn dergleichen reicher Schmuck geziemte sich allerhöchstens für eine Adlige. Jedoch – dafür wollte Adela ja wohl, ungeachtet ihrer Herkunft, gehalten werden. Mit großen, fast männlichen Schritten, die Hände ausgestreckt, ging sie auf ihre Besucher los, ein belustigtes Funkeln in den schwarzen Augen.

Was aber Regina vor allen Dingen an dieser Frau erstaunte, war nicht sie selbst, sondern ihre Begleitung: Zwei Knaben, vielleicht drei und fünf Jahre alt, hingen an ihrem Rockzipfel, so schwarzäugig und dunkelhaarig wie die Mutter, die doch – was hatte Jessen gesagt? – seit Stücker zehn Jahren Wittib war. Das also zur Sittsamkeit der Adela Braunböck. Was aber Reginas Aufmerksamkeit viel mehr fesselte, waren die Gesichtszüge dieser beiden Knaben. Woher kannte sie dieses fliehende Kinn, diese spitze Nase zwischen runden Wänglein, diese gewölbte Stirn? Einer der Gäste auf ihrer Verlobungsfeier …

Es fiel ihr ein, noch bevor sie in einen tiefen Knicks vor der Hausherrin versank: Das war, ins Kindliche übertragen, aber dennoch unverkennbar, das Gesicht ihres hochedlen, nun leider zu seinen Vätern versammelten Gastes, des Kaiserlichen Rats Tiberius von Wulffenstein.

5. KAPITEL

In welchem wiederum eine Weibsperson den Ton angibt

»Also tot.« Adela Braunböck wiederholte es wie eine Feststellung. Sie war eine Spur blasser geworden. Aber keineswegs rang sie um Fassung. Regina konnte den Gesichtsausdruck nicht sofort deuten, mit dem die reiche Bäuerin den Herrn Senator Jessen anstarrte. Doch plötzlich hatte sie es: Adela Braunböck rechnete!

»Können wir ...?« Jessen ließ die Frage in der Luft schweben und deutete mit einer Kopfbewegung auf die Knaben.

Die Braunböckin legte dem Älteren die Hand auf den Kopf. »Geht, geht hinaus in den Garten. Dies ist nichts für Kinderohren!« Und als sich der Mund zu einem Flunsch verzog, setzte sie nach: »Raus, und kümmere dich um deinen Bruder!«

Der Ältere zog den Kleinen mit zur Tür, doch kaum war er da angekommen, rief die Bäuerin sie zurück: »Halt!« Mit samtener Stimme fügte sie hinzu: »Ebenso wenig wie für Kinderohren ist dies wohl ein Gespräch für die Ohren einer zarten Jungfer.« Mit unverhohlenem Spott sah sie zu Regina hin. »Wenn ich Euch bitten dürfte, mit den Kindern zu gehen.«

Was bildete sich diese emporgekommene Person mit ihren unehelichen Blagen ein! Doch auch Jessen legte seiner Tochter beschwichtigend die Hand auf den Arm. Ein Augenzwinkern zwischen Gastgeberin und Besucher.

Regina wurde rot vor Zorn. Ganz offensichtlich hatte man hier etwas über einen Mord zu bereden, und nicht über irgendeinen, sondern über den Mord am Vater dieser beiden Jungen, jenen Mord, dessen ihr Verlobter bezichtigt wurde, und man schickte sie hinaus wie ein Kind vor Weihnachten!

Adelas Augen ruhten tiefschwarz und unergründlich auf Regina. Eines war klar: Sie würde nicht reden, solange Regina sich im Raum befand.

»Bitte!«, drängte Jessen sie noch einmal leise.

Regina stand erhobenen Hauptes auf, gab Margrete einen Wink, und beide folgten den Knaben hinaus in den Garten.

»Ich bin nicht so klein, dass ich nicht verstehe, wenn einer tot ist!«, empörte sich der ältere der Knaben. Sein Name war Andres, wie Regina inzwischen herausbekommen hatte. Der Jüngere hieß Claus. Sie lagerten unter einem Kirschbaum und stopften sich Schwarzkirschen in den Mund, die Andres gepflückt hatte.

Es war heiß. Regina in ihrem Putz beneidete die beiden Kinder, die sich da in ihren leichten Bauernkitteln barfüßig im Gras herumlümmelten, während sie sich nicht einmal getraute, sich irgendwo hinzusetzen, um keine Flecken ins Gewand zu bekommen. Schließlich war alles voller Kirschkerne.

»Macht es dir denn gar nichts aus, das mit dem Tod?«, erkundigte sie sich verwundert.

»Dass Oheim Tiberius tot ist?« Er zuckte die Achseln. »Er hat immer Geschenke mitgebracht. Lauter nutzloses Zeug, na ja. Und sonst tat er so, als ob er uns was zu sagen hätte ... Hat er aber nicht.«

»Hat er aber nicht«, echote Claus.

»Warum denn nicht?«, bohrte Regina weiter.

»Er ist nur der Oheim. Was zu sagen hat nur der Vater.«

»Und ... wo ist euer Vater?«

Wieder das Achselzucken. »Weg.« Gleichgültig spuckte der Bengel Kirschkerne durch die Gegend. »Aber wenn er wiederkommt, dann werden wir beide Ritter.«

»Ritter?«, fragte Regina verwundert.

»Ritter!«, echote der Kleinere. »Wisst Ihr nicht, was Ritter sind, Fräulein? So mit Rüstung und Helm, und dann auf ins Turnier!« Er markierte eine Attacke.

»Wer hat euch diese Flausen in den Kopf gesetzt?«, fragte Regina kopfschüttelnd.

»Sind keine Flausen!«, begehrte Andres auf. »Das haben wir von dem toten Oheim gehört! Der Vater kommt wieder und macht uns zu Rittern! Dann werden wir berühmt und ziehen ins Heilige Land. Ritter sein, das ist das Größte!«

Offenbar hatte der Kaiserliche Rat sich ein paar Scherze mit den Bastarden erlaubt ...

Mehr war aus ihnen wohl nicht herauszubekommen. Regina wechselte einen viel sagenden Blick mit Margrete, die den Wortwechsel mit weit aufgerissenen Augen verfolgt hatte. Immerhin, etwas schlauer war sie jetzt: Tiberius von Wulffenstein pflegte vor seinem gewaltsamen Tode also nach wie vor bei der Braunböckin aus und ein zu gehen. Und das bestimmt nicht aus reiner Vaterliebe zu den Kindern, als deren Onkel die Mutter ihn ausgab.

Zu gern hätte sie jetzt das Gespräch zwischen Jessen und der Bäuerin belauscht! – Wenn sie etwas in Erfahrung bringen wollte, was Richard helfen könnte, dann würde sie wohl selbst noch einmal mit Adela Braunböck reden müssen.

»Komm, Margrete!«, sagte sie entschlossen.

»Aber wohin denn?«

»Einfach ein bisschen näher ran.«

Die Jungen sahen ihr nach, prusteten dann los. Regina hörte noch, wie der Kleine zum Größeren sagte: »Die geht jetzt lauschen!«

»Lauschen ist verboten!«

Dann war sie vor der Haustür. Das Fenster zum Saal stand weit offen. Mit Zuhörern hatte die Bäuerin offenbar nicht gerechnet.

Dass Beileidsbekundungen oder auch Handelsangebote in einer solchen Lautstärke vorgetragen wurden, war Regina neu. Von drinnen erklang die zornig erhobene Stimme ihres Vaters und dann die volltönende Antwort der Bäuerin.

Jessens Worte waren nicht zu verstehen, er war tiefer im Raum. Aber von der Widerrede der Frau schnappte Regina etwas auf. »... rein geschäftlich ...«, skandierte sie, und: »... kann der Kaiser vergeben, an wen er will!« Vergeben, was vergab der Kaiser? Regina musste nicht lange nachdenken. Die Stapelrechte natürlich. Jenes Privilegium, dessen Urkunde in den Hals des Toten gestopft worden war! Was hatten die beiden hier zu bereden, was wussten ihr Vater und diese Frau, was sie nicht wusste?!

In diesem Augenblick flog die Haustür auf. Jessen, hochrot im Gesicht vor Zorn, stand auf der Schwelle. »Regina, wir fahren, wir haben hier nichts mehr verloren!«

Die erschöpften Pferde waren alles andere als willig, als sie wieder ins Geschirr und unter den Sattel mussten. Mit müde hängenden Ohren, einen Huf aufgestellt, um das Bein zu entlasten, so stand Jessens Brauner da, und die anderen wehrten träge die Fliegen mit ihrem Schweif ab.

Schon wieder reisen? Unter Murren, nicht gerade im Eiltempo, machte sich die Eskorte fertig. Der kleine Ulrich Sendeke wieselte von einem zum anderen, versuchte die Stimmung zu heben, redete ermunternd auf die Männer ein.

Adela Braunböck stand vor dem Haus, um die Gäste, der Höflichkeit geziemend, zu verabschieden. Ungerührt betrachtete sie die Zurüstungen. Im Gegensatz zu Jessen schien der Streit sie nicht wirklich aufgebracht zu haben. Im Gegenteil – als Regina ihr beim Einsteigen in den Wagenschlag noch einen letzten Blick zuwarf, glaubte sie wieder diese Mischung aus Stolz und Verachtung in den Augen der Bäuerin zu erkennen. Sogar ein leichtes Lächeln lag um ihre Mundwinkel. Sie stand da, die Arme in die Hüften gestemmt wie ein ordinäres Marktweib. Während Jessen aufstieg, sagte sie, ohne die Stimme zu erheben: »Ihr werdet wiederkommen, verehrter Senator Jessen! Auch Ihr werdet noch zu Kreuze kriechen, denn ich mache hier die Preise!«

»Ihr wollt die Hansestadt Hamburg erpressen?!«, polterte Jessen, schon im Sattel seines Pferdes. Er hob drohend den Zeigefinger und richtete ihn dann direkt auf die Frau. »Übertreibt es nicht, Adela von Alvensleben, übertreibt es nicht!«

Sie machte eine Handbewegung, als ob sie einen lästigen Boten fortwinkte. »Gehabt Euch wohl, Senator, nehmt Baldrian, auf Wiedersehen.«

»Lebt wohl!«, schnaubte Jessen und wendete sein Pferd mit einem heftigen Ruck an der Kandare, sodass das Tier schmerzhaft das Maul aufriss.

Ulrich Sendeke, der die Szene vom Rücken seines Maultiers aus verfolgt hatte, fing jetzt Reginas fragenden Blick auf. Er hob die Schultern und zog eine Grimasse: Dicke Luft, aber fragt mich nicht, warum. Dann folgte er Jessen, der schon vom Hof ritt, zog aber artig den Hut, als er an der Hausherrin vorüberkam. Sie nickte dem Adlatus freundlich zu. In dem Augenblick ruckte die Kutsche an, und Regina wurde rückwärts gegen die Bank geschleudert. Gehab dich wohl, Börde voller Weizenäcker, gehab dich wohl, Adela, die mehr weiß als ich!

Regina hatte das Gefühl, dass sie diese Frau nicht zum letzten Mal gesehen hatte, wenn sie denn dem jungen Mann im Kerker helfen wollte.

6. KAPITEL

In welchem Regina Jessen zunächst durch ihre Heimatstadt wandelt, dann aber überstürzt aus dieser retiriert

Regina streifte ziellos durch die Straßen ihrer Heimatstadt. Ihr hinterher schlurfte ein altersschwacher, halb blinder Knecht aus dem Haus des Senators. Am liebsten wäre sie ohne Begleitung gegangen, aber das war natürlich für eine Jungfer aus gutem Hause unmöglich. So hatte sie sich denn jemanden ausgesucht, der sich gewiss nicht einmischen und sie stören würde, sondern der ihr einfach nachtaperte wie ein alter Hund.

Ihr Vater nahm heute an einer außerordentlich wichtigen Sitzung im Rathaus teil – so wichtig und geheim, dass Regina wieder einmal kein Wort aus ihm herausbekommen hatte, worum es denn ging. Doch sie war sich beinahe sicher, dass es etwas mit dem Besuch bei der Braunböckin und also auch mit Richard zu tun hatte!

Voller Unruhe und in Gedanken bei Richard in seinem Magdeburger Kerker, hatte sie das Haus ihres Vaters in der Steinstraße hinter der Jacobi-Kirche gegen Mittag verlassen, die Decke fiel ihr auf den Kopf. Unbeabsichtigt hatten ihre Füße sie am Dom und an St. Petri vorbei zum Rathaus getragen. Die Sitzung der Bürgerschaft dauerte noch an. Sie war herumgestrichen in der Hoffnung, vielleicht den jungen Sendeke bei den wartenden Kutschern oder den Pferdeburschen anzutreffen. Aber sie hatte kein Glück. Woher denn auch! Schließlich war Ulrich Sendeke kein ordinärer Knecht, sondern Adlatus und sicherlich dort drinnen mit dem Herrn Vater. Also war sie einfach weitergelaufen, den malzig vergorenen Geruch der zahllosen Brauereien in der Nase, die in den letzten Jahren wie Pilze aus dem Boden geschossen waren. Gerste, dachte Regina, wenn Adela Braunböck Herrin auch über diesen Rohstoff war, dann fraß ihr sogar noch der letzte Bierkutscher aus der Hand. Ihre Begleitung, der alte Knecht, belebte sich zusehends. Schon der Geruch schien zu genügen, ihn ein bisschen munterer zu machen – am Bierhumpen hingen sie alle. Eben überlegte sie noch, ob sie dem Kerl einen Pott spendieren sollte, als wie auf Bestellung ein Wagen, von zwei schweren Pferden gezogen, vorbeirumpelte und sie mit Dreck bespritzte. Regina schüttelte sich. Nein, sie hatte genug vom Schlamm und Gestank der engen Gassen. Vorbei an St. Nicolai lief sie die Deichstraße hinunter zum Hafen, Luft schnappen.

Hier wehte eine frische Brise von der Alstermündung her. Möwen übertrumpften einander gegenseitig mit Geschrei. An der Landungsbrücke waren dickbäuchige Koggen vertäut, und Hunderte von Männern waren dabei, sie mit Waren zu beladen oder Güter zu löschen. Befehle und Flüche wurden gebrüllt, die Schiffe polterten gegen den Kai, ein gezüchtigter Esel schrie. Doch Regina liebte das geschäftige Treiben. Aber heute kam ihr dies alles vor, als betrachtete sie es von außen, als fände alles auf einer Theaterbühne statt.

Ein nach Bier und Knoblauch stinkender Matrose rempelte sie an. »Na, min Deern, auf Freiersuche? Also du und ich …« Es war ein ziemlich zotiger Antrag. Wo war ihre männliche Begleitung? Irgendwo da hinten schlurfte er herum. Kurz entschlossen verpasste sie dem verdutzten Matrosen eine Maulschelle und ging weiter in Richtung Kleine Alster. Immerhin übernahm es der Knecht des Hauses, den wütenden Kerl über die Bedeutung ihrer Person aufzuklären …

Sie lief über die Alsterbrücke hinweg und dann den Damm entlang, immer noch umkreischt von Möwen, den frischen Wind, der ein wenig nach Fisch roch, im Gesicht. Der Wind ließ ihre Gedanken klarer werden. Das dumpfe Brüten und ziellose Herumlaufen brachte gar nichts. Und hier in Hamburg beim Herrn Vater saß sie nur wie auf Kohlen. Sie musste nach Alvensleben reisen – und zwar sofort. Egal, wie sehr sie damit gegen Zucht und Sitte verstieß. Auf einmal wurde ihr bewusst, dass sie bereit war, für den jungen Alemann ziemlich viel aufs Spiel zu setzen …

Du lieber Himmel, wie sollte sie Margrete nur vom Jammern abbringen!

»Hör auf, du albernes Ding, ich habe es so beschlossen! Und von dir verlange ich nur, dass du mir den Rücken freihältst und meinem Vater ein Märchen erzählst.«

»Aber was soll ich nur sagen, Jungfer Regina!«

»Erzähl ihm, ich sei zur Beichte, auf dem Fischmarkt verschollen, in die Alster gefallen, irgendwas … Hauptsache ist, dass er mich hier in Hamburg sucht und nicht woanders.«

»So nehmt mich wenigstens mit, dann wären wir zu zweit …«

»Ja, gleich zwei Frauenzimmer allein auf der Straße, was für ein Fang! Und außerdem – sag mal –, kannst du reiten?«

Margrete senkte den Blick und nuschelte etwas vor sich hin.

»Und jetzt reich mir diese Hose und die Jacke!«

»Wenn der Sendeke-Ulrich merkt, dass ich die Sachen aus seiner Kammer …«

»Papperlapapp, der kommt niemals auf dich.« Regina verschnürte den Burgunderrock über der Männerstrumpfhose. Ein Glück, dass die Mode so lange und weite Überärmel vorschrieb! Sendeke war gut einen halben Kopf kleiner als die hoch gewachsene Regina, und um ein Haar hätte sie so ausgesehen, als würde sie in den ausgewachsenen Sachen ihrer Kindheit reisen. Selbst die Reitstiefel hatten sie Ulrich geklaut. Margrete musste ihr das Haar so flechten und verschnüren, dass es unter die Schlappe passte. Diese in jüngster Zeit aufgekommene modische Kopfbedeckung, die über die Ohren hinunterreichte, eignete sich prächtig für Reginas Vorhaben.

Endlich schien Margrete ihre Fassung wiedergewonnen zu haben. Aber so war sie. Wenn sie begriffen hatte, dass sie nichts unternehmen konnte, was dem Geschehen eine andere Richtung gab, spielte sie einfach mit. Sie trat ein paar Schritte von ihrer Herrin zurück und betrachtete sie mit seitlich geneigtem Kopf, während Regina Dolchmesser und Kurzschwert am Gürtel befestigte – »Leihgaben« eines der Geleitleute der Jessens – »Ihr habt schöne Beine, junger Herr!« Sie kicherte. »Passt nur auf, dass Euer Rock immer die Oberschenkel bedeckt, sonst bemerkt man, dass unterm Hosenverschluss was fehlt!« Die jungen Frauen prusteten, doch dann wurde Regina ernst. »Schnell jetzt, ich will vor Anbruch der Nacht im ersten Gasthaus am Wege sein und habe noch kein Pferd.«

»Das wollt Ihr, Gott behüte, doch nicht auch noch stehlen?!«

»Kaufen«, sagte Regina sachlich und beförderte zwischen den Leinen ihres Bettes einen gefüllten Geldbeutel zu Tage. Schließlich stand sie dem Haus des Witwers Jessen vor und war klug genug gewesen, nicht alles vom Haushaltsgeld in die Hände der Köchin und der Beschließerin zu überantworten. Rechnen konnte sie.

Auf dem Hamburger Pferdemarkt hatte man den glattwangigen Jüngling mit der hellen Stimme natürlich belächelt und versucht, ihn übers Ohr zu hauen. Und Regina musste es sich ihrerseits gefallen lassen, weil sie fürchtete, bei einer Diskussion entdeckt zu werden. Je weniger sie sprach, desto geringer war die Gefahr, sich zu verraten. Und schließlich kannte sie in Hamburg eine ganze Reihe von Leuten, es bestand durchaus noch die Gefahr, dass man sie erkannte. Also war sie jetzt auf einem faulen Schimmel mit langen Zähnen, der vermutlich so alt war wie Methusalem, unterwegs. Der mitgekaufte Sattel war hart und drückte am Hintern, aber dem Pferd schien er immerhin zu passen, denn es zockelte, zwar wenig inspiriert, aber gutmütig, auf der Straße nach Südosten dahin. In Reginas Rücken sank bereits die Sonne. Bei Einbruch der Dunkelheit würde sie in Bergedorf sein – und morgen dann, Gott befohlen, über Geesthachede auf dem Weg elbabwärts in Richtung Börde. Sie fühlte sich fröhlich und voller Tatendrang. Die Ruhe, die in ihr Herz eingekehrt war, sagte ihr, dass sie das Richtige zu tun im Begriff war.

Oswald Jessen war blaurot im Gesicht. Man konnte einen Schlaganfall befürchten. Dass er tobte, das war in letzter Zeit nichts Ungewöhnliches. Aber in Anbetracht der Tatsache, dass seine Tochter verschwunden war, steigerte er sich in wahre Raserei.

Margrete hockte in der Küchenecke, den Kopf unterm Kittel verborgen, und betete, dass das Donnerwetter vorübergehen möge. Der Hausherr hatte sie grob bei der Schulter gepackt und gerüttelt, als könnte er die Wahrheit aus ihr herausschütteln, doch die Magd hatte beteuert, nichts zu wissen. Zum Glück war der Sendeke-Ulrich hinzugekommen, wohl von dem Lärm herbeigelockt, den Jessen veranstaltete.

»So lasst doch das arme Mädchen los!«, hatte er seinen Herrn angepoltert und dafür selbst einen Rüffel kassiert. Aber immerhin hatte Jessen die Magd in die Ecke geschubst, wo sie jetzt hockte und in ihre Schürze heulte. Von Ulrich hatte sie, noch bevor sie die Nase sicherheitshalber im Stoff vergraben hatte, einen blitzenden Blick eingefangen. Der hatte wohl den Verlust seiner Garderobe schon bemerkt – aber nichts dazu gesagt.

»Seit gestern Abend!«, brüllte Jessen. »Eine ganze Nacht! Und niemand will wissen, wo sie ist! Fort! Weg! Vom Erdboden verschluckt!« Er knallte Rüben und Eier an die Wände – mit sehr unterschiedlichem Effekt. »Und das erfahre ich erst heute früh! Ja, wer bin ich denn? In meinem eigenen Hause werde ich zum Hampelmann gemacht!«

Ulrich stand indessen inmitten der Küche wie ein Fels in der Brandung. »Aber Herr Senator! Wenn ihr nun was zugestoßen ist!«

»Zugestoßen? Meiner Tochter? Der Jungfer Regina Jessen? Wer in Hamburg sollte sich erdreisten, die Hand gegen meine Tochter zu erheben?! Nein, das kann mir keiner weismachen.« Und plötzlich war Senator Jessen still. »Ich hab's!« Er wandte sich seinem Adlatus zu und sah ihm mit glasigem Blick in die Augen. Dann sprach er leise und schnell: »Die Magdeburger haben sie verschleppt, diese gemeinen Gauner. Der alte Alemann ist ein ganz ausgebuffter Hund. Weil er seinen sauberen Sohn, diesen Mordbuben, nicht mit meiner Regina vermählen kann, versucht er's auf die krumme Tour. Die wollen uns erpressen!« Seine Augen verengten sich. »Aber die Stadt Hamburg zwingt man nicht!«, verkündete er pathetisch. »Los, Ulrich, lass mir mein bestes Pferd satteln! Ich werde nach Magdeburg reiten!«

Sendeke seufzte tief. Er hielt die Schlussfolgerung seines Herrn schlichtweg für Unsinn. Aber wenn Oswald Jessen in dieser Stimmung war, predigte man ohnehin tauben Ohren. Er war bekannt für seinen Starrsinn, der in der letzten Zeit immer mehr zugenommen hatte. Er würde seinen Willen durchsetzen mit der Sturheit eines Maultiers.

Schon wieder auf Reisen? Zumindest eine kleine Eskorte von drei oder vier Reitern musste ja wohl dabei sein. Schon um den Senator aufs Pferd zu heben ... Das Gesinde würde wenig erfreut sein.

Senator Jessen war mit fliegendem Mantel durchs Steinthor davongeprescht, die Begleitung hinterdrein, und Ulrich hatte ihm von der Tür des Hauses aus hinterhergeschaut. Wie lange das Pferd durchhalten würde, darüber wollte er lieber nicht nachdenken. Das Klappern der Hufe im Torbogen klang noch in seinen Ohren, als eine zierliche Gestalt sich neben ihm ins Freie schob.

»Nun, Jungfer Margrete, was habt Ihr mir zu beichten?«, fragte Ulrich, ohne sie anzusehen. »Das hätte Euch jetzt Euren Kopf – nun gut – zumindest Eure Stelle kosten können!«

»Aber ich durfte doch meine Herrin nicht verraten!«

»Aber zulassen, dass sie sich in Gefahr begibt, das konntet Ihr?«

»Ihr kennt meine Herrin von Kindesbeinen an«, protestierte Margrete. »Meint Ihr im Ernst, sie hätte sich aufhalten lassen?«

Ulrich gelang ein Lächeln. »Wohl kaum. Ebenso wenig wie der alte Jessen. Ich will gar nicht daran denken, was er in seiner Raserei wohl anrichten mag.« Er fasste Margrete am Kinn und fixierte ihren Blick. »Und jetzt verrätst du mir, wohin Regina in meinen Kleidern tatsächlich geritten ist! Ich glaube, wenn sich nicht irgendwer kümmert, sehen wir dem Untergang des hochwohllöblichen Hauses Jessen entgegen.«

Die Mittagsglut hielt das flache Land im Würgegriff gepackt. Seit Wochen war kein Regen mehr gefallen. Die Sonne trieb die letzte Reife ins Getreide. Schon bogen die Gerstenähren sich schwer. Regina ritt ihren phlegmatischen Schimmel an endlosen Feldern entlang. Er hatte sich gut erholt, der alte Zosse, auf dem langen Weg von Hamburg in die Börde. Anfangs hatte Regina noch überlegt, ob sie ihn irgendwo eintauschen sollte, aber da wäre nirgends ein besseres Tier im Gegenzug zu bekommen gewesen. Und mittlerweile hatte sie sich an den großen, knochigen Gaul gewöhnt. Er marschierte nicht gerade eifrig, aber unermüdlich von Sonnenaufgang bis Sonnenuntergang am Lauf der Elbe entlang, erst südostwärts, dann in südlicher Richtung, Tag für Tag. Sie wurde nicht belästigt. Die ländlichen Gegenden, die sie passierte, waren still und friedlich. Auf den Elbwiesen weideten Kühe und Schafe, und der Sommer war auf der Höhe. Die Leute hatten zu tun, kümmerten sich nicht um einen Fremden. Die bescheidenen Gasthöfe, in denen sie übernachtete – nur nicht auffallen! –, waren froh über einen zahlenden Besucher, und die Wirte stellten keine Fragen. Gern wäre sie schneller vorangekommen, aber ihr Verstand – und Regina hatte davon, dank Gott, eine ganze Menge – sagte ihr, dass es so klüger war. Die Mühlen der Justiz mahlten bekannterweise nicht so schnell, dass im Falle des jungen Alemann mit einem Prozess vor Herbst zu rechnen war. Und die ruhige, aber stetige Art des Reisens hatte den Vorteil, dass sich weder Mensch noch Tier überanstrengten. Man konnte bei Kräften ankommen.

Vieles ging ihr durch den Kopf während dieser Zeit. Immer stärker wurde in ihr die Gewissheit, dass Richard und sie zusammengehörten. Sie wusste, sie tat das Richtige.

Und jetzt war sie am Ziel ihrer Reise: staubig, gebräunt und zuversichtlich. Dort hinten, nur noch einen halben Tagesritt entfernt, erhob sich der Kirchturm von Alvensleben. Auf den Getreidefeldern hier war die Ernte in vollem Gange. Offenbar wollte man die Gerste in den Scheunen haben, bevor die nächste Gewitterperiode einsetzte und heftige Regenschauer das Korn aus den Ähren dreschen würden. Der Weizen hatte noch Zeit …

Mit gekrümmtem Rücken schwangen die Bauern die Sicheln, während Frauen und Kinder hinterherliefen und die Ähren zu Garben banden. Andere Männer wieder trieben Ochsengespanne über den Acker und luden die Gebunde auf. Wenn Regina einem Karren begegnete, grüßten die Ochsentreiber den vornehmen Patrizier unterwürfig. Einmal sprach sie einen der Bauern an, wobei sie sich bemühte, ihre Stimme zu senken und so zu klingen, wie man es von einem hochnäsigen Städter erwartete: »He, er da, Landmann, in wessen Lohn und Brot steht er?«

»Gott zum Gruß, junger Herr! Ich bin Knecht beim Steinbach-Bauern.«

»Der Steinbach-Bauer, ist er sein eigener Herr?«

Der Knecht lachte und entblößte ein trotz seiner jungen Jahre recht lückenhaftes Gebiss. »Sein eigener Herr? Hier im Umkreis gibt es nur eine Herrin – die von Alvensleben. Ihr Land, ihr Lehen, wenn Ihr versteht, was ich meine.«

Regina tippte sich zum Gruß an den Hut und warf dem überraschten Knecht einen Silbergroschen zu. »Dank der Auskunft, guter Mann!«

Der Knecht biss ungläubig auf das Geldstück, während Regina ihrem Schimmel die Sporen in die Flanken drückte.

7. KAPITEL

In welchem der ehrenwerte Senator Jessen vollends die Contenance verliert

Senator Jessen hatte sich durch den Verschleiß von fünf Reitpferden in den Gasthäusern zwischen Hamburg und Magdeburg nicht gerade beliebt gemacht. Angesichts eines durchgetretenen Fesselgelenks und einer wunden Sattellage des besten Wallachs seines Freundes hatte der Dannenberger Wirt geäußert, Jessen solle doch lieber nach Hitzacker rüber und auf dem Wasserwege weiterreisen, womit er um ein Haar Prügel eingefangen hätte.

Sein Gefolge hatte es bald aufgegeben, mit dem »Baas« Schritt zu halten, und zockelte in aller Gemütsruhe hinterher, auf den Spuren der Verwüstung. Sie kannten den Senator und wussten, dass er von bemerkenswertem Starrsinn war, wenn er einmal eine Meinung gefasst hatte – und dass er in der Lage war, tagelang wütend zu bleiben.

Bis nach Magdeburg hatte Jessen denn auch das sechste Tier zu Schanden geritten. Als sein Geleitschutz schließlich, nicht übermäßig besorgt, am Stadttor eintraf, fanden sie ein lahmes Pferd vor dem ersten Gasthof angebunden. Nach Aussage des Wirtes war der Reiter, den zwei Knechte aus dem Sattel hieven mussten, hinkend und wutentbrannt zu Fuß weitergegangen. »Wie ein Stier, der das rote Tuch sieht!« Er schüttelte den Kopf. »Was ist das für ein kollernder Truthahn?« Die beiden Vergleiche aus dem Tierreich machten dem Gefolge noch mehr als das zu Schanden gerittene Pferd klar, dass es sich um den Senator handeln musste. Sie ihrerseits machten in aller Ruhe Station und harrten der Dinge, die da kommen sollten.

Nicht ein einziges Mal war Jessen während seiner ganzen Raserei, die durch seinen wunden Allerwertesten eher noch gesteigert wurde, die Frage gekommen, wie denn Regina mit nur zwölf Stunden Vorsprung den kurzen Weg über Salzwedel und Haldensleben gemeistert haben sollte, ohne dass er sie bei seinem Tempo überholen konnte ...

Die Unbill der Stunde wollte es, dass der tobende Jessen im unpassendsten Moment bei Alemann eintraf – obwohl angesichts des blindwütigen Zorns des Senators fraglich ist, ob ein anderer glücklicher gewesen wäre. Alemann nämlich hatte zum zeitigen Abend besagten Tages einige einflussreiche Herren der Stadt Magdeburg in sein Haus eingeladen, um Braten und Bitterbier zu kredenzen. Nicht ohne die hintergründige Absicht, für seinen missratenen Sohn eine Amnestie herauszuschlagen. Denn missraten war Richard, wie die Indizien seiner Meinung nach schlagend bewiesen, leider durchaus – aber dennoch sein Sohn. Blut ist dicker als Wasser, und Marcus Alemann wusste nur zu gut aus eigener Erfahrung mit dem Zerbster Bitterbier, wie sehr dieses die Zurechnungsfähigkeit einzuschränken im Stande war. Mit ihm die anderen Herren. Also war immerhin auf milderne Umstände hinzuarbeiten.

Nun saßen die Honoratioren, darunter der hochedle Heribert Thalbach, oberster Richter der Stadt, um Alemanns Esstisch versammelt – die Magd Elsabe hatte gerade den Truthahn aufgetragen –, als jemand mit Macht an die Haustür donnerte und Kauderwelsch brüllte.

Marcus Alemann, dem eine Störung just in dieser Stunde höchst ungelegen kam, runzelte die Brauen. »Geh, Elsabe, und sieh nach, was da unten los ist!«

Die Magd wurde blass. »Mit Verlaub, Herr, aber einem Wahnsinnigen wage ich nicht die Tür zu öffnen!«

»So also! Auf das Gesinde ist allemal kein Verlass!« Alemann erhob die Stimme: »Geh endlich einer und gebiete dem Lärm Einhalt!«

Aber es fühlte sich keiner angesprochen – sei es, dass alle gerade mit den weiteren Zurüstungen für das Mahl beschäftigt oder anderweits außer Hörweite waren oder dass sie schlicht keine Lust hatten, es mit einem Randalierer aufzunehmen.

Der Hausherr, nun schon selbst in Rage und wild entschlossen, dem Unfug ein rasches Ende zu bereiten, schob seinen Stuhl zurück und stapfte die Treppe hinunter, hörte draußen ein Brüllen von »Menschenraub« und »Erpressung«, öffnete mit einem Ruck die Tür – und ging zu Boden.

Oswald Jessen hatte gerade zu einem neuen, schweren Schlag gegen Alemanns Tür ausgeholt, als diese aufgerissen wurde. Nach dem Hieb zwischen die Augen sackte Marcus Alemann wortlos zusammen.

Schlagartig war nunmehr Jessen der Wind aus den Segeln genommen. Er starrte fassungslos und wie gelähmt auf das besinnungslose Opfer seiner Wut, unfähig zu begreifen, was er da angerichtet hatte.

Von der plötzlichen Stille überrascht, kamen nun nach und nach Alemanns Gäste die Treppe herunter. Alsbald fand sich Jessen von den Würdenträgern Magdeburgs umringt. Er brachte noch immer kein Wort hervor.

Richter Thalbach lief unter dem Einfluss etlicher Bitterbiere stets zu Hochform auf. Er sah dem Hamburger in die blutunterlaufenen Augen, warf einen Blick auf sein ramponiertes Äußeres, von den zerzausten Haaren bis hinunter zu den verdreckten Schuhen, und kam zu dem messerscharfen Schluss, dass Jessen den Verstand verloren haben müsse.

»Man stecke ihn ins Tollhaus«, ordnete er ohne Umschweife an. »Vielleicht kommt er ja wieder zur Besinnung. Ruft die Wachen! Und du«, herrschte er Elsabe an, die auf der untersten Treppenstufe stand, die Hand vor den Mund geschlagen, »du beeilst dich, einen Arzt zu holen für deinen Herrn!«

8. KAPITEL

In welchem Regina Jessen hingegen die Contenance wahrt

Es ging auf den Abend zu, als Regina ihr Ziel erreichte. Eigentlich hatte sie erwartet, dass man sie in Alvensleben empfangen würde wie das letzte Mal. Doch diesmal war alles anders. Kein Wächter blies vom Luginsland ins Horn. Nichts rührte sich, als sie im Schritt die dunkle, schattige Lindenallee, die zu dem befestigten Anwesen Adelas hinführte, entlangritt. Niemand eilte herbei, als sie – Hufschlag auf dem Pflaster hallend – in das Geviert des Hofes kam. Dennoch erweckte das Anwesen durchaus keinen verlassenen Eindruck. Beim Klang der Pferdehufe nämlich rührte sich das Vieh in den Ställen. Kühe begannen zu muhen, Pferde wieherten und schlugen unruhig gegen die Wände. Eine Schar Gänse kam mit ausgebreiteten Flügeln herbeigeeilt und umringte den Reiter, die Hälse fordernd vorgestreckt. Regina fingerte ein Stück Brot aus dem Brustbeutel, einen Rest Proviant, und krümelte ihn den Gänsen hin, wohl wissend, dass mit denen nicht zu spaßen war. Hungrig stürzte sich das Federvieh auf die Krumen.

Regina saß ab, immer noch in der Hoffnung, dass gleich jemand erscheinen werde, der ihr Kommen bemerkt hatte. Sie sah sich nach einem Anbindering um, entdeckte ihn an der Hauswand und band den Schimmel fest. Kein Mensch ließ sich sehen. So machte sie sich achselzuckend daran, ihr Reittier zu versorgen. Ein Zuber stand umgekippt an der Mauer. Regina füllte ihn am Ziehbrunnen mit Wasser und stellte ihn dem Schimmel hin. In der Tenne gab es Heu und Hafer. Auch hier bediente sie sich. Als sie über den Hof ging, blökte, wieherte und schnatterte es aus allen Richtungen, als wären die Tiere halb verhungert. Irgendetwas stimmte hier nicht! Allmählich breitete sich ein flaues Gefühl in Reginas Magengegend aus. Sie sah dem zufriedenen Schimmel beim Kauen zu, ein Bild des Friedens. Ihre Empfindungen widersprachen dem. Aber was sollte das! Sie würde wohl im Haus nach den Bewohnern suchen müssen.

Mit einem Ruck öffnete sie die schwere Eichentür, die diesmal, im Gegensatz zu ihrem vorigen Besuch, geschlossen war. Der Torflügel schlug zurück, Licht strömte in die große Eingangshalle, wo Regina erst unlängst mit ihrem Vater empfangen worden war.

Adela Braunböck war da. Sie stand mit finsterem Gesicht hinter einem Schreibpult, vor sich ein Tintenfass, in der Hand den Federkiel, und starrte dem Ankömmling, diesem »jungen Mann«, mit einem seltsamen Ausdruck entgegen – es kam Regina vor wie eine Mischung aus Zorn und Ratlosigkeit. Dann starrte sie angstvoll nach rechts. Ihr schwarzes Haar, vordem von reich verzierten Bändern und Broschen zusammengefasst, stand ihr wirr vom Kopf ab. Irgendwie erinnerte sie Regina an einen wütenden Löwen, dessen Bildnis sie in einer Bibelmalerei gesehen hatte.

Regina war im Türrahmen stehen geblieben. Bevor sie sich darüber klar werden konnte, was da vorging, presste sich ein kräftiger Arm so über ihren Hals, dass ihr die Luft wegblieb, und gleichzeitig zischte eine raue Männerstimme: »Keine Bewegung!« Gleichzeitig fühlte sie, wie ihr die Waffen abgenommen wurden; Dolch und Kurzschwert landeten klirrend auf dem Estrich. »So, schon besser!« Ein weiterer Ruck mit dem Arm. »Wo sind die anderen?«

»Welche anderen?«, wollte Regina fragen, aber sie brachte nur ein Röcheln heraus. Dann wurde ihr klar, dass der rabiate Kerl vermutete, sie würde mit Gefolge reisen, und versuchte, irgendwie pantomimisch klar zu machen, dass sie allein unterwegs war.

»Wer's glaubt!« Ein höhnisches Lachen. »Schwör bei deinem Leben!« Vor Reginas Augen kreisten rote Punkte, in ihrem Kopf wurde es langsam dunkel. Mühevoll hob sie die Schwurhand. Der bringt mich um!, dachte sie. Doch endlich ließ der Druck über ihrem Kehlkopf nach; sie schluckte krampfhaft, musste husten.

»Und nun hier herüber!« Eine behandschuhte Hand ließ eine Klinge vor ihren Augen aufblitzen, und wie gebannt auf das Eisen starrend, ließ sie sich nach rückwärts dirigieren, gegen einen der hölzernen Stützpfosten der Halle.

Jetzt folgte ihr Blick dem der Braunböckin nach rechts. Und was sie sah, ließ ihr das Blut in den Adern gefrieren. Der kleinere der Alvensleben-Söhne – hieß er nicht Claus? – lag reglos mit gebundenen Händen am Boden, die Augen geschlossen. Daneben war sein Bruder auf einen Stuhl gefesselt und geknebelt. Ein großer Kerl mit rötlichen Haaren, trotz der sommerlichen Hitze von Kopf bis Fuß in Leder gehüllt und schwer bewaffnet, wirbelte den Dolch, den er ihr eben noch vor das Gesicht gehalten hatte, um seine Finger und musterte sie mit abschätzenden Blicken. »Ph, ein Milchbart!«, grunzte er verächtlich. Dann wandte er sich an Adela. »Besser, Ihr schreibt weiter, Bäuerin, und lasst Euch von dem unerwarteten Gast hier nicht beirren, wer auch immer der sein soll. Denn sollte der etwas unternehmen, was mir nicht passt …« Er trat hinter Andres, den zweiten Sohn, und zog symbolisch das Messer vor dessen Kehle durch. Der Junge schloss krampfhaft die Augen.

Bei dieser Geste jedoch geschah etwas Unerwartetes. Adela, das starke Frauenzimmer, die »Löwin«, sackte unter Klirren und Klingeln ihres Goldmünzenschmucks ohnmächtig zusammen.

»Was soll mir das nun wieder!«, knurrte der Rothaarige und stampfte ungeduldig mit dem Fuß auf. Irritiert sah er zu Adela hinüber, die reglos auf dem Boden lag wie ein Kleiderbündel. »Ha, feiner Pinkel du, sieh zu, dass du sie zur Besinnung bringst. Ich hab Geschäftliches mit ihr zu regeln!« Und als Regina sich nicht rührte: »Mach schon, oder kannst du zusehen, wenn ich der kleinen Kröte hier die Kehle durchschneide?«

Der Junge saß ganz still wie ein gefangenes Tier, tödlich gelähmt. Regina schauderte. Diesem brutalen Kerl war offenbar alles zuzutrauen. In was war sie da nur hineingeraten?

Sie ging zu der Ohnmächtigen hinüber, beugte sich über sie und berührte sie an der Schulter. Doch Adela regte sich nicht.

»Verflucht, sie wird schon wieder zu sich kommen!«, wetterte der Rote. »Kannst du schreiben, Pinkel?«

Regina nickte, versuchte sich zu fassen.

»Dann schreib weiter!«

Sie trat an das Pult und warf einen Blick auf das Papier. Es war mit »Contract« überschrieben. Dann las sie: »Ich, Adela von Braunböck, erkenne hiermit dem Grafen Gero von Barby ...« Das Schreiben endete mit einem Federstrich, wo der Gänsekiel abgeglitten war, als die Schreiberin zu Boden stürzte.

»Wie weit ist sie gekommen? Lies!«, drängte der Kerl. So also sah der Graf von Barby aus. Nicht gerade Vertrauen erweckend, eher so etwas wie ein Raubritter. Seltsam, was will der bloß?, dachte sie und las vor, was auf dem Pergament geschrieben stand.

»Gut, weiter!«, raunzte der Graf. »... erkenne hiermit dem Grafen Gero von Barby das Privilegium am Erwerb der diesjährigen Ernte Anno 1482 zu ...«

Regina starrte den Mann an, holte tief Luft – und schrieb. Der Federkiel kratzte über das Pergament. Sie hörte dem Geschwafel des Grafen, der seine unannehmbaren Handelsbedingungen diktierte, mit unbewegter Miene zu. Nebenher bemerkte sie, dass Adela zu ihren Füßen sich bewegte.

»Hast du das, Pinkel?«, drang die Frage des Grafen ihr ans Ohr.

»Ihr wart zu schnell«, taktierte sie, »seid so freundlich, den letzten Satz zu wiederholen.«

Barby schnaubte ungeduldig durch die Nase. »Dieser Contract wird bekundet und besiegelt durch Adela von Braunböck.«

»Wollt Ihr mich nicht als Zeugen nehmen, Herr Graf?«, fragte Regina mit einem scheinheiligen Lächeln.

»Als Zeugen ... hm, warum nicht. Wie ist dein verdammter Name?«

»Richard«, antwortete Regina geistesgegenwärtig, »Richard von Bergedorf.«

»Meinetwegen, von ebendem.«

Langsam kam Adela auf die Beine, zog sich am Schreibpult hoch und stützte sich benommen auf Reginas Schulter.

»Jetzt unterschreibt, alle beide! Und dann schiebt mir das Dokument mit den Füßen zu, nicht dass mir wer zu nahe kommt!«

Regina unterzeichnete, reichte die Feder der Bäuerin, versuchte, einen Blick mit ihr zu tauschen. Aber Adela war wie in Trance. Sie malte ihren Namen, als wäre sie blind. Regina rollte das Dokument auf. Sie musste Adela zur Hand gehen, es zu versiegeln, und warf es schließlich Barby zu. Der lachte heiser. »Seht Ihr, Braunböckin, so macht man Geschäfte! Und so schafft man Ungerechtigkeiten aus der Welt!« Er verstaute das Pergament sorgfältig unter seinem Wams.

Dann musterte er aufs Neue Reginas schlanke Gestalt, und ein hämisches Lächeln erschien auf seinem Gesicht. »Langsam wird mir klar, was da einsam und allein gegen Abend in Alvensleben auf den Hof geritten kommt – hübsch und glatt und seidenweich und in aller Heimlichkeit, ohne Gefolge! Der junge Herr ist der Bettschatz der ehrenwerten Wittib von Alvensleben! Na, ich will den Liebesspielen nicht länger im Wege stehen. Hab ja, was ich wollte.«

Er begann die Stricke des älteren Knaben zu lösen. Der kleine Claus lag noch immer mit geschlossenen Lidern. »So, und nun, Pinkel, Liebesknabe, bring mir mein Pferd! Du findest es gesattelt im Stall!«

Regina stürzte hinaus. Noch immer lag das gesamte Gehöft wie ausgestorben. In irgendeinem Gebäudeteil waren sicher Adelas Leute eingeschlossen, bewacht von Barbys Leuten. Jetzt bedauerte sie, nicht behauptet zu haben, dass sie der Vorbote eines großen bewaffneten Reitertrupps sei, vielleicht aus Magdeburg. Möglicherweise hätte dieser Strauchritter dann einfach die Flucht ergriffen.

Als sie kurz darauf einen großen Fuchs in den Hof führte, erschien Barby in der Tür, Andres, den Älteren, im Würgegriff, hinter ihm die bleiche, zerzauste Adela.

»So lasst das Kind doch endlich frei, habt Ihr nicht, was Ihr wolltet?«, flehte sie mit rauer Stimme.

Der Rote grinste wissend. »Was ich noch brauche, ist freies Geleit bis an die Grenze meiner Grafschaft. Und dazu wird diese Geisel mir verhelfen.« Er hob den Jungen in den Sattel und saß hinter ihm auf. »Wenn ich bis Sonnenuntergang keinen Eurer Leute zu Gesicht bekomme, kriegt Ihr ihn wohlbehalten zurück – wahrscheinlich.« Er stieß einen gellenden Pfiff aus, lauschte mit gerecktem Hals. »Euer feiges Gesinde habt Ihr gleich wieder. Na, die trauen sich ohnehin nichts.« Er gab dem Pferd die Sporen.

»Du Schwein, du gottverfluchtes, mieses Schwein!«, brüllte die Frau von Alvensleben. Ihre Wortwahl hatte nicht unbedingt etwas Adliges an sich. Hohngelächter antwortete ihr.

Regina schob die vor Wut und Anspannung zitternde Frau ins Haus. »Kommt, kümmert Euch um den Kleinen!«

Regina durchschnitt die Fesseln des Kindes mit dem Dolchmesser, das ihr Barby abgenommen hatte und das immer noch auf dem Estrich der Halle lag. »Hiermit hätte ich diese widerliche Ratte an den Pfosten nageln sollen,« fluchte sie ingrimmig.

»Möge er langsam und schmerzhaft verrecken!«, murmelte Adela von Braunböck, während sie ihren kleinen Sohn vom Boden aufhob und durch die Halle trug. Regina folgte ihr hinaus zum Brunnen.

Die Bäuerin ließ sich am Brunnenrand nieder und wiegte das Kind in den Armen. Regina holte Wasser herauf und benetzte die Schläfen des Kleinen. »Was hat er mit ihm gemacht?«

»Gemacht? Eigentlich gar nichts. Er hat ihn gefesselt und auf die Erde geknallt, als wäre er ein Stück Vieh. Aber Kinder sind nun mal ein bisschen anfälliger als Viehzeug. Wenn sie mit dem Kopf aufkommen, dann …« Sie biss sich auf die Lippen. »Gott im Himmel, gib, dass er nur ohnmächtig ist!«, flüsterte sie.

Zeit verstrich. Adela von Braunböck schaukelte ihr jüngstes Kind und starrte, noch immer fassungslos, wie es Regina schien, zum Tor hinaus und über die Felder, dort entlang, wo der Graf von Barby mit seiner Geisel verschwunden war, als hoffte sie, ihn durch die geballte Kraft ihres Willens zur Umkehr zu bewegen. Regina ließ weiter Wasser über die Schläfen des Kleinen rieseln. Endlich begannen seine Lider zu flattern. Er blickte kurz zu seiner Mutter auf und bettete dann den Kopf an ihre Schulter. »Tut weh«, sagte er kläglich.

Adela seufzte tief auf. »Gott sei Dank, er lebt«, flüsterte sie. Mit einer Zartheit, die Regina an der resoluten Person nicht vermutet hatte, streichelte sie das Haar des Jungen. »Wird alles wieder gut, Cläuschen. Heile, heile Segen …« Sie hob die Augen zu Regina auf. »Nun noch der andere …«

»Aber was ist geschehen?«, fragte Regina. »Und wo sind überhaupt Eure Leute?«

Die Stimme der Bäuerin wurde schroff. »Was geht Euch das an? Wer seid Ihr überhaupt? Und weshalb kamt Ihr hierher?« Sie musterte Regina argwöhnisch von oben bis unten. »Kann ich Euch trauen? Hm. Irgendwie kommt mir Euer Gesicht bekannt vor.«

Regina wurde ärgerlich. »Nun, nach dem, was ich für Euch getan habe, solltet Ihr mir wohl trauen«, sagte sie.

Adela zuckte mit den Achseln. »Ihr habt das Dokument zu Ende geschrieben«, erwiderte sie. »Was war da schon dran? Na, egal.«

Das Mädchen holte scharf Luft zu einer Entgegnung, ließ es dann aber bleiben. Mit einem Ruck riss sie sich die Kopfbedeckung herunter. »Ich bin Regina Jessen. Und ich bin hier, um mit Euch zu reden.«

Es war fast schon ein Lächeln, das Adelas Gesicht aufhellte. »Ihr kamt mir gleich ziemlich unmännlich vor!«, erklärte sie.

9. KAPITEL

In welchem Klarheit ins Dunkel kommt, was freilich nicht dazu beiträgt, Katastrophen zu minimieren

Die Bäuerin erhob sich ächzend, den kleinen Claus noch immer an sich gepresst. Unruhig rannte sie wie ein gefangenes Raubtier im Geviert ihres Hofes umher, das Kind im Arm. »Wenn wir nur etwas anderes tun könnten, als zu warten!«

»Aber wieso …?«

»Er kam mit seinen Reitern auf den Hof wie ein Wirbelsturm. Hat alle gezwungen, vom Hof zu verschwinden: Knechte, Wächter, Diener. Seine Leute haben meine Leute in das Vorwerk gebracht, eine halbe Stunde von hier entfernt. Habt Ihr ihn pfeifen hören vorhin? Das war bestimmt das Zeichen für seine Truppe, dass er hier fertig ist und gekriegt hat, was er wollte – der Saukerl. Ich denke mir, er wird jetzt reiten, als wenn ihm der Teufel im Nacken säße, bis er sein eigenes Besitztum erreicht hat. Und die Seinen folgen ihm nach einer bestimmten Zeit. Dann kommen meine Leute hierher. Aber er ist über alle Berge. Fein ausgedacht. Schlauer, als ich von diesem groben Klotz erwartet hätte.«

»Und Eure Feldarbeiter, die Mägde und Knechte?«

»Was kümmert die, was sich hier auf dem Hof abspielt? Die warten aufs Angelusläuten und kommen dann anmarschiert, um ihre Abendsuppe zu löffeln. Na, da können sie heute lange warten. Die Köchin ist auch eingesperrt.«

»Ich selbst könnte ihm nachreiten!«, schlug Regina vor. »Bestimmt finde ich im Stall ein frisches Pferd …«

Adela machte eine unwirsche Kopfbewegung. »Untersteht Euch! Er wird jeden, der ihm von Alvensleben aus folgt, für eine Bedrohung halten. Ihr kennt ihn nicht: Er ist skrupellos. Ich kann von Glück reden, wenn er meinen Andres nicht aus reiner Hysterie umbringt, weil zufällig ein Depeschenreiter hinter ihm …« Ihrer Kehle entrang sich ein tiefes, dumpfes Grollen, ein Laut zwischen Knurren und Schluchzen. »Außerdem – was könnt *Ihr* schon gegen Gero von Barby bewirken! Wie der mit Euresgleichen fertig wird, haben wir ja schon gesehen.« Sie grinste schief.

»Aber hier untätig …«

»Nein, nein, nein! Wenn wir Glück haben, lässt er Andres tatsächlich frei, sobald er meint, sicher zu sein. Wenn die Knechte von den Feldern heimkommen, dann hat er wohl Vorsprung genug, dann wollen wir losreiten, um Andres zu suchen. Er ist ein kluges Kind … er …« – wieder versagte ihr die Stimme –, »er wird am Wege warten, bis man ihn findet.« Plötzlich blieb sie stehen und lauschte. »Hört Ihr das?«

Regina reckte den Hals, erwartete, Waffengetöse oder Hufschlag zu vernehmen, aber sie hörte nichts Besonderes.

»Das Viehzeug ist unruhig und lärmt. Es muss gefüttert und gemolken werden. Die Kühe scheren sich nicht um Andres und Barby«, sagte die Bäuerin sachlich. »Bis meine Leute hier sind, das dauert viel zu lange. Könnt Ihr melken?«

Regina schüttelte stumm den Kopf. »Das dachte ich mir!« Es klang fast verächtlich, als würde Kühemelken zu den Grundlagen in der Erziehung einer jungen Patrizierin gehören und Regina hätte bloß nicht aufgepasst.

Der Knabe war eingeschlafen. »Holt einen Arm voll Stroh aus dem Stall da!«, ordnete die Braunböckin an. Regina gehorchte. Behutsam bettete die Frau das Kind auf eine Bank neben dem Brunnen, strich ihm noch einmal übers Haar. Dann schürzte sie ihren Rock bis zu den Waden auf, krempelte die Ärmel hoch und maß Regina mit einem abschätzenden Blick. »Nun, einen Futterkübel werdet Ihr ja wohl tragen können.«

Regina hätte sich geschämt, wenn sie die verzweifelte Person allein hätte schuften lassen, so unsinnig die ganze Sache war, denn die Leute von Alvensleben mussten ja früher oder später zurückkommen.

So kämpfte sie sich wacker zwischen den mistigen, stinkenden Leibern durch, um Futterkrippen und Wassertröge zu füllen, während die Bäuerin molk. Die ungewohnte Arbeit trieb der jungen Frau den Schweiß auf die Stirn. Den anfänglichen Ekel vor dem Kuhgestank hatte sie überwunden, aber es war ihr rätselhaft, wie Adela von Braunböck oder sonst irgendeine Frau – auch wenn sie von kräftiger Statur war – tagaus, tagein diese Mannsarbeit bewältigen konnte. Bald waren der feine Patrizierrock verdreckt und voll gesabbert und die Schnabelschuhe mistverklebt.

Schwitzend und übel riechend trat Regina schließlich in den Hof, wo Adela Milchkannen schleppte. So hatte sie sich das Gespräch mit der Bäuerin nicht vorgestellt. Aber wenn sie etwas aus ihr herausbekommen wollte, musste sie wohl oder übel nach ihrer Pfeife tanzen. Regina fuhr sich mit dem Ärmel übers Gesicht.

Adela, die eben noch mit den Kannen hantiert hatte, richtete sich plötzlich auf und spähte angestrengt zum Tor hinaus in die Ferne.

Man konnte weit ins flache Land blicken. Regina sah, was Adela entdeckt hatte: einen Reiter, der sich in raschem Galopp näherte. Vor ihm marschierte mit lang gezogenem Singsang ein Trupp Leute. Die Sensen über ihren Schultern funkelten im Licht der Abendsonne.

»Meine Schnitter!«, sagte Adela und hielt sich die Hand schützend über die Augen, um nicht gegen die Sonne blinzeln zu müssen. »Was erlauben die sich! Es hat noch nicht zur Vesper geläutet!«

Fast hätte Regina aufgelacht. Was war das nur für eine Person, diese Alvensleben! Statt froh zu sein, dass endlich Hilfe heranrückte, regte sie sich über den Ungehorsam ihrer Feldarbeiter auf! »Aber wer ist der Einzelne, der hinter ihnen geritten kommt?«, fragte sie.

»Barby, das ist sein Pferd! Sie haben Barby aufgehalten und bringen ihn zurück!«, sagte Adela. Vor Aufregung kippte ihre Stimme. »Wenn er jetzt ohne Andres wiederkehrt, bring ich ihn um! – Bewaffnet Euch!« Entschlossen griff sie nach einer Mistgabel und postierte sich so hinter einem Torflügel, dass sie den Reiter im Blick behalten konnte, selbst jedoch nicht gesehen wurde.

Regina hätte der Frau gern gesagt, dass die Annahme, ihre Schnitter hätten Barby zur Umkehr gezwungen, völlig aus der Luft gegriffen war. Zudem war es ein Reiter, gegen den das Fußvolk keine Chance hatte. Und es sah eher danach aus, dass er die friedlichen Schnitter von hinten überritt! Aber sie begriff – die Frau war so durcheinander, dass sie in ihrer Wut und Verzweiflung die unmöglichsten Schlüsse zog. Gehorsam griff sie nach ihrem Dolchmesser, lehnte sich hinterm Tor an die Mauer und begann das Vaterunser herunterzubeten. Die ganze Sache kam ihr vor wie ein böser Traum.

Das Dröhnen des Hufschlags auf dem ausgedörrten, harten Boden kam näher.

»Sperrt die Augen auf und schaut, wer da kommt!«, befahl Adela ihr plötzlich ruppig. »Barby ist das nicht!«

Regina kniff die Lider zusammen. Offenbar hatte die Bäuerin viel bessere Augen als sie. Aber dann sah sie es: Weiß Gott, es war nicht Barby! Reginas Herz tat einen Freudensprung – aber gleichzeitig wurde ihr sehr mulmig.

Kein anderer näherte sich da im fliegenden Galopp als Ulrich Sendeke. Und um seine Hüften geschlungen waren die Arme eines Kindes, das hinter ihm auf der Kruppe des Pferdes saß.

Adela von Braunböck hatte weder Auge noch Gruß für den Reiter. Sie hob ihren Sohn Andres vom Rücken des schwitzenden, stampfenden Pferdes, während Regina von Ulrich Sendeke einen blitzenden Seitenblick einfing.

»Ich bin müde«, sagte der Junge.

Der kleine Claus war vom Hufschlag und Singsang der heranrückenden Schnitter gleichermaßen wach geworden. Er kam herbeigelaufen und umarmte den Bruder. Der schien auf einmal gar nicht mehr so müde zu sein, sondern begann aufgeregt mit dem Kleinen zu tuscheln.

»Ich glaube«, sagte die Braunböckin, und ihre Stimme klang plötzlich erschöpft, »wir haben uns einiges zu erzählen. Mehr als die Kinder hier. – Ihr, Herr« – sie musterte den jungen Mann kurz –, »den ich, so denke ich, aus dem Gefolge des Senators Jessen kenne …« Sie ließ den Satz wie eine Frage offen.

Ulrich Sendeke zog den Hut, neigte bescheiden den Kopf und nannte seinen Stand und Namen.

»Ihr, ehrenfester Adlatus Sendeke, seid so freundlich, Euer Pferd selbst zu versorgen. Ich hab mich um meine Kinder und meine Leute zu kümmern. Muss die Abendsuppe wohl heute selber kochen. Vielleicht gebraucht Ihr auch die Hilfe dieses jungen *Herrn.*« Sie nickte zu Regina, und Ulrich grinste schief. »Im Stall findet Ihr Platz, Hafer, Gerste, Malz und Heu. Ich lasse unterdessen von irgendwem Wein und kalten Braten aus dem Keller holen. Zu feiern haben wir allemal!«

Die Suppe musste Adela denn doch nicht selbst kochen. Gleich nach den Schnittern war auch das Hausgesinde und die kleine Wachmannschaft der Frau von Alvensleben aus dem Vorwerk eingetroffen; Letztere mit hängenden Nasen; hatten sie sich doch bei dem Überfall durch Barbys Leute nicht gerade mit Ruhm bekleckert. Adela empfing sie denn auch mit beißendem Spott, nannte sie ihre »großen Helden« und lobte ihren »tapferen Einsatz«. Kleinlaut versuchte der Hauptmann der Wächter sich und die Seinen zu verteidigen. »Die waren in der Überzahl, Frau! Die Lage war hoffnungslos!«

»Ach, was! Schließlich hattet ihr die bessere Position, als Verteidiger eines festen Platzes! Geschlafen habt ihr bei der Annäherung und die Schwänze eingezogen, als sie da waren! Ich werde mir überlegen, was ich mit euch mache!«

Die Krieger zogen ab wie geprügelte Hunde, und die energische Frau des Hauses gab ihre Anweisungen, ließ von einer Schaffnerin die Jungen ins Bett bringen, orderte Zimmer und Waschwasser für die Gäste, gab mit schallender Stimme Befehle für Küche und Keller aus.

Wenig später saßen sie an Adelas reich gedeckter Tafel. Die Bäuerin hatte Fackeln an den Wänden der Halle und Kerzen auf dem Tisch entzünden lassen. Bis auf einen Diener, der Wein nachschenkte und die Speisen vorlegte, waren sie unter sich.

Die Bäuerin schob schließlich ihren Teller beiseite, lehnte sich, die Beine ausgestreckt, in ihrem Sessel zurück, verschränkte die Arme hinterm Kopf und ließ den Blick ihrer funkelnden schwarzen Augen über ihre beiden Besucher hingleiten. »Eine verrückte Geschichte, das alles! Aber vor allem brenne ich natürlich vor Neugierde, Meister Sendeke, wie und unter welchen Umständen Ihr meinen Knaben gefunden habt!«

Ulrich strich sich den hellen Haarschopf aus der Stirn und seufzte. »*Gefunden* ist gut, edle Frau! Ich war auf den Spuren dieses wagemutigen Fräuleins«, sagte er mit Blick auf Regina, »das in meinen Kleidern zu reisen pflegt. Da ich also das Aussehen dieses *Jünglings* aufs Genaueste zu beschreiben wusste, war es mir ein Leichtes, hier und dort nachzufragen und seinen Weg zu verfolgen. Bald wurde mir anhand der Reiseroute klar, dass die Jungfer Jessen keinesfalls, wie ihr aufgebrachter Herr Vater annimmt, nach Magdeburg gereist, geschweige denn von den Magdeburgern entführt worden ist …«

Ein überraschter Ausruf Reginas unterbrach ihn. »Er denkt, ich bin von den Magdeburgern …«

»Er denkt, Jungfer Regina, und er hat gehandelt. Er ist Euch hinterher.«

»Aber das …«

Adela schlug mit der flachen Hand auf den Tisch. »Verzeiht, dass ich unterbreche! Aber das alles könnt Ihr bitte auf später verschieben! Mir geht es um meinen Sohn und um seinen Entführer!«

Sendeke nickte. »Natürlich. Verzeiht. Ich war ziemlich schnell gereist, hatte oft das Pferd gewechselt – der junge *Herr*, so hörte ich, zog immer auf dem gleichen klapprigen Zossen durch die Lande. So hatte ich die Ausreißerin denn nahezu eingeholt, gedachte, sie heute Abend hier bei Euch, Herrin von Alvensleben, aufzuspüren. Und dann traf ich in der Flussniederung auf diesen

Unmenschen. Er kam mir entgegengaloppiert, mit einem seltsamen Bündel vor sich auf dem Sattel, das schrie und strampelte. Ein gefesseltes Kind! Nicht gerade herkömmliches Gepäck. Der Weg war eng. Ich stellte mein Pferd quer und ihn zur Rede, aber der war drauf und dran, mich zu überreiten. Als ich nicht weichen wollte, drohte er, das Kind zu töten! Das war mir denn doch zu stark! Ich ließ ihn vorbei – gegen so ein Schlachtross kam mein sanftes Reittier nicht an, aber mir war klar, dass er nicht sehr manövrierfähig war. Eine Hand am Zügel, mit der anderen presste er das Kind an sich. Da hab ich ihm kurzerhand meinen Dolch ins Kreuz geworfen.« Er nahm einen tiefen Zug aus seinem Becher und ließ die Worte wirken.

Adela pfiff durch die Zähne. »Wie ein Draufgänger seht Ihr eigentlich nicht aus!« Und Regina ergänzte: »Ihr, Ulrich? Aber ich dachte immer, Ihr könnt keiner Fliege was zu Leide tun!«

»Einer Fliege vielleicht nicht«, erwiderte Sendeke trocken. »Aber einem Kinderräuber und Strauchritter schon eher. Ich bin auch nicht besonders geschickt in solchen Dingen. Leider hab ich nicht allzu gut getroffen. Er stürzte zwar vom Pferd, und das war dann ganz rasch am Durchgehen. Er aber kam wieder auf die Beine. Der Dolch muss wohl am Schulterblatt abgeprallt sein. Immerhin musste er den Knaben loslassen. Der Kleine war geschickt und mutig. Ungeachtet seiner Fesseln rollte er sich weg von diesem gewalttätigen Kerl und zu mir hin. Ich saß ab und hatte den Jungen, ehe der sich erneut auf ihn stürzen konnte. Sein Pferd war weg, und er fluchte wie ein Heftelmacher. Ich nutzte die Gunst des Augenblicks und zog meinem Tier die Peitsche über, und er stand da und fluchte uns hinterher. Das war's. Andres sagte mir, wo er hingehörte, und so kam ich hierher, wo ich ja sowieso hinwollte.«

Die Braunböckin hob ihren Weinkrug gegen Ulrich, trank ihm zu. »Ich bin in Eurer Schuld«, sagte sie. »Bloß schade, dass Ihr ihn nicht getötet habt!«

»Ist der Kerl Euer Nachbar?«

»In gewissem Sinne, ja. Graf Gero von Barby heißt das Vieh.«

»Warum hat er den Jungen denn entführt?«

»Weil er ein feiger, skrupelloser Kerl ist. Gegen das Leben meiner Kinder hat er aus mir herausgepresst, dass ich ihm die diesjährige Ernte zu einem Spottpreis überlasse.«

Sendeke zog ein langes Gesicht. »Eure diesjährige Ernte – die erregt wohl die Begier so mancher Leute, wie mir scheint. Und Ihr habt ... Aber da muss doch etwas zu machen sein!«

Adela schnaubte. »Contract ist Contract, geschrieben, gesiegelt. Wat schriwwt, dat bliwwt, sagt man hier in der Gegend.«

Regina lächelte spitzbübisch. »Ihr wart benommen, als Ihr aus der Ohnmacht zu Euch kamt, Frau von Alvensleben. Habt Ihr denn nicht bemerkt, was Ihr unterschrieben habt?«

Die Bäuerin sah sie scharf an. »Ich war blind vor Angst und Zorn. Das habt Ihr doch gemerkt. Verratet mir's.«

Reginas Augen glänzten. »Nun, da der Graf erst Euch schreiben ließ und dann mir diktierte, war mir bald klar, dass er selbst der Kunst des Lesens und Schreibens nicht mächtig ist. Ich glaube nicht, dass er vor Gericht viel Chancen hat mit einem Dokument, in dem geschrieben steht: Es ist viel Wunders in der Welt / Groß Übermut und falsches Geld / Hat überhand genommen / Christliche Lieb ist fast dahin / Der Glaub ist schier verschwunden. / So wächst nicht so viel Laub und Gras / Als jetzt regieret Neid und Hass / Bei Reichen und bei Armen / Kein Scham ist jetzund in der Welt / Das möchte Gott wohl erbarmen.«

Die Braunböckin hatte bei Reginas Worten zuerst die Brauen gerunzelt und fragend geguckt. Aber dann sah sie, wie es um Sendekes Mundwinkel zuckte, und sie brach in schallendes Gelächter aus. »Ihr kamt zur rechten Zeit, Jungfer Jessen, welch ein heller Kopf!« Sie wurde wieder ernst. »Und ich verlange von Euch, dass Ihr Euch unter eine Kuh hockt, um zu melken!«

»Hat sie das getan?«, fragte Sendeke interessiert. Regina nickte. »Not kennt kein Gebot!«

Wieder lachten die drei. »Doch jetzt verratet mir den Grund Eures Kommens.«

Regina erzählte von Richard und dem Mord, den man ihm unterschieben wollte. Als Adela von den seltsamen Begleitumständen des Verbrechens hörte, legte sie den Kopf schief und verschränkte die Arme.

»Und Ihr seid ganz sicher, Jungfer Jessen, dass Euer Herr Bräutigam unschuldig ist?«

Der jungen Frau fuhr die Röte bis unter den Haaransatz. »Was wollt Ihr damit sagen?«

»Dass ein paar Krüge Wein oder ein paar Humpen Bier schon sanfte Lämmer in reißende Bären verwandelt haben und Euer Verlobter nicht der Erste wäre, der im Trunk eine Tat begeht, die ihm nüchtern nimmermehr zuzutrauen wäre, und sich dann nicht mehr erinnert. Hamburg hatte das Stapelrecht, Magdeburg ebenfalls – dergleichen schafft böses Blut.«

Regina erhob sich. »Nie hätte ich gedacht, dass Ihr so reden würdet, Frau von Alvensleben!«, sagte sie, und ihre Stimme war dumpf vor Zorn. »Vielmehr hatte ich gehofft, bei Euch Rat und Hilfe in dieser Angelegenheit zu finden. Für meinen Verlobten lege ich die Hand ins Feuer, das ist die eine Sache. Aber Ihr – nun, ich denke, Ihr wisst mehr über diese ganze Angelegenheit als wir alle zusammen. Ihr könntet helfen, Klarheit zu schaffen – stattdessen schließt Ihr Euch den Verdächtigungen an!«

Ulrich Sendeke legte ihr beruhigend die Hand auf den Unterarm und zog sie wieder auf ihren Sitz. Adela, alles andere als beleidigt, sah schmunzelnd von einem zum anderen. »Immer ruhig mit den jungen Pferden! Schön, dass Ihr so heißblütig Partei ergreift für Euren Herzallerliebsten. Aber vergönnt mir, etwas vorsichtiger zu sein in meiner Sicht auf die Welt. Ich bin schließlich ein paar Jährchen älter. Und sosehr ich von Eurem unverhofften Kommen auch profitiert habe – weswegen Ihr nach Alvensleben gekommen seid, ist mir nicht ganz klar.«

»Weswegen war denn mein Vater hier und ist im Zorn abgereist?«

»Geschäfte«, sagte die Frau kurz angebunden.

»Und diese Geschäfte – haben sie wohl mit Tiberius von Wulfenstein zu tun?«

Nichts regte sich in dem Gesicht der Bäuerin. »Gott sei seiner Seele gnädig«, murmelte sie und bekreuzigte sich den üppigen Busen.

Regina war am Ende ihrer Geduld. »Wir reden um den heißen Brei herum wie ...«

Sendeke hob beschwichtigend beide Hände. »Verehrte Damen! Patientia, wie wir Lateiner sagen, also: Geduld! Lasst uns die Sache mit Bedacht angehen. Mit Bedacht und Redlichkeit. Ich habe Einblick in die Angelegenheiten des Herrn Senators Jessen, wie Ihr Euch sicher vorstellen könnt, Frau von Alvensleben. Fakt ist, dass die Kaiserliche Majestät über den hochedlen Rat von Wulffenstein zweimal das gleiche Stapelmonopol vergeben hat – an zwei Hansestädte, Hamburg und Magdeburg. Aber ein Monopol, das sagt ja schon der Name, ist ein Ding, das nur einmal vergeben werden kann. Seit nahezu zwei Jahrhunderten ist Magdeburg Mitglied der Hanse, seit 1321 Hamburg, und die Städte haben sich immer schwesterlich vertragen, doch nun ist der Zwist da. Die Kaiserliche Majestät mag darin einen klugen Schachzug sehen, einerseits die mächtigen freien Städte gegeneinander aufzuwiegeln und so zu schwächen, andererseits zweimal für ein Privilegium zu kassieren. Auf die Dauer wird der Schaden aber größer sein als der Gewinn, und endlose Fehden überziehen das Land. Ihr, verehrte Frau Braunböck, hattet ein außerordentlich gutes Verhältnis zum verblichenen Rat Wulffenstein – das weiß man landauf, landab. Deshalb ja auch der Besuch meines Herrn bei Euch – in der Hoffnung, die Dinge zu klären und für Hamburg die günstige Variante zu finden. Das hat nicht sein sollen, und Ihr schiedet voneinander im Zorn. Nun aber taucht dieser Unhold und Kinderdieb hier auf und will ebenfalls an Euer Korn – und hier beginnt die Angelegenheit für mich vollends unverständlich zu werden. Was in Gottes Namen will er denn mit Eurem Brotgetreide, wenn er gar nicht das Recht hat, es zu verhandeln?« Er sah von einer zur anderen. »So, das war eine lange Rede«, bemerkte er und vergrub seine Nase im Weinbecher.

»Und keine dumme«, erwiderte Regina. »Aber ich verstehe nicht, was das jetzt mit Richard und dem Mord ...«

Die Braunböckin unterbrach sie mit einer Handbewegung. »Oh, doch, das hat sehr wohl damit zu tun, denke ich mir jetzt, wo ich endlich in Ruhe alles überdenke.« Sie erhob sich und begann mit weit ausholenden, fast männlichen Schritten im Raum hin und her zu gehen. Im unruhigen Licht der Fackeln flammten der Goldschmuck des Mieders und ihre große Kette bald auf, bald versanken sie wieder im Dunkeln. Adela redete mit fester Stimme, unaufgeregt. »Dass ich des Herrn Rats Wulffenstein Bettschatz war, das weiß die halbe Welt, und wer sich die Visagen meiner beiden Buben anschaut und Tiberius gekannt hat, der muss auch nicht lange herumrätseln, wer diese Bäumchen gepflanzt hat. Ja, ich hatte in jeder Hinsicht die Gunst des Kaiserlichen Rates. Die große Liebe war's nicht, aber man arrangiert sich, und für uns beide brachte die Liaison jede Menge Vorteile. Da gibt es nichts zu beschönigen. Es heißt zwar, über die Toten soll man nur Gutes reden – aber ... Ich verkaufte mein Korn unter seinem Schutz zu guten Preisen, und er hielt die Hand auf, wenn's um Provisionen und Schmiergelder ging.

Die Idee, das Stapelmonopol zweimal zu vergeben, hat der Wulffenstein dem Kaiser eingeblasen, und der war geradezu entzückt davon. Wir rieben uns die Hände. Das würde die Kornpreise hochtreiben, dass es eine wahre Wonne sein sollte, wenn sich die beiden Hansestädte gegenseitig überbieten würden! Und dann – ja, dann kamen wir beide auf eine Idee. Wenn der Kaiser das Monopol nun schon doppelt vergeben hatte, warum nicht gleich es noch ein drittes Mal austeilen? Das würde doch die Konkurrenz erst recht beleben und mir eine goldene Nase verschaffen – Tiberius' Prozente eingeschlossen.«

»Auri sacra fames«, murmelte der in Latein bewanderte Adlatus, und Adela fragte scharf und misstrauisch: »Wie belieben?«

»Er zitiert nur einen Dichter«, beruhigte Regina die Frau. »Zu Deutsch heißt das: verfluchter Hunger nach Gold.«

»Ja, das ist wohl ein wahres Wort!« Adela seufzte tief. Sie ließ sich wieder am Tisch nieder und spielte mit den Brotkrumen auf ihrem Teller.

»Tja«, fuhr sie zögernd fort. »Die Kaiserliche Majestät war sehr angetan von dem Vorschlag. Und dann ...« Sie zögerte, und Ulrich ergänzte: »Und dann vergab Wulffenstein ein drittes, gleich lautendes Stapelmonopol an den Grafen Gero von Barby.«

»So ist es«, bestätigte die Braunböckin schwer.

Einen Moment lang herrschte Stille im Raum.

»Die Geschichte ist klar wie die Sonne«, sagte Ulrich. »Es konnte ja nicht ausbleiben, dass Barby erfuhr, er ist nicht der Einzige. Und der war offenbar nicht der Mann, dergleichen hinzunehmen.«

Adela nickte. »Was für ein unbeherrschter Bösewicht das ist, das haben wir ja heute alle erlebt. Uns schwante schon, dass da noch gewaltiger Ärger auf uns zukommen würde. Wulffenstein kam zu Ohren, dass er wüste Drohungen gegen ihn ausgestoßen hatte und einen Schwur geleistet hatte, er würde sich sein Recht schon holen, so oder so.«

Regina sprang auf und stieß dabei heftig ihren Stuhl zurück: »Es liegt auf der Hand! *Er* hat Wulffenstein ermordet oder ermorden lassen! Wir müssen ihn nur finden und ausräuchern in seinem Nest und zum Geständnis zwingen! Dann ist Richard gerettet!«

»Gemach, Fräulein!«, sagte Ulrich Sendeke. »Zwingt mal so einen zum Geständnis – vom Ausräuchern mal ganz zu schweigen. Habt Ihr eine Streitmacht zur Verfügung?«

»Aber wozu braucht man überhaupt ein Geständnis? Ist nicht sein Überfall auf Alvensleben und alles, was hier geschehen ist, Beweis genug?«

Jetzt hob auch Adela zweifelnd die runden Schultern. »Da wär ich mir nicht so sicher«, merkte sie an. »Der Kerl ist zwar brutal und fies, aber auch ziemlich schlau. Der Gedanke, den Mord an Wulffenstein so zu deichseln, dass die Hamburger denken mussten, Magdeburg steckte dahinter, war schon beinah genial. Da lagen sich seine Konkurrenten in den Haaren, und er wollte währenddessen hier in Ruhe absahnen. Das bisschen Gewalt gegen mich und meine Jungs hätte er doch glatt abstreiten können – und meine Leute hätten vor Gericht ohnehin nicht aussagen können, das sind alles keine Freisassen und folglich nicht rechtsmündig. War eben nur Pech, dass Ihr zwei Leute ihm in die Quere gekommen seid. Was Euch, nebenbei, den ganzen Barby'schen Hass eingetragen haben dürfte. Also seid auf der Hut!«

»Was soll das ganze Gerede!« Regina fasste Sendeke an den Schultern, rüttelte ihn. »Wollt Ihr mir nun helfen, Ulrich, oder ...«

»Seid einmal still!« Adela hob die Hand. »Hört Ihr nicht? Im Dorf unten bellen die Hunde.«

»Vielleicht schnürt ein Fuchs vorbei?«

»Da hören sie sich anders an.«

Die drei lauschten in die Nacht hinaus.

»Geh nachschauen, steig zum Wächter auf den Turm! Bestimmt ist der mal wieder eingeschlafen!«, befahl die Hausherrin dem jungen Diener, der ihnen Wein nachgeschenkt hatte.

Der Junge war noch nicht aus der Tür, als auf dem Hof Tumult ausbrach.

Da war Hufgetrappel zu vernehmen, Eisen klirrte, Männer riefen durcheinander. Und endlich – viel zu spät – erklang auch das Getute des eben erst aus dem Tiefschlaf erweckten Wächters vom Luginsland. »Diese Dienerschaft gehört ausgepeitscht! Was soll mir das denn wieder?!«, knurrte Adela und sprang auf. »Für heute ist mein Bedarf an Saukerlen gedeckt.« Sie trat ans Fenster.

»Adela von Alvensleben?«, tönte eine kräftige Stimme.

»Natürlich bin ich die, was wollt ihr Leute?«

Regina und Ulrich traten hinter sie und spähten ebenfalls in den Hof hinab. Dort war ein ganzer Haufen Landsknechte versammelt, teils zu Fuß und teils zu Pferde, bewaffnet mit Schwertern und Lanzen. Und der, welcher mit Adela Braunböck redete, ein Kerl auf einem großen roten Pferd, schien ihr Hauptmann zu sein.

»Ich muss Euch fragen, Herrin von Alvensleben, ob Ihr heutigen Tages mit Eurem Nachbarn, dem hochedlen Grafen von Barby, zu schaffen hattet.«

»Hochedel!«, dröhnte die Bäuerin und stemmte dabei die Hände in die Hüften. »Wenn der Drecksack zu Barby eines nicht ist, dann hochedel!«

»Hütet Eure Zunge!«

»Ein Hurensohn ohne Scham und Ehre ist er!«, blaffte Adela unbeeindruckt weiter.

»Er wurde vor wenigen Stunden von meinen Leuten auf Euren Ländereien aufgefunden.«

»Dann hoffe ich, dass sie klug genug waren, ihn heimwärts zu jagen.«

»Das wäre schlecht möglich gewesen, denn in seinem Rücken steckte dieser Dolch. – Wir suchen seinen Mörder.« In der Hand des Hauptmanns blitzte es auf.

Adela drehte langsam den Kopf zu Ulrich Sendeke. »Ist er nun weggerannt oder nicht?«, fragte sie halblaut.

Der Adlatus des Ratsherrn Jessen war blass im Schein der Kerzen. »Natürlich ist er weg …«, stammelte er. »Ich kann doch gar nicht … ich bringe doch keinen Menschen um!«

»Dann haltet um Gottes willen jetzt den Mund!« Die Bäuerin schob den jungen Mann hinter sich und pflanzte sich in ihrer ganzen imponierenden Leiblichkeit vor dem Hauptmann auf. »Lasst Euch bloß nicht aufhalten, Capitän! Macht Euch auf zur Mördersuche. Hier werdet Ihr bestimmt nicht fündig.«

Der Mann hatte seinen Eisenhut abgenommen und zeigte jetzt sein Gesicht, ein kantiges, knochiges Gesicht mit schiefer, gebrochener Nase und einer Narbe vom Mundwinkel bis zum Ohr. Das Gesicht eines Raufbolds, dachte Regina unwillkürlich. Er lachte kurz auf. »Das sei dahingestellt. Der Graf Barby, als wir ihn fanden, war noch am Leben. Kurz bevor er seine Seele aushauchte, hat er noch etwas geflüstert. Von einem jungen blonden Kerl auf einem bunten Fuchs. Der sei's gewesen. Da bunte Füchse ziemlich auffällig sind, erlaubt uns, in Euren Ställen nachzusehen, edle Frau. Den jungen blonden Kerl …« – er reckte den Hals und sah der um einen halben Kopf kleineren Frau über die Schulter –, »den könnten wir vielleicht schon gefunden haben. Das könnte der da sein. Oder aber auch der da.« Er zeigte mit dem Finger auf Regina. Die beiden Hamburger Gäste sahen sich an. Ihnen war wohl gleichzeitig die Luft weggeblieben.

Adela funkelte den Kerl mit ihren schwarzen Augen an. »Nehmt Ihr Euch nicht ein bisschen zu viel heraus, mich und meine Gäste derart zu belästigen? Der edle und gestrenge Kaiserliche Rat Tiberius von Wulffenstein …«

Der Mann lachte, und es klang hämisch. »Der Kaiserliche Rat von Wulffenstein ist zu seinen Vätern versammelt, Frau, das hat sich sogar schon bei uns herumgesprochen. Auf dessen Protektion könnt Ihr jetzt nicht mehr vertrauen. Also versucht nicht, uns mit einem Popanz zu schrecken.«

»In wessen Diensten steht Ihr eigentlich?«

»Das geht Euch gar nichts an. Wir werden …«

Ein gellender Schrei unterbrach das Hin und Her.

Über die breite Treppe, die zu den oberen Gemächern führte, stürzte eine junge Magd herunter. Sie war im Hemd, hatte nur ein Tuch über die Schultern geworfen, und das aufgelöste Haar fiel ihr über die Schultern.

»Weg! Sie sind weg!«, heulte das Mädchen und warf sich zu Adelas Füßen. »Herrin, um der Barmherzigkeit Gottes willen, geht nicht ins Gericht mit mir! Ich war die ganze Zeit vor ihrer Tür, keinen Moment war ich fort. Und hab auch kein Auge zugetan, ich schwör's bei allen Heiligen! Oh, Himmel, warum muss mir das passieren!«

Adela starrte auf das Mädchen hinunter. »Was ist? Was willst du mir sagen?«, fragte sie. Ihre sonst so kraftvolle Stimme klang matt und heiser.

»Die Kinder! Eure Söhne, Frau! Eure Söhne sind fort!«

10. KAPITEL

In welchem der Spiritus Diaboli einfältiger Unschuld leere Versprechen insinuiert

Die Nacht war windig und warm. Der kleine Claus hatte die Hand seines großen Bruders gefasst und stolperte neben ihm her. Beide hatten über ihre Kinderkittel nichts weiter als ein Wams gezogen. Ihre Füße steckten in bäuerlichen Bundschuhen.

»Ist es noch weit?«, fragte Claus mit schlaftrunkener Stimme.

»Überhaupt nicht!«, erwiderte Andres. »Weißt du noch, wo wir im Frühjahr die Kaulquappen gefangen haben? Da ist es. Da hat er uns hinbestellt.«

»Und wenn er nicht kommt?«

»Der kommt bestimmt. Hat mir sein Ehrenwort als Ritter gegeben.«

Ein Fuchs raunzte von fern. Von oben kam ein Ton, der sich anhörte wie ein Meckern. »Was ist das?«

»Die Himmelsziege ist das. Ein Vogel.«

Der Kleine schmiegte sich an den Großen an. »Und die Augen überall? Die gucken uns an!«

»Dummerchen, das sind die Glühwürmchen. Die leuchten uns, damit wir den Weg finden.« Claus schwieg, drehte ängstlich den Kopf. Dann fragte er: »Du, Andres? Warum glaubst du, dass der Mann es gut mit uns meint? Der hat uns auf die Erde geworfen und gefesselt und mit dem Messer herumgefuchtelt und dich aufs Pferd geschmissen.«

»Ach, kleines Schaf, der doch nicht! Nicht der Rote! Der Rote ist böse, aber der Dunkle ist gut. Und schön sieht er aus, wie ein Bote des Himmels.«

»Wo hat er denn mit dir gesprochen?«

»Als der andere mich schon von dem Roten weggenommen hatte.«

»Der andere?«

»Ja. Der da bei der Mutter sitzt. Der Blonde.«

»Der Rote – der Blonde – der Dunkle«, murmelte Claus verwirrt. »Und wo kam der Dunkle her?«

»Einfach die Straße runter. Als der Blonde mal in den Büschen war. Du, ich glaube, er ist wirklich ein Engel. Ein Ritterengel.«

»Gibt's denn so was?«

»Frag nicht so dumm. Er hat's mir doch versprochen, dass wir zu Rittern gemacht werden. Wir beide sind ausersehen, weil wir so tapfer waren. Weil wir die Prüfung mit dem Roten bestanden haben. So hat er's gesagt, der Dunkle. Ritter. Mit allem Drum und Dran. Schwerter kriegen wir und Kinderrüstungen mit goldenem Zierrat, wie wir sie uns immer gewünscht haben. Die Mutter wird Augen machen, wenn wir so zurückkommen!«

»Aber wenn er lügt?«

»Unsinn. Hätte er mir dann das Geschenk gemacht?« Andres griff in die Tasche seines Wamses. Im ungewissen Licht der Nacht funkelte so etwas wie ein großer bunter Stein an einer Kette. »Eine Ehrenkette! Wunderschön, nicht?«

»Ja, wunderschön.« Claus seufzte. »Aber müde bin ich trotzdem.«

»Horch mal.«

Der Kleinere blieb stehen, drückte sich noch enger an Andres. »Was ist das?«, flüsterte er ängstlich.

»Frösche sind das! Die Frösche sind in dem Wasser, wo wir uns treffen wollen. Bestimmt wartet er schon auf uns. Komm!«

»Andres – wann sind wir denn wieder zu Hause? Die Mutter wird sich Sorgen machen.«

»Hör mal, du kleiner Schisser – langsam hab ich genug von dir! Erstens, die Mutter weiß doch gar nicht, dass wir weg sind. Morgen früh, wenn die Sonne aufgeht, kommen wir zurück in unserer Rüstung. Denkst du, da kann sie schimpfen? Vor Freude wird sie uns einen Honigkuchen backen.«

»Hunger hab ich auch.«

»Wirst du wohl aufhören, oder soll ich dich erst durchschütteln?«

»Nein, Andres. Ist ja gut.«

»Du kannst auch umkehren und allein nach Hause zurück. Dann bin ich eben der einzige Ritter.«

»Nein, Andres. Nein.« Mehr als der Wunsch, auch ein Ritter zu werden, trieb den Kleinen die Angst, allein zu bleiben in der Nacht. Er unterdrückte das Schluchzen, das ihm in der Kehle saß, und stolperte weiter neben dem Bruder her.

Die Weidenbäume, nur als Schattenrisse erkennbar, wiesen auf Wassernähe hin. Das Froschgequake wurde lauter. Irgendwo schnaubte ein Pferd.

»Er ist da!«, flüsterte Andres aufgeregt. Aus dem Dunkel der Bäume löste sich eine hohe Gestalt. Das silbrige Metall einer Rüstung blitzte im Mondschein auf, ein dunkler Mantel flatterte wie der Flügel einer Fledermaus. Eine Blendlaterne beleuchtete zunächst nur den Umkreis der schilfigen Landschaft.

»Wir müssen uns tief verneigen vor ihm!«

Als der kleine Claus aus seiner Verbeugung auftauchte, sah er das Gesicht über sich, jetzt vom Lichtschein erhellt. Andres hatte ja Recht. Er war schön wie ein Engel. Er musste wohl wirklich ein Engel sein. Ein glattes Gesicht unter dunklem Lockenhaar, das Lächeln fast zärtlich, und diese Augen ... so blau wie der Himmel im Frühling und sicher auch so getreu.

»Schöner Herr, hier sind wir!«, murmelte Andres ehrfürchtig.

»Ja, das sehe ich.« Die Stimme war sanft, und das Lächeln vertiefte sich noch. »Da seid ihr, ihr wieselschnäuzigen Wulffenstein-Bastarde. Und nun werden wir sehen, wie ihr zu euren Ritterwürden kommt.«

Etwas Dunkles senkte sich über die Köpfe der Kinder, nahm ihnen den Atem und die Luft zum Schreien.

Das Konzert der Frösche dauerte an, und die Glühwürmchen illuminierten die Nacht aufs Allerschönste.

11. KAPITEL

In welchem der Adlatus dokumentiert,
dass auch Mannsbilder
gelegentlich zur Ratio fähig sind

Vom Hof drang das Schreien der geprügelten Magd in die Halle. Regina hätte sich am liebsten die Ohren zugehalten. Die Frau des Hauses indes saß wie erstarrt auf ihrem Stuhl, die Augen, ohne zu blinzeln, in irgendeine Ferne gerichtet. Sie schien nichts zu hören, nichts zu sehen.

Der Kommandant der Landsknechtstruppe hatte auf die schlimme Nachricht hin sein Verhalten schlagartig geändert. Voller Mitgefühl erbot er sich, sogleich mit seinen Leuten aufzubrechen, um nach den Ausreißern zu suchen. Der Mörder des Grafen Barby war schließlich noch nicht überführt. Blond war so mancher, und ein Fuchs mit breiter Blesse und vier weißen Beinen, nun gut, der fiel zwar auf, war doch aber andererseits so selten nicht.

»Ihr rührt Euch nicht vom Orte, bis wir wieder hier sind!«, knurrte der Hauptmann den verdächtigen Sendeke pflichtschuldigst an. »In ein paar Vaterunsern sind wir mit den Ausreißern zurück, und dann unterhalten wir uns weiter! Eure Flucht wäre uns da nur das Eingeständnis Eurer Schuld!« Er blaffte seine Befehle, dann stob die Truppe eisenrasselnd von dannen.

Sendeke und Regina sahen sich an und schüttelten gleichzeitig die Köpfe. Irgendetwas war hier faul.

»Frau von Alvensleben! Wie konnten denn aber die Kinder verschwinden, wenn das Mädchen die ganze Zeit vor ihrer Tür saß? Glaubt Ihr, sie lügt, aus Angst vor Euch? Nun, schlimmer, als es ihr jetzt ergeht, kann es doch kaum kommen!«

Adela erwiderte nichts. Es schien, als dränge nichts zu ihr.

Sendeke stöhnte. »Das ist doch kein Zustand. Ich werde mich mal oben umsehen.«

»Tut das, Ulrich«, erwiderte Regina. Sie ging zurück zur Tafel, goss sich einen Becher Wein ein. Das alles kam ihr vor wie ein böser Traum. Ulrich Sendeke der Mörder Gero von Barbys? Kaum zu glauben, das. Und wieso waren die Kinder verschwunden? Das Haus schien wie gelähmt, keine Menschenseele ließ sich sehen. Nur das Geheul von draußen war zu hören.

Ulrich kam zurück. »Braunböckin!«, sagte er hastig und rüttelte die Frau an der Schulter. »Gebt Befehl, das arme Mädchen loszulassen! Sie ist nicht schuld. Ich war im Zimmer der Kinder. Das Fenster stand offen. Sie sind durch das Fenster hinausgeklettert. Ich habe mit der Lampe die Mauer und den Boden abgeleuchtet. Am Weinspalier sind Ranken abgerissen, und die Rosmarinbüsche unten wurden zertrampelt. Die Jungen haben sich aus dem Staub gemacht, wer weiß, was für ein Abenteuer sie sich vorgenommen haben.«

Die Frau blinzelte wie erwachend. »Sie sind durchs Fenster ... Gütiger Jesus, und ich dachte schon ...« Sie stand auf, trat zur Tür. »He, Hanfrieder, Jochen, lasst Marei los! Es ist gut. Aber wieso ...?«

Wie Regina kehrte sie zum Tisch zurück, schenkte sich mit zitternden Händen zu trinken ein. »Ich begreife das Ganze nicht«, sagte sie dumpf.

Die beiden Hamburger wechselten wieder einen Blick. »Wir ebenso wenig«, erklärte Regina.

»Wartet einen Moment!« Sendeke griff sich die Blendlaterne, die er schon mit ins Zimmer der Kinder genommen hatte, ging nach draußen, kehrte sehr schnell zurück. »Es ist schon seltsam!«, sagte er alarmiert. »Aber diese Landsknechttruppe da eben, die hat sich nun auf keinen Fall auf die Suche nach Euren Kindern begeben. Die ist einfach mit Sack und Pack abgezogen, und zwar im gestreckten Galopp, wenn ich die Spuren im Straßenstaub recht deute. Und nicht ausschwärmend, sondern in Formation. Als wenn sie ihren Auftrag erledigt hätten. Und irgendwie habe ich das Gefühl, dass sie nicht zurückkommen werden. Denen ging es überhaupt nicht darum, Barbys Mörder zu fassen! In wessen Sold, sagte der Hauptmann gleich wieder, standen diese Männer?«

»Er hat gesagt, dass mich das nichts angeht«, erwiderte Adela. »Und dann kam schon Marei und schrie, dass die Buben verschwunden sind.«

»Seltsam und mehr als seltsam!« Sendeke stützte den Kopf in die Hände. Regina spann den Faden weiter: »Hat er vielleicht auf diese Mitteilung gewartet? War er überhaupt nur da, um uns abzulenken und zu verwirren? Und was ist das für eine fadenscheinige Ausrede, von wegen: Der Mörder ist noch nicht überführt? Warum hat er Ulrich nicht erst einmal arretiert bis zu seiner Wiederkehr?«

Die Braunböckin runzelte die Stirn. »Keine Ahnung«, erwiderte sie unwirsch. »Ist das jetzt wichtig? Wir müssen die Jungen suchen.«

»Lasset uns klären, was es für eine Bewandtnis mit diesem Haufen hatte, Frau Adela! Vielleicht hilft es uns, die Kinder zu finden. Ich kann nämlich nicht glauben, dass sie nach den gehabten Schrecken dieses Tages so einfach auf und davon gehen. Ulrich, sagt mir auf Ehre und Gewissen: Ist es wahrscheinlich, dass Ihr den Barby umgebracht habt?«

Sendeke sah sie an und lächelte. »Jungfer Regina – ich bin ein Mann der Feder, nicht des Schwertes. Dass ich ihn überhaupt auch nur geritzt habe, kann nur mit Beistand überirdischer Nothelfer geschehen sein! Weiß der Teufel, woran er in Wahrheit krepiert ist!«

Die junge Frau nickte bedächtig. »Und was ist«, sagte sie überlegend, »wenn er in Wahrheit gar nicht tot ist? Wenn das alles nur eine Finte ist, einerseits die Frau von Alvensleben von sich und seiner Spur abzulenken und durch die Beschuldigung eines Mörders andererseits hier Verwirrung zu stiften?«

»Verdammt auch!« Adela fuhr hoch wie von einer Bremse gestochen. »Das würde diesem Sauhund ähnlich sehen. Und dann wäre also diese Landsknechttruppe ...«

»... in seinem Sold und alles nur arrangiert, um uns hier durcheinander zu bringen, bis die Kinder weg sind«, ergänzte Regina.

»Übrigens«, bemerkte Sendeke, »er sprach über die Jungen von ›Ausreißern‹. Woher wusste er denn, dass die beiden nicht entführt, sondern ausgerissen waren?«

Adela knurrte wie eine gereizte Bärin. »Ich werde diese Hurensöhne zu Paaren treiben, wenn ich erst meine Kinder wiederhabe! Ich werde selbst eine Truppe anheuern, ich werde ...«

»Gemach, gemach, Frau Adela! Das alles sind nur Vermutungen. Um herauszufinden, ob Barby noch lebt, werden wir eher List und Klugheit einsetzen müssen denn eine Söldnertruppe. Aber nun zu Euren Kindern. Was kann sie bewogen haben, sich bei Nacht und Nebel wegzuschleichen, nach so einem Tag wie diesem?«

Die Bäuerin ballte die Fäuste. »Ich weiß es nicht! Ich weiß es nicht!«

»Haben Andres und Claus mit irgendjemandem gesprochen heute, außer mit uns und Eurem Gesinde und natürlich dem grässlichen Barby?«

»Mit wem denn wohl? Und was sollen solche Fragen?«

»Sie sind nicht von der Hand zu weisen. Wir müssen alles ausschließen«, sagte Regina und legte der Frau beschwichtigend eine Hand auf den Arm. »Also, Ulrich hat dem Barby den Knaben abgejagt und ist dann schnurstracks hierher gekommen ...«

»Nein«, erwiderte Sendeke. »Schnurstracks nicht. Das Kind war erschöpft und klagte über Schmerzen, es konnte nicht mehr auf dem Pferd sitzen. Wir haben eine Rast eingelegt. Während dieser Rast überkam mich ein – hm – ein Bedürfnis, und ich bin hinter den Busch gegangen. Vielleicht war es ja auch die Aufregung, ich befreie ja nicht alle Tage kleine Jungs und schmeiße mit Dolchen um mich. Jedenfalls, es dauerte ein bisschen. Und während der Zeit hörte ich Hufschlag auf dem Weg. Aber weil er nicht aus der Richtung kam, in die dieser Barby abgehauen war, dachte ich mir nichts dabei. Ich hab Andres dann gefragt, wer da vorbeigekommen sei, und er hat gelächelt und den Finger auf die Lippen gelegt, als wenn es ein großes Geheimnis wäre.«

Adela sprang auf. »Das bringt doch nichts, diese Geschichten, ob Ihr nun, mit Verlaub, länger oder kürzer scheißen wart, deswegen wird doch keiner in der Zwischenzeit meinen Jungen zum Weglaufen bewegen! Lasst uns endlich mit der Suche beginnen!«

»Es ist inzwischen stockfinster. Wie soll das gehen?«

Die Braunböckin stöhnte. »Mit Hunden!«, sagte sie dann bestimmt. »Unser Hofhund ist alt und zu nichts mehr zu gebrauchen, außer sich die Sonne auf den Pelz scheinen zu lassen. Aber Bauer Frieslich hat einen guten Dachshund, mit dem er gegen Hamster und Maulwürfe angeht, und manchmal schicke ich ihn ans Wasser auf Entenjagd. Der wird wohl im Stande sein, die Spur meiner Jungen aufzunehmen. Ich schicke gleich ins Dorf, damit sie ihn aufwecken und er mit dem Vieh herkommt.« Sie bekreuzigte sich. »Inzwischen lasst uns beten«, sagte sie, plötzlich ganz still. »Ich halte zwar wenig von dem ganzen Pfaffengesumm, aber vielleicht hat der liebe Gott im Himmel ein Einsehen mit ein paar unschuldigen Gören – denen ich übrigens mächtig den Hintern versohlen werde, wenn ich sie wiederhabe.«

Die drei falteten die Hände und sprachen ein Vaterunser, während ein Knecht ins Dorf lief, um den Bauern mit dem Hund zu holen.

»Und Ihr, Jungfer in Hosen«, sagte Adela dann und maß Regina mit einem nicht unfreundlichen Blick, »Ihr solltet vielleicht jetzt einmal wieder in modeste Röcke schlüpfen oder, noch besser, Euch für den Rest der Nacht aufs Ohr legen. Ihr könnt hier nicht mehr nutzen.«

Aber Regina ließ sich nicht davon abhalten, sich an der Suche zu beteiligen, obwohl sie vor Müdigkeit kaum die Augen offen halten konnte. Der Dachshund des Bauern, nachdem er an den Kleidungsstücken der Jungen Witterung aufgenommen hatte, ging auch brav auf die Spur. Hechelnd an langer Leine, preschte er vorwärts ins Dunkel, Leute aus Adelas Gesinde, die Bäuerin selbst und die beiden Gäste stolperten mit Fackeln und Laternen hinterher. Aber nach einer hoffnungsvollen halben Stunde endete die Suche jäh. Der Hund stand am Wasser, lief winselnd hin und her, die Nase am Boden, und gab schließlich auf.

Adela presste die Hände gegen die Brust, stammelte: »Gott im Himmel! Lass meine armen Kleinen nicht im Fluss ertrunken sein!« Dann brach sie schluchzend zusammen, am Ende ihrer Kräfte.

Sendeke besah sich sorgsam die Umgebung. »Fasst Mut, Braunböckin!«, redete er der Frau zu. »Seht einmal hier, im Uferschlamm sind frische Hufspuren. Jemand – sei es nun Freund oder Feind – hat Eure Kinder mitgenommen, das steht für mich fest. Jedenfalls sind sie wohl kaum ertrunken. Morgen früh beim ersten Licht sollen trotzdem Eure Leute auf Booten und mit Stangen das Gewässer absuchen, um sicherzugehen. Aber ich denke, bald habt Ihr die Jungen wohlbehalten zurück. Euch, Bauer Frieslich, und Eurem Hund gebührt der Dank der Herrin, und auch Ihr, gute Leute, geht zu Bett, morgen ist auch noch ein Tag.«

Erstaunt bemerkte Regina, mit welcher Selbstverständlichkeit Ulrich Sendeke in einer schwierigen Lage fähig war, das Kommando zu übernehmen. Ein Adlatus, wie er im Buche stand. Eben ein echtes Hamburger Kaufmannskind.

12. KAPITEL

In welchem der reputierliche Senator Jessen unversehens mit einem kriminellen Subject arretiert wird

Der Kommandant der Stadtwache Magdeburgs, Ludwig Atzdorn, befand sich in ziemlicher Verlegenheit. Dass man ihm den Auftrag erteilt hatte, diesen fetten, wütenden Hamburger zu arretieren, hatte ihn zunächst einmal mit Genugtuung erfüllt – er liebte es, Standespersonen sozusagen »vom Sockel zu holen«, und die liebsten Gefangenen waren ihm allemal nicht die armen Schlucker, sondern die reichen Herren, an deren Demütigung er sich gern weidete. Nun aber hatte man ihm den unmissverständlichen Befehl gegeben, diesen Mann ins Tollhaus zu stecken … Und mit dem Tollhaus zu Magdeburg hatte es seine eigene Bewandtnis.

Vor ungefähr zwei Jahren war der letzte Insasse dieser löblichen Einrichtung, ein alter Kerl, der sich für eine Reinkarnation Alexanders des Großen hielt, eines sanftseligen Todes verblichen. Seitdem fehlte es an Insassen – sei es, dass die Bewohner der guten Stadt Magdeburg sich alle einer unverwüstlichen geistigen Gesundheit erfreuten, sei es, dass die Familien der Erkrankten in Kenntnis der Beschaffenheit dieser Institution es vorzogen, ihre Irren zu Hause zu versorgen. Hauptmann Atzdorn, ein Mann von praktisch-rechnerischem Verstand, hatte es in der Seele wehgetan, ein städtisches Gebäude ungenutzt zu lassen. So hatte er denn begonnen, hin und wieder jungen Leuten, Liebespaaren, eine Gefälligkeit zu erweisen, wenn sie ohne den Segen der Kirche zusammenkommen und sich einen kleinen Vorschuss auf die ehelichen Freuden gönnen wollten. Er verlieh die Schlüssel gegen ein geringes Entgelt. Die Sache sprach sich unter der Hand herum, und das Geschäft blühte. In letzter Zeit nun stellte sich immer deutlicher heraus, dass der abenteuerlustigen jungen Männer in der Stadt viel mehr waren als Mägdelein – der Verlust einer Jungfernschaft konnte zu erheblichen Nachteilen führen –, und so sah sich Atzdorn aus lauter Mitleid mit der Not der männlichen Bevölkerung der Stadt genötigt, für Abhilfe zu sorgen. Einige Damen waren bald überredet, die Rolle der allzu spröden Magdeburger Jungfrauen zu übernehmen, auch auf die Dauer. Kurz, aus dem Städtischen Tollhaus war Hauptmann Atzdorns privates Bordell geworden, und er konnte den hochwohlgeborenen Rat Jessen kaum in eines der inzwischen lauschig eingerichteten Zimmerchen sperren, ohne furchtbaren Ärger zu bekommen.

So sah sich der Stadthauptmann gezwungen zu improvisieren. Das Ganze lief auf ein Missverständnis heraus, würde er erklären. Er hatte eben leider statt »Tollhaus« – »Karzer« verstanden. Im Gefängnis herrschte allerdings kein Mangel an Kundschaft, es war eher überfüllt, aber mit seinem wachen Sinn für Bosheiten wusste der Stadthauptmann Rat. Händereibend entschloss er sich, den durchgedrehten Senator aus Hamburg in die gleiche Zelle zu stecken wie den missratenen Sohn der Alemanns. Da konnten sich Ex-Schwiegervater und Ex-Eidam fein gegenseitig die Köpfe einschlagen!

Bislang war Richard Alemann in seiner Zelle außer von Verzweiflung, Ungeduld und Wut hauptsächlich von einer Empfindung beherrscht worden: Langeweile. Die Zeit dehnte sich unerträglich, und je mehr Tage ins Land zogen, desto stärker überwog dieses Gefühl. Allmählich stumpfte er ab in dem unerträglichen Einerlei. Wie eine Ratte im Käfig, die immer rundherum läuft, rannte er sich wund im Gefängnis seiner Gedanken, und was für Pläne sollte man schon schmieden, wenn einem zur Ausführung jede Möglichkeit fehlte?

Richard litt keine Not im Karzer – fast hätte er gewollt, es wäre ihm schlechter gegangen, damit seine Empfindungen nicht so abstumpften. Jeden zweiten Tag kam der alte Lukas mit einem wohl gefüllten Deckelkorb. Einen Groschen an den Schließer, und die Sache war geregelt. Wein und kalter Braten, weißes Brot und Käse, Butter, Schmand und Kuchen, Äpfel und Beeren. Aber was der Diener bisher noch nicht ein Mal mitgebracht hatte, waren Nachrichten bedeutsamer Art. Regina hatte ihn schließlich in Magdeburg und unter der Obhut der Alemannin gelassen, um ihn mit Neuigkeiten zu versorgen und ihn über die Schritte zu unterrichten, die zum Beweis seiner Unschuld führen sollten – aber da kam nichts. Gar nichts. Nur Beschwörungen der Mutter, den Mut nicht sinken zu lassen, es würde schon alles gut werden. Keine Concreta! Und schon gar nichts von der Hamburgerin. Von Lukas' Seite nur Achselzucken. War er denn verraten und verkauft?

Immerhin, die Lebensmittel kamen regelmäßig. Und Richard aß. Was anderes blieb ihm nicht zu tun. Er erinnerte sich nicht, so lange so gut verköstigt worden zu sein wie jetzt durch die mütterlichen Futterkörbe. Er stellte zwar mit gelindem Erschrecken fest, dass er langsam Schwierigkeiten bekam, seinen Hosenbund zu schließen – aber das war ihm auch egal. Es sah ihn ja ohnehin keiner. Und die Jungfer Braut hatte wohl auch nur ihr Gewissen und ihn beruhigen wollen, als sie ihm Beistand versprochen hatte. Geschehen würde nichts ...

Als er an jenem Abend Lärm und Gepolter auf dem Gang hörte, saß er gerade im Schein einer trüben Tranfunzel, war bei der zweiten Gänsekeule in Aspik angekommen und spülte die Bissen mit einheimischem Dünnbier hinunter. Jemand protestierte da draußen lautstark gegen seine Inhaftierung, in einer norddeutschen Mundart, die sich stark vom groben Magdeburger Dialekt unterschied. Richard zuckte innerlich mit den Achseln. Bestimmt wieder ein randalierender Landsknecht oder irgendwelches Bettelvolk, das einer alten Wittfrau ein Laken von der Leine gestohlen hatte.

Dann klirrte der Riegel zu seinem eigenen Gelass.

Was er da im Licht der Fackeln zu Gesicht bekam, verschlug ihm die Sprache. Die Wachen schleiften mehr als sie führten einen Menschen herein, in dem Richard trotz des desolaten Zustands unschwer seinen Beinahe-Schwiegervater Oswald Jessen wiedererkannte: Puterrot im Gesicht, das Haar zerrauft, Speichel in den Mundwinkeln, bot der Senator einen ziemlich beängstigenden Anblick. Darüber hinaus hatte man ihn in eine Zwangsjacke gesteckt – schließlich galt er als toll! –, deren lange Ärmel man auf dem Rücken verknotet hatte.

Jessen brüllte wie ein Stier und verlangte, losgelassen zu werden, aber dergleichen hatte bisher noch keinen Gefängniswärter der ganzen Welt in irgendeiner Weise bewegt. So auch heute nicht. Der Inhaftierte wurde in das Verlies gestoßen, der Kerkermeister rasselte mit den Schlüsseln, und im Handumdrehen hatte Richard Alemann einen Zellengefährten.

Zunächst einmal nahm der Senator gar keine Notiz von ihm. Er brachte die erste Viertelstunde damit zu, mit Schultern und Kopf gegen die Tür zu rennen, seine sofortige Freilassung zu fordern und ganz Magdeburg, vor allem aber den Stadthauptmann, den Richter und Richards Vater mit den ausgefallensten Flüchen zu belegen. Sein junger Mitgefangener sah ein, dass der Mann in diesem Zustand ohnehin nicht ansprechbar war, und zog es vor, den Mund zu halten, bis die Natur dieser Raserei ein Ende setzen würde. Schließlich sank Oswald Jessen denn auch erschöpft an der Tür zusammen, schwer atmend, nach Richards Dafürhalten dem Schlagfluss ziemlich nah.

»Beruhigt Euch, Herr Senator«, sagte er dann so sanft wie möglich. »Da ist ohnehin niemand, der Euch hören kann. Hier findet sich ein Schluck Magdeburger Bier, Eurer Physis zur Kräftigung, und vielleicht ist es das Gescheiteste, wenn ich Euch erst einmal aus diesem mehrfach verknoteten Wams heraushelfe.«

Der andere hob den Kopf. Offenbar wurde ihm jetzt überhaupt erst bewusst, dass er in diesem Verlies nicht allein war. Mit vom Gebrüll heiserer Stimme fragte er: »Was tut Ihr hier, und woher kennt Ihr mich?«

»Tun kann ich im Augenblick genau so wenig wie Ihr – das ist das Los des Gefangenen. Und kennen dürftet Ihr mich genauso gut wie ich Euch. Schaut mich doch einmal an!« Mit diesen Worten hob er die trüb blakende Lampe und brachte sie in die Nähe seines Gesichts.

Jessen blinzelte. Richards Gesicht war zwar von wild wucherndem Barthaar umgeben, aber die dunklen, gescheiten Augen über der kecken Nase waren unverkennbar, und langsam dämmerte in des Senators Kopf die Erkenntnis, wen er vor sich hatte – eine Erkenntnis, die bewirkte, dass er sich aufrappelte und, den Kopf gesenkt wie ein angreifender Stier, mit erneutem Brüllen auf den jungen Mann zustürzte. »Verfluchter Mörder! Schändlicher Kerl! Ihr habt meine Tochter entführen lassen!«

Richard wich dem anrennenden Mann mit einem Sprung aus, der Schemel polterte zu Boden, und Oswald Jessen landete auf der Strohschütte des Bettes. Keuchend blieb er liegen.

»Ihr redet ungereimtes Zeug, Senator!«, sagte Richard kopfschüttelnd. »Ich bin genauso wenig ein Mörder wie Ihr, und was Ihr von Regina erzählt, verstehe ich nicht. Wenn Ihr allerdings vorhabt, Euch weiter wie ein Besessener zu gebärden und auf mich loszugehen, werde ich mir dreimal überlegen, ob ich Euch aus der Zwangsjacke befreie.«

Jessen antwortete nicht. Er war am Ende seiner Kräfte. Richard näherte sich ihm vorsichtig. Redete weiter auf ihn ein. »Kommt doch zur Vernunft, ich bitte! Um Eure Gesundheit ist es nicht gut bestellt. Ihr solltet wirklich Rat annehmen und nicht toben wie ein Berserker. Das Lager, auf dem Ihr da gerade liegt, ist zwar das meine, aber da man versäumt hat, für Euch eine weitere Strohschütte zu bringen, biete ich es Euch gern an für diese Nacht – Alter geht vor Jugend, und ich liege hier schon lange genug unfreiwillig auf der faulen Haut. Morgen wird sich mit Gottes Hilfe alles klären, und man wird Euch wieder freilassen, hoffe ich. Aber nun lasst Euch wenigstens entfesseln! Gebt mir Euer Wort, mich nicht wieder tätlich anzugreifen, dann bin ich gern bereit, Euch herauszuschälen aus diesem scheußlichen Wams.«

Oswald Jessen gab ein Grunzen von sich, das Richard als ein Ja interpretierte. Er löste also die verknoteten Ärmel der Zwangsjacke, half dem Senator aus dem rigorosen Kleidungsstück, richtete den schweren Mann auf und hielt ihm den Krug mit dem Dünnbier vor die Nase. Jessen trank in langen Zügen, wischte sich dann den Mund und die tränenden Augen und sah sich wie erwachend in der dunklen Zelle um. Dann wandte er sich mit belegter Stimme an den anderen: »Sagt, dass das alles nur ein böser Traum ist.«

»Ich fürchte, nein«, erwiderte Richard. »Aber wenn wir diese Sache zwischen uns beiden hier mit Vernunft angehen, Herr Senator, können wir vielleicht verhindern, dass aus einer miesen Lage die Hölle für uns beide wird. Schließlich seid Ihr der Vater meiner Braut – auch wenn Ihr diese Verbindung jetzt nicht wünschet. Ich bin mir gewiss, dass andere Zeiten kommen und meine Unschuld erwiesen wird. Also lasst uns hier Burgfrieden schließen und versuchen, gemeinsam zu verstehen, was uns hier geschieht.«

Jessen sah vor sich hin. Der Furor, der mit unauslöschlicher Flamme in seinem Herzen gebrannt und ihn auf der Reise vorwärts getrieben hatte wie einen blinden Pfeil, der von der Sehne geschnellt wurde, und die sture Gewissheit, dass nur die Magdeburger seine Tochter geraubt haben könnten, waren durch die Ereignisse dieses Abends in sich zusammengesunken wie ein Feuer, dem man die Nahrung entzogen hatte. Langsam begannen sich die Nebel der Wut zu lichten, und Senator Jessen begann wieder zu denken. Dazu war er schließlich durchaus in der Lage – als geriebener Geschäftsmann und angesehenes Ratsmitglied der Hamburger Bürgerschaft hatte er es häufig genug bewiesen. Nur die unselige Veranlagung des Cholerikers, sein wildes Dahinstürmen, seine Bindung an eine fixe Idee kamen ihm dabei manchmal in die Quere – und leider immer häufiger, je älter und starrsinniger er wurde.

Langsam hob er die Lider von den entzündeten Augen und sah Richard starr ins Gesicht. »Aber Ihr seid doch ein Mörder!«, murmelte er.

»Ich habe eine Leiche gefunden«, sagte der junge Alemann.

»Und ich entsinne mich, dass Ihr selbst mich ebenfalls nicht für einen Verbrecher gehalten habt – bis zu dem Moment, als ich von dem Papier anfing, das der Tote im Rachen gehabt hatte. Das Papier, in dem der Name Eurer ehrwürdigen Vaterstadt zu lesen stand. Auf einmal galt ich bei Euch für so gut wie schuldig. Herr Senator, überlegt doch einmal! Um was auch immer es ging bei dieser Angelegenheit – irgendwann kommt die Wahrheit ans Licht, denn so ein amtliches Papier ist doch nicht aus der Welt, wenn man es zerreißt und jemandem aus Rache ins Maul schiebt. Da gibt es doch in Kanzleien Duplikate oder Abschriften, da sind doch mehr als nur zwei, drei Leute eingeweiht und …«

Oswald Jessen winkte müde ab. »Um was es geht bei dieser Angelegenheit, das ist schon am Licht. Um Geld, junger Mann, um viel Geld, das der habgierige Wulffenstein sich mit einer nicht minder habgierigen Megäre teilen wollte. Mein Versuch, mit dieser Person zu sprechen, war ein völliges Debakel. Sie hat mich ausgelacht. Aber dass die Magdeburger nun, um uns zum Einlenken oder gar zum Verzicht zu zwingen, meine Tochter entführt haben, das geht denn doch über alle Usancen des Geschäftlichen hinaus. Da ist ein solider Krieg doch noch die ehrenhaftere Lösung.«

»Die Magdeburger haben *was*?« Richard war von seinem Stuhl steil in die Höhe geschossen.

»Meine Tochter ist verschwunden.« Der Senator sah in dumpfer Resignation vor sich hin. Von all seiner Raserei war nichts übrig geblieben.

»Jungfer Regina ist fort?«

Jessen nickte nur.

»Gütiger Gott!« Richard fuhr sich mit beiden Händen durchs ohnehin schon zerzauste Haar. »Jetzt begreife ich, wieso ich bisher ohne jede Nachricht …« Er brach ab. Beinah hätte er sich verplappert, dem Vater gesagt, dass das Mädchen gegen dessen Wunsch weiter in Verbindung mit ihm bleiben wollte. Erleichtert stellte er fest, dass der andere nicht auf seine Worte geachtet hatte. »Aber wieso um alles in der Welt sollte denn Eure Tochter hierher verschleppt worden sein? Die Magdeburger sind gewiss genauso geldgierige Pfeffersäcke wie die Hamburger – sit venia verbo, ich bitte um Verzeihung! –, aber auf so eine perfide und ehrenrührige Idee würde bestimmt niemand verfallen. Bei alledem werden sie doch stets den Schein des Honorigen wahren, und mein Vater ist zwar ein harter und selbstgerechter Mensch – aber doch kein Verbrecher! Habt Ihr denn Beweise für Eure Anschuldigung?«

»Bis jetzt nicht. Aber es lag doch auf der Hand ...«

»Was lag auf der Hand? Herr Jessen, Ihr phantasiert, und fast begreife ich, wieso man Euch in die Zwangsjacke gesteckt hat! Da hätten doch wohl irgendwann Boten von hier vor Eurer Tür stehen müssen, um die Erpressung in die Wege zu leiten! Da hätte es Briefe und Forderungen geben müssen! Habt Ihr denn dergleichen erhalten?«

Der Senator schüttelte den Kopf. »Ich bin sogleich abgereist, hierher«, sagte er starrsinnig. »Vielleicht, dass ja inzwischen ...«

»Gütiger Himmel! Ich sitze zwar im Karzer, aber bin nicht ganz ohne Nachrichten von draußen, und wenn dergleichen passiert wäre, glaubt mir – das hätte ich erfahren. In dieser Stadt jedenfalls ist Eure Tochter nicht. Fragt sich, wo sonst.«

Bedrücktes Schweigen herrschte im Raum. Jessen hockte leise ächzend auf dem Bett, den Kopf auf beide Fäuste gestützt. Richard ging im engen Geviert des Gelasses hin und her wie ein gefangener Bär im Käfig. Dann sagte er in beiläufigem Tonfall: »Seid Ihr hungrig oder durstig, Herr Senator? Bedient Euch, es ist alles da. Aber ich würde nicht zu lange warten. Mehr Tran gibt es nicht, bald geht die Lampe aus und wir sitzen im Dunkeln. Esst, Herr, Essen und Trinken hält Leib und Seele zusammen. Und danach können wir vielleicht vernünftig miteinander reden.«

Richard hatte richtig spekuliert. Essen und Trinken hatten den Senator Jessen auf den Boden der Tatsachen zurückgeholt. Ohnehin erschöpft von der überstürzten und seiner Konstitution abträglichen Reise und ermattet nach der sinnlosen Toberei, gedemütigt und in seiner Würde gekränkt, war der alte Mann jetzt sanft wie ein Lamm – und müde. Vor allem müde. Und gerade deswegen hielt Richard Alemann es für angebracht, Reginas Vater – mit aller gebotenen Vorsicht – reinen Wein einzuschenken. Irgendwann musste er es ohnehin tun. Warum also nicht gleich?

Die Tranfunzel flackerte und blakte. Gleich würde sie ausgehen. Im letzten Lichtschein streckte sich der Senator gähnend auf dem einzigen Lager aus. Er war wirklich am Ende. Gut so, dachte Richard. Jetzt ist er weich.

»Herr Senator!«, begann er. »Was das Verschwinden Eurer Tochter angeht – habt Ihr schon einmal die Möglichkeit in Betracht gezogen, dass die Jungfer Regina nicht gewaltsam aus Hamburg fortgeholt wurde, sondern freiwillig gegangen ist?«

»Freiwillig?« Jessen schloss für einen Moment die Augen. »Was meint Ihr damit? Warum sollte sie Ihr Zuhause verlassen?«

»Hört mir zu, bitte. Und versprecht mir, nicht gleich wieder aufzubrausen wie ein kochendes Wasser, wenn ich etwas sage, was Euch nicht gefällt.«

Jessen gähnte. »Versprochen.«

»Ihr selbst habt Eure Jungfer Tochter erziehen und bilden lassen zu einem Mädchen, das mehr kann als nur Kinder kriegen und nachschauen, ob die Köchin das Richtige in den Topf getan hat. Und Ihr könnt nicht erwarten, dass ein solches Geschöpf, das seinen eigenen Kopf hat mit seinen eigenen Gedanken darin, nicht auch seine eigenen Wege geht.«

»Worauf wollt Ihr hinaus?«

»Habt Ihr Regina gefragt, ob sie einverstanden ist, die Verlobung mit mir zu lösen?«

»Wieso sollte sie nicht einverstanden sein? Das war doch keine Partie mehr für sie – verzeiht schon!«

»Und ist Euch nie der Gedanke gekommen, dass die Jungfer vielleicht in der Zeit, in der wir uns sahen und kennen lernten, so etwas wie Zuneigung zu mir gefasst haben könnte?«

Der Senator blinzelte. »Eigentlich nicht!«, sagte er ehrlich.

»Das ist aber der Fall, ob es Euch nun lieb ist oder leid«, entgegnete Richard energisch. »Da Ihr so blind wart für die Belange

Eures Kindes und nichts vor Augen hattet als das verdammte Privilegium für Eure Stadt, ist Euch gewiss auch nicht aufgefallen, dass einer Eurer Diener abgängig ist – ein gewisser Lukas?«

»Wer kümmert sich schon um sein Gesinde? Bei mir daheim gibt es dafür Schaffnerin und Majordomus.« Es klang mal wieder die gehörige Portion Hochmut durch, die der patrizische Hamburger nun mal so an sich hatte. Richard beschloss, darüber hinwegzuhören.

»Nun«, sagte er gelassen, »dieser Lukas ist hier geblieben, auf Geheiß Eurer Tochter. Er wohnt im Hause meiner Familie, mit Zustimmung meiner Frau Mutter, versorgt mich reichlich mit Speis und Trank, aber leider bisher nicht mit Nachrichten von Regina, so wie es geplant war. Daraus und aus dem, was Ihr mir vom Verschwinden des Mädchens gesagt habt, kann ich nur den Schluss ziehen, dass sie des Nichtstuns überdrüssig war und etwas auf eigene Faust unternommen hat. Was das ist – und wie gefährlich es vielleicht für sie sein kann –, das weiß ich nicht, und das erfüllt mich mit Sorge. Aber vielleicht fällt Euch ja etwas ein, falls Ihr einmal nicht vorhabt, ohne Nachdenken loszutoben.«

(Denn Oswald Jessen war schon wieder bedenklich rot angelaufen, und die Schläfrigkeit schien ihm vergangen zu sein.)

Der Senator atmete tief durch, bemüht, sich zu beherrschen. »Weiber-Widersetzlichkeit in meinem eigenen Hause, das hat mir gerade noch gefehlt! Wie kann dieses Frauenzimmer es wagen, einfach …«

»Verehrter Herr!«, unterbrach ihn Richard ärgerlich. »Ist das wohl jetzt das Entscheidende? Euer Kind könnte sich in höchster Fährnis befinden, und Euch fällt nur ein, über die verlorene Ordnung in Eurem Hause zu räsonieren? Fast kommt Ihr mir vor wie mein Vater, der mir nichts, dir nichts sich von seinem Sohn lossagt, wenn er meint, der schade der Reputierlichkeit der Alemanns! O Schande über Euch alte Männer alle zuhauf!«

Jessen sah betreten vor sich hin. »Ihr mögt Recht haben«, erwiderte er. »Das war wohl falsch herum gedacht.«

Richard nickte nachdrücklich, sah den anderen fragend an.

»Wohin seid Ihr damals so Hals über Kopf aufgebrochen? Doch nicht nach Hamburg – jedenfalls hat mir Lukas dergleichen erzählt.«

»In die Börde«, sagte Jessen und rückte unbehaglich auf dem stachligen Strohlager hin und her. »Zur Herrin des Korns, um Dinge zu klären.«

»Herrin des Korns? Dinge klären? Ich verstehe kein Wort.«

»Richtig, Ihr wart ja außer Landes die ganze Zeit und habt keinen Einblick in die Verhältnisse hierorts. Es gibt da eine Person, die hat die Ernten in ihrer Hand ...«

»Ist sie das, die ›habgierige Megäre‹, von der Ihr vorhin gesprochen habt?«

»Keine andere. Die Geliebte des ermordeten Kaiserlichen Rates. Er und sie haben sich schon seit langem gegenseitig die Profite aus den Kornrechten geteilt, und wer weiß, wo sie noch überall die Finger drinhatten. Ich wollte direkt mit ihr verhandeln, für Hamburg einen Vorzug erreichen. Sie hat mich kaltblütig abserviert.« Er atmete schwer, und schon wieder pochte die Zornader an seiner Schläfe.

»Und Regina war dabei?«

»Sie war zumindest mitgereist. An dem Gespräch war sie nicht beteiligt.«

Richard, der immer noch hin und her getigert war in dem engen Gelass, ließ sich nun schwer auf den einzigen Stuhl fallen. »Ich weiß nicht, ich weiß nicht«, sagte er und stützte das Kinn auf die Faust. »Aber eigentlich könnte ich mir kaum vorstellen, dass Eure Tochter etwas anderes unternommen hat, als zu dieser Person zu reisen.«

»Aber wieso denn?«

»Um Informationen zu erhalten, die meine Unschuld beweisen, teurer Herr!«, sagte der junge Mann scharf, verärgert von der Begriffsstutzigkeit des Älteren. »Und Ihr habt nichts Besseres zu tun, als einer Chimäre nachzuhetzen und Euch einsperren zu lassen, sodass jede Möglichkeit, dem Mädchen zu helfen, dahinschwindet.«

Jessen schwieg bedrückt. Er sah ein, dass der junge Alemann Recht hatte, und er sah sehr ungern Dinge ein. Vor allem: Was war in dieser misslichen Lage zu unternehmen? »Wisset Ihr denn einen Ausweg aus der Malaise?«, fragte er kläglich.

Richard seufzte. »Dass Ihr, so schnell es nur geht, wieder freikommt«, sagte er. »Das müsste der erste Schritt sein, wenn Ihr Regina, wenn Ihr uns helfen wollt. Den Rest muss ich dann Euch überlassen, obwohl mir dabei nicht sehr wohl ist, denn, ehrlich gestanden, Herr Jessen, wart Ihr bisher eher ein Hemmschuh denn eine Hilfe. Dennoch traue ich einem Senator der Hansestadt Hamburg etwas mehr zu, als Dummheiten zu machen. Morgen kommt Lukas. Er wird nicht schlecht erschrecken, wenn er Euch hier vorfindet, denke ich. Ich werde ihm eine dringende Nachricht an meine Mutter auftragen. Sie ist eine stille, zurückgezogene Frau, aber sie vermag sehr wohl etwas über ihren Eheherrn – erst kürzlich hat sie ihn bewogen, so erfuhr ich, die Ratsmitglieder durch ein Essen zur Milde zu stimmen.« (Dass Jessen genau dieses Treffen durch sein Auftauchen zum Platzen gebracht hatte, wusste er nicht.) »Lasst uns sehen, ob sie etwas für Euch tun kann. Davon abgesehen hoffe ich doch, dass man Euch nicht lange festhält. Immerhin zollen wir unserer großen Partnerstadt viel zu viel Respekt, um ihre Honoratioren unter Verschluss zu behalten.«

Aber Richards Ironie kam bei Oswald Jessen nicht mehr an. Sanfte Schnarchgeräusche von der Pritsche verkündeten, dass der Senator sich den Unbilden des Lebens durch den Schlaf entzogen hatte, nachdem jemand anders begonnen hatte, Pläne für ihn mitzumachen.

Richard schob den leeren Bierkrug beiseite, legte die Arme auf den Tisch, um den Kopf darauf zur Ruhe zu betten. Er versäumte, ebenso wie der Mann auf dem Bettstroh, diesmal das Abendgebet. Immerhin. Es war Bewegung in die Sache gekommen – wenn auch anders, als er sich das erträumt und erwünscht hatte.

13. KAPITEL

Welches ausgelassen wurde, um der Misere keinen weiteren Vorschub zu leisten

14. KAPITEL

In welchem die Alemann'schen Eheleute divergierende Entscheidungen treffen

Hauptmann Atzdorn hatte für diesen Morgen zumindest auf den erbaulichen Anblick von geschwollenen Nasen und blauen Augen im Doppelkerker der Männer gezählt. Aber nichts da. Ziemlich enttäuscht musste er konstatieren, dass die beiden »Feinde« einträglich zusammen am Tisch saßen und sich die Reste aus dem Futterkorb des Alemann'schen Hauses zum Frühstück schmecken ließen. Das Auftauchen seines Gesichts an der vergitterten Luke in der Tür schien die beiden überhaupt nicht zu interessieren.

Ärgerlich ließ er sich vom Schließer öffnen, musterte breitbeinig-angeberisch die Insassen und bemerkte dann, er müsse sich doch sehr wundern.

»Wundern, Herr Hauptmann? Worüber denn?«, fragte Richard ruhig und schob sich ein Stück Harzer Käse zwischen die bartumwallten Lippen, während Oswald Jessen aufstand, sein Wams zuknöpfte und begann, seine Stiefel zuzuschnüren.

»Nun, dass Ihr so seelenruhig mit diesem Narren an einem Tisch sitzt, Alemann! Oh weh, wie ich sehe, habt Ihr ihn aus der Zwangsjacke befreit! Ein Wunder, dass Ihr noch am Leben seid! Der Senator Jessen ist ein gefährlicher Tobsüchtiger, ist Euch das nicht aufgegangen?«

»Eigentlich nicht«, entgegnete der junge Mann. »Auch verstehe ich nicht, aus welchen Gründen er dann zu mir in die Zelle befördert wurde! Hättet Ihr ihn da nicht ins Tollhaus bringen müssen?«

Atzdorn schluckte krampfhaft. Dass dieser liederliche Kerl auch gleich den wunden Punkt ansprechen musste! Natürlich hatte der wackere Stadthauptmann keine Ahnung, ob Richard Bescheid wusste über das, was sich unter seiner Ägide dort abspielte. Aber die schnelle und direkte Frage machte ihn misstrauisch. Wie, wenn es doch keine so gute Idee gewesen war, die beiden wie in einer Zankgeige zusammenzusperren? Wider Erwarten vertrugen sie sich! Wenn dieser junge Kerl Lunte roch und ihn bei irgendwem verklatschen würde, spätestens, sobald er zu seiner Verhandlung geführt wurde? Eine missliche Angelegenheit. Hastig beschloss er einzulenken, ehe es zu spät war.

»Nie würde ich eine so hoch gestellte Person wie den Senator mit wirklichen Verrückten zusammensperren!«, begann er mit einer blitzschnellen Kehrtwendung um hundertachtzig Grad. »Mir war schon gestern Abend aufgegangen, dass der Zustand dieses Herrn nur vorübergehender Natur sein konnte. Darum einzig und allein habe ich ihn hierher gebracht – immerhin sind die Herren ja seit längerem miteinander bekannt.«

Angesichts der Schamlosigkeit, mit der Atzdorn den Mantel nach dem Wind drehte, verschlug es Richard erst einmal die Sprache.

Indessen hatte Senator Jessen sich die Zwangsjacke, in der man ihn gebracht hatte, majestätisch wie einen Halbmantel über die Schulter geschlagen. Die überlangen Ärmel mit den Bändern schleiften hinterher. So trat er vor Atzdorn und sagte energisch: »Gehen wir.«

»Gehen? Wohin gehen?« Der Hauptmann glotzte begriffsstutzig.

»Nun, Herr Capitän, wenn Ihr mir attestiert, dass ich nicht verrückt bin, wie soeben geschehen, dann setzt mich in Freiheit. Ich habe wichtige Angelegenheiten mit den Magdeburger Stadtvätern zu klären. Falls ich aber doch nicht bei Sinnen bin, so bringt mich ins Tollhaus unter die Obhut eines guten Medicus und lasst mich nicht länger hier mit einem mutmaßlichen Mörder zusammengesperrt.« Er stand, den Kopf hochmütig im Nacken, vor dem Wachhabenden, der vor lauter Verlegenheit nicht wusste, wo er hinschauen sollte – so entging ihm auch das verschwörerische Zwinkern, mit dem die beiden Gefängnisinsassen sich verständigten.

Atzdorn war in der Zwickmühle. Der Patrizier würde sich mit Sicherheit über ihn beschweren, wenn er herauskäme, der Alemann-Sohn ihn vielleicht gar denunzieren, falls er denn wirklich über das Bordell Bescheid wüsste. So beschloss er, den Deckel einfach wieder auf das Fass zu tun und erst einmal alles auf sich beruhen zu lassen. Unvermittelt grob sagte er: »Da wird nichts draus, Herr! Ich kann hier nicht einfach rauslassen und reinstecken, wen und wohin ich will! Ohne Genehmigung der Ratsversammlung spielt sich nichts ab. Und die tritt bestimmt nicht vor übernächster Woche zusammen. Also schickt Euch weiter miteinander, Herr Mörder und Herr Tollkopf!«

Die Tür schlug zu, die Schlüssel rasselten.

Jessen und Alemann sahen sich an und seufzten wie aus einem Munde.

»Beinah hätte es geklappt.«

»Ja, er war schon sehr unsicher, wie er sich verhalten sollte.«

»Aber seine Besorgnis hat die Oberhand behalten. Bloß nichts falsch machen! Ein richtiger Subalterner, nach oben katzbuckeln, nach unten treten.« Jessen zog verächtlich die Mundwinkel herunter.

»Ihr habt Recht«, sagte Richard nachdenklich. »Aber wovor hat er Furcht? Das müssten wir herausfinden.«

Gesine, Gattin des Schöffen Marcus Alemann, waren natürlich die Vorgänge in ihrem Haus nicht entgangen, obwohl sie sich an dem Abend klug zurückgehalten hatte – schließlich war es ja ein reiner Herrenabend gewesen, der nach dem Auftritt Jessens auseinander gebrochen war wie ein Ei, das man an einem Stein aufschlägt. Als ihr Ehegemahl dann mit einer beträchtlichen Beule an der Stirn von der jammernden Elsabe zu Bett gebracht wurde und ein Diener loslaufen musste, um den Medicus zu holen, war sie klug genug gewesen, nicht den stöhnenden Versehrten nach Tat und Umständen zu fragen, sondern sich, nachdem sie Marcus mit kühlender Kompresse und einem Warmbier zum Seelentrost versehen hatte, auf die Erzählung ihrer alten Magd zu verlassen.

»Was für ein Unglück!«, hatte Elsabe melodramatisch begonnen. »Der Herr Senator Jessen und unser Hausherr – wie ein Rammbock ist er in ihn hineingerannt, gerade als die Tür aufging!« Wer in wen hineingerannt war, konnte man ihren Reden nicht entnehmen, aber da Marcus mit der Beule darniederlag, schloss Frau Gesine, dass wohl der Hamburger die Rolle des Rammbocks übernommen hatte. »Und nun«, fuhr die Magd fort, »nun hat ihn Richter Thalbach ins Tollhaus bringen lassen, dabei glaubt er doch nur, dass die Jungfer Regina hier bei uns ist!«

Richards Mutter horchte auf. »Die Jungfer Regina? Ja, wo in aller Welt soll die denn sein, wenn nicht in Hamburg?«

Elsabe zog die Schultern bis fast zu den Ohren hoch. »Entführt!, hat der Herr Senator behauptet. Warum in aller Welt hätten wir sie wohl entführen sollen, wo ihr Bräutigam doch im Loch sitzt und nicht heiraten kann und wir die Mitgift gar nicht kriegen können?«

Eine Argumentation auf einfachster Ebene, aber zunächst einmal einleuchtend. Allerdings war für eine Frau wie Gesine hinlänglich klar, dass hinter den Phantastereien Jessens ganz andere Dinge in anderen Ausmaßen stecken mussten und dass die Mitgift der Jungfer Regina wahrscheinlich ein Pappenstiel war im Vergleich zu den Summen, die da im Spiel waren – kurzum, dass es um Politica ging.

Ein Mann mit einer Beule am Kopf brauchte Fürsorge und Liebe. Den fragte man nicht aus. Jedenfalls nicht diesen Abend. Aber da gab es ja noch Lukas, den Bediensteten, der als Mittelsmann zwischen den Fronten von Regina zurückgelassen worden war und der bisher allerdings nichts weiter getan hatte, als den Gefangenen mit Speis und Trank zu versorgen. Wenn Lukas auch nichts wusste …

Lukas wusste in der Tat nichts. Er stand, gerufen, in der Kemenate der Hausherrin, ein eisgrauer, stämmiger Kerl mit kräftigen Waden, drehte seine runde Mütze in den Händen hin und her und hatte die Stirn voller Sorgenfalten. »Nichts, rein gar nichts, keine einzige Botschaft aus Hamburg. Es ist immerhin über eine Woche her, Alemannin! Und nun platzt der Herr Senator hier herein und erzählt Ungereimtes. Ich mache mir Gedanken, verzeiht schon! Ich bin nun über ein Vierteljahrhundert im Dienst bei den Jessens und kenne sie in- und auswendig. Ehrenfeste, beherrschte Leute, so nach außen hin, und wohlbesonnen scheinen sie in ihrem Tun und Lassen. Aber beide, Vater wie Tochter, haben im Grunde ein aufbrausendes Gemüt und sind von raschem Entschluss. Und wenn sie sich erst einmal etwas vorgenommen haben, werte Frau, dann setzen sie's auch durch, auf Biegen oder Brechen, und kein Dutzend Speere hält sie zurück. Die sind – die sind wie eine Springflut im Frühling.«

»Sehr schön«, sagte die Hausherrin, leicht genervt von dieser ihrer Meinung nach allzu wohlgesetzten Rede eines Dieners, dem es obendrein am notwendigen Respekt vor der Herrschaft zu mangeln schien, »aber wo könnte die Jungfer Regina denn sein?« Darauf erntete sie die gleiche Antwort, die ihr Elsabe erteilt hatte – ein Achselzucken.

Nach einer Nacht, die der Frau zwischen dem Bett des angeschlagenen Ehemanns und ihrem eigenen schlaflosen Kopfkissen mehr schlecht als recht verging, wollte sie Lukas gleich früh zu ihrem Sohn ins Gefängnis schicken, der Neuigkeiten wegen. Sie verfasste bei aufgehender Sonne ein Briefchen, was ihr nicht nur wegen der durchwachten Nacht schwer fiel, sondern auch, weil sie die »Mönchs- und Kaufmannskünste« als brave Hausfrau nur unvollkommen beherrschte, und begab sich dann hinunter, wo die unermüdliche Elsabe schon dabei war, Feuer zu machen und alles für die Morgensuppe vorzubereiten. Während Gesine eigenhändig den Korb für ihren gefangenen Sohn packte – hart gesottene Eier, Hühnchen, frisches Brot, Klaräpfel, Honigkuchen und einen Krug Bier – und ihr Brieflein zwischen den Falten des

Mundtuchs versteckte, wies sie die Magd an: »Geh und weck mir den Lukas auf. Er soll sofort zum Verlies und das hier zu meinem Sohn bringen.«

Elsabe stocherte in der Glut herum und legte frische Scheite nach, wobei sie ihrer Herrin notwendigerweise das Hinterteil zudrehte. »Den kann ich schlecht wecken, Frau. Der ist außer Haus«, nuschelte sie auf das Feuerloch zu.

»Wie? Was? Ja, wo ist er denn hin?«

»Das hängt mit dem Herrn Senator zusammen. Der Lukas ist ja ohne Wissen des Herrn Senators hier in Magdeburg. Und da meint er, wenn der Herr Senator ihn hier sieht, das würde ihm ziemlich übel bekommen. Darum hat er sich erst mal eine Stube im Wirtshaus genommen.«

Gesine war empört. Dieser Lukas war ihr schon immer als ein Knecht erschienen, dem die nötige Gefügigkeit fehlte – aber er gehörte schließlich nicht zu ihrem Gesinde. Aber das hier ging nun wirklich zu weit. »Was nimmt sich dieser Kerl heraus! Abgesehen davon – wie will er dem Senator denn begegnen? Ich denke, der sitzt im Tollhaus, der Arme.«

Elsabe rührte gerade das Mehl in die kochende Milch – eine Arbeit, die, wie man weiß, volle Konzentration erfordert. Wie leicht können sich doch Klümpchen bilden! Sie schielte am Rand ihrer Haube vorbei zu ihrer Herrin hinüber. Das Tollhaus! Die halbe Stadt wusste, was sich seit einiger Zeit im Tollhaus abspielte – aber eben bloß die halbe Stadt. Tugendhafte und ehrbare Personen wie die Alemannin hatten keine Ahnung, und ähnlich erging es wohl der hochwohllöblichen Obrigkeit – insofern die Honoratioren nicht ebenfalls die dort angebotenen Dienste in Anspruch nahmen. Sie räusperte sich. »Frau, das Tollhaus – also das wird nicht genutzt als Tollhaus.«

»Was meinst du damit – nicht genutzt?«

»Es wird nicht genutzt. Ja. Und deshalb hat der Herr Stadthauptmann den Senator aus Hamburg woanders untergebracht.« Sie tat Salz zu der Suppe und schmeckte ab.

»Nimm Butter rein, einen guten Holzlöffel voll, und ein bisschen Muskat für meinen Mann«, ordnete die fürsorgliche Hausfrau beiläufig an. »Ja, und schlag dem Herrn noch zwei Eigelb in seine Schüssel, damit er zu Kräften kommt. – Also *wo* ist Senator Jessen? Raus mit der Sprache.«

»Er ist im Gefängnis. Genauer, in dem gleichen Gewahrsam wie Euer Sohn.«

Gesine legte das gefaltete Mundtuch sorgfältig auf den Korb, schluckte und sagte dann, die dunklen Augen fragend auf ihre Dienerin und Vertraute gerichtet: »Sag das bitte noch mal. Ich glaube, ich habe nicht richtig verstanden.«

Aber natürlich musste Elsabe das nicht wiederholen. Denn ihre Herrin holte tief Luft und sagte leise: »Entweder sie bringen sich um. Oder es kommt Licht in die Sache.«

Elsabe sah sie fragend an. Ihre Herrin erhob sich entschlossen. »Komm, altes Mädchen. Mir reicht's jetzt. Zwar hat mir mein Eheherr streng untersagt, zum Karzer zu gehen, und ich frag mich auch, ob sie uns denn vorlassen, aber das wird sich mit ein paar Silbergroschen schon richten lassen. Bring mir meine Geldkatze aus der Kemenate und den großen Umhang! Ich denke, da muss ich selbst mal nach dem Rechten sehen, und du kommst mit. Die Suppe? Ach so, die Suppe. Rieke kann sie dem Herrn bringen, wenn er wach ist. Aber sag ihr, sie soll immer tüchtig umrühren, damit sich keine Haut bildet. Das mag mein Eheherr nicht.«

Der Schöffe Marcus Alemann war nicht unbedingt von schwacher Konstitution. Er hatte nur einen gewaltigen Schlag von Jessen abbekommen, aber das blaufleckige Gesicht und die wahrscheinlich gebrochene Nase machten ihm weniger zu schaffen als die Schmerzen im Kopf: Als er zu Boden gegangen war, war er hinterrücks auf den steinernen Estrich aufgeschlagen und hatte sich eine Gehirnerschütterung zugezogen.

Vom Medicus und von der eigenen »Hausehre«, sprich Ehefrau, umsorgt und gehätschelt, verfiel er denn auch erst gegen Morgen in einen unruhigen Schlummer. Wahrscheinlich wäre er ohne all die Fürsorge viel eher eingeschlafen. Als er erwachte, war es hell, und niemand war bei ihm. Sein Kopf tat ihm noch immer weh, aber seine Gedanken waren klar. Hatte ihm nicht Gesine erzählt, man hätte den Jessen ins Tollhaus gebracht, weil er, abgesehen von dem ja eher unbeabsichtigten Schlag, behauptet hätte, die Magdeburger hätten seine Tochter entführt? Eine fixe Idee das, sicher, aber nun gewiss kein Grund, jemanden unter die Irren zu stecken.

Alemann verzog das Gesicht. Nun gut. Den Senator eine Nacht schmoren zu lassen mochte ja angehen. Strafe muss sein, und Rache ist süß. Aber nun sollte er doch wohl Thalbach schnellstens bewegen, den Hamburger freizulassen, denn so etwas schuf noch mehr böses Blut zwischen den Partnerstädten, als es ohnehin schon gab.

Er zog an der Klingelschnur. Statt seines lieben Weibes oder zumindest der Elsabe erschien eine Jungmagd mit seiner Morgensuppe und murmelte irgendetwas, dass die Frau außer Haus sei. Die Suppe war nur lauwarm und hatte eine Haut. Alemann stellte den Napf angewidert beiseite und schwang vorsichtig die Füße aus dem Bett. Der Kopf schien zwar mit Wasser angefüllt, das bei jeder Bewegung hin und her schwappte, aber es ging an. Er überlegte. Thalbach hatte heute Gerichtstag und gewiss alle Hände voll zu tun. Ihn würde er lieber am Nachmittag unter vier Augen konsultieren, um die Sache rasch aus der Welt zu schaffen. Aber vielleicht war es angebracht, dem armen Jessen einen vormittäglichen Besuch abzustatten und ihm zu versichern, dass seine Erlösung nah sei und vor allem er, Alemann, ihm nichts nachtrage – vielleicht, wenn Richard sich als unschuldig erwies, wäre ja die vorteilhafte Verbindung der beiden Häuser doch noch nicht ganz aus der Welt ...

Marcus Alemann war ein ehrbarer Bürger und pflichtbewusster Hausvater durch und durch. Er gehörte zu jenen Magdeburgern, die keine Ahnung davon hatten, auf welche Weise das ehemalige Tollhaus der Stadt zweckentfremdet wurde. In aller Unschuld machte er sich auf in die Leiterstraße, dem Senator zwischen Tobsüchtigen und Stumpfsinnigen, zwischen Größenwahnsinnigen und Narren ein bisschen Trost zukommen zu lassen …

15. KAPITEL

In welchem die Männer den Kürzeren ziehen

»Herr Capitän!« Gleich zwei Frauenzimmer versanken in einen Knicks vor dem verdutzten Atzdorn, als der gerade den städtischen Kerker verließ – die eine tiefer, die andere, ihrem Stand gemäß, nicht ganz so tief. Beunruhigt stellte er fest, dass besagte Frauenzimmer dem Hause Alemann angehörten. Der Hauptmann grüßte militärisch großspurig. Er fühlte die Schweißtropfen auf seiner Stirn. Was hatten die verdammten Weibsbilder hier zu suchen?

»Schöner Morgen heute, Alemannin, nicht wahr?«, tönte er lächelnd. »Was führt Euch an diesen Ort?«

Gesines dunkle Augen ließen ihn nicht los. »Nun, Herr Hauptmann, das ist eine etwas gedankenlose Frage, verzeiht schon! Eine unglückselige Mutter, deren Sohn hier drin schmachtet, deren verehrter Gastfreund ebenfalls unverständlicherweise hier gelandet ist – wo sollte sich so eine arme Frau wohl anders aufhalten als in der Nähe dieses Ortes? Aber das soll Eure Sorge nicht sein. Ich will mit dem Schließer reden.«

»Ihr wisset wohl, dass Weibervolk hier nichts verloren hat.«

»Nun, treibt keinen Spott mit mir, Capitän! Allerdings hab ich hier einiges verloren. Per Exempel meinen Sohn. Und lasst mich und meine Magd vorbei. Ich verstehe zwar nichts von den Männerdingen, aber in diese Mauern, so erinnere ich mich, von meinem Gemahl gehört zu haben, könnt Ihr zwar jemanden hineinbringen, aber wenn er erst einmal drin ist, gehört er dem Schließer.«

Gesine Alemann hatte sanft und demütig gesprochen. Aber jetzt gab sie ihrer Elsabe einen Wink, und die beiden Frauen spazierten an dem verblüfften Hauptmann vorbei durch die Tür in den Vorraum des Gefängnisses.

Atzdorn begriff, dass sein als nette Gemeinheit gedachtes Zusammensperren der beiden betreffenden Personen eine Rieseneselei gewesen war und dass er gerade dabei war, sich selbst – bildlich gesprochen – eine schallende Ohrfeige zu verpassen. Über kurz oder lang würde es Nachforschungen geben, warum er Richter Thalbachs Befehl nicht wörtlich ausgeführt hatte. Dieses Frauenvolk war im Stande, alle rebellisch zu machen. In seiner Panik fiel ihm nur eins ein: stehenden Fußes ins Toll- beziehungsweise Freudenhaus zu eilen und da zumindest eine kleine Schein-Anstalt für Verrückte einzurichten, in die dann Herr Jessen, falls er nicht ohnehin entlassen wurde, überführt werden könnte.

Er übergab im Kommandohaus der Stadtwache den Befehl seinem Leutnant und machte sich überstürzt auf den Weg.

Mit ein paar Silbergroschen war es nicht abgegangen bei dem Schließer, der strengsten Befehl hatte, keine Familienangehörigen vorzulassen. Es musste schon ein neuer Silbertaler Sigismund'scher Prägung sein, verbunden mit der Redekunst der kleinen, sonst so stillen Frau, die einfach erklärte, sie sei ja nicht gekommen, ihren Sohn zu besuchen, sondern den Herrn Senator Jessen.

Als sich die Tür zum Verlies schließlich für die aufgeregte Gesine auftat, sah sie zu ihrem Erstaunen nicht etwa zwei deprimierte Jammergestalten, sondern zwei wohl genährte, wenn auch etwas desolate und ungekämmte Männer, die einträchtig am Tisch beisammenhockten und eine Partie »Grobhannes« spielten – Jessen hatte das Kartenspiel in der Jackentasche gehabt.

»Mein Sohn!« Gesine stürzte auf den jungen Mann zu und fiel ihm um den Hals. Sie konnte ihre Tränen nicht zurückhalten. »Gott im Himmel, wie siehst du aus! Und wie riechst du!«

»Gelegenheit zum Waschen gab es nicht so häufig«, murmelte Richard, der ebenfalls mit dem Schluchzen kämpfte. »Mutter! Was bedeutet das, wenn du kommst? Ist meine Unschuld erwiesen? Komme ich frei?«

Die Alemannin schüttelte den Kopf und wischte sich mit dem

Handrücken die Tränen fort. Mit einem verzagten Lächeln wendete sie sich an Jessen, der verlegen daneben stand. »Verzeiht, Herr Senator! Verzeiht einer Mutter, die um ihr einziges Kind bangen muss, dass ich Euch nicht gebührend begrüßt habe. Ich sehe es ja – Ihr seid weder toll noch närrisch. Oh, wenn Ihr uns doch helfen könntet!«

»Helfen?« Oswald Jessen sah ratlos von einem zum andern. »Das wird mir schwer fallen. Hier drin. Und mit einer verschwundenen Tochter.«

Gesine hatte ihre Fassung wiedergewonnen. »Wenn es doch nur einen Weg gäbe, euch beide aus diesem Kerker zu befreien. Hier drin seid ihr ohnmächtig. Aber Ihr, Herr Senator, müsst abwarten, was der Rat beschließt, und mein Sohn – Gott allein weiß, ob seine Unschuld zu beweisen sein wird.«

»Die Jungfer Regina scheint sich darum zu bemühen!«, erwiderte Richard mit einem Lächeln, das weder seine Ungeduld noch seine Furcht vor der Zukunft zu bemänteln vermochte. »Der Herr Senator hat mir einiges erzählt, und ich vermute, dass sie nach Alvensleben gereist ist, um dort mit der Herrin des Korns etwas zu klären. Aber sie ist allein unterwegs und ...«

»Ich verstehe nicht, wovon Ihr redet!«, unterbrach seine Mutter ihn hastig. »Alles, was ich weiß, ist, dass wir hier nach Ansage des Schließers – obwohl ich ihn hoch genug bezahlt habe! – nur drei Vaterunser lang bleiben dürfen, Elsabe und ich. Dann müssen wir wieder draußen sein. Und bis dahin sollte uns etwas eingefallen sein, wie es weitergeht. Denn die Zeit drängt. Und du, Richard, verzeih schon, wirst mir für einen jungen Mann zu dick hier drin. Elsabe, wir sollten die Körbe weniger üppig füllen.«

»Als wenn es darauf ankäme!«

Jessen ergriff das Wort. »Es kann ja keine Ewigkeit dauern, bis ich draußen bin. Dann reise ich selbst mit großem bewaffneten Geleit nach Alvensleben und ...«

»... und Richard ist damit kein bisschen geholfen! Während Ihr in Alvensleben nach Eurer Tochter fahndet, wird ihm vielleicht hier schon der Prozess gemacht!«

Der Senator schwieg. Er wusste, dass die Alemannin Recht hatte.

»Mutter, ich muss hier raus!«, sagte Richard leise. »Ich werde noch verrückt, so tatenlos! Ich selbst muss mich um Regina kümmern, ihr helfen, meine Unschuld zu beweisen! Nur wie?!«

Unterdessen hatte Elsabe den vollen Korb mit Lebensmitteln gegen den leeren ausgetauscht. Sie stand nun an die Tür gelehnt, das Licht aus der Fensterluke fiel voll auf ihre Haube, ihre Schürze. Es war der einzige helle Fleck im Raum, im ganzen Gefängnis. Richard sah von einem zum andern. »Nirgendwo sonst ist es so hell!«, sagte er bedächtig.

»Was meinst du?«

»Zwei sind rein. Zwei gehen wieder raus. Elsabe bringt einen Korb rein und holt einen raus. Aber es ist nicht der gleiche Korb.«

»Wovon redet Ihr, junger Alemann?« Jessen runzelte die Stirn.

»Von einem Plan. Wenn er euch allen zu verwegen ist oder wenn einer nicht mitspielen will, dann vergesst es.«

»Verwegen? Was ist zu verwegen, was zu ungewöhnlich, wenn es darum geht, meinen Sohn zu retten – und Eure Tochter gleich dazu?«

Als der Schließer mit dem Schlüsselbund rasselte, verließen zwei Frauen, tief in ihre Mäntel und Hauben verkrochene Frauen, das Gefängnis, abgewandten Gesichts die eine, das Tuch vorgehalten, um ihre Tränen zu verbergen. Pflichtgemäß durchsuchte der Mann den leeren Korb. Einfach bloß leer. In Ordnung. Die beiden tief verhüllten Gestalten begaben sich eilig die Gasse hinunter in Richtung des Hauses der Alemanns.

Gegen Mittag, als der Schließer seinen gewohnten Rundgang machte und einen spähenden Blick in den doppelt belegten Karzer Alemanns tat, musste er sich bekreuzigen, denn er glaubte, dass seine Augen verhext seien. Am Tisch saß die unübersehbar dicke Gestalt des Senators, weißhaarig, rotgesichtig, eifrig mit der anderen Figur beim Kartenspiel. Aber diese Figur musste der

Teufel ausgetauscht haben. Da saß nämlich in viel zu weitem Wams, schlottrigen Hosen und herabhängenden grauen Haarzotteln eine dürre Person mit am Tisch, die sich mit dem Kartenblatt nicht so besonders gut auszukennen schien, ihrer ungeschickten Handhabe nach. Erst als dieses Wesen aufblickte und sein blasses Gesicht mit den großen schwarzen Augen der Tür zuwandte, bemerkte der entsetzte Mann, dass das kein Wechselbalg war, sondern die ehrbare Frau Gesine Alemannin in den Hosen ihres entflohenen Sohnes.

Bis zur Entdeckung der Flucht Richard Alemanns durch den Schließer war Zeit genug gewesen für den jungen Mann, nach Hause zu gehen, sich umzuziehen, der mütterlichen Geldbörse noch eine schöne Auffüllung aus der Haushaltskasse zu gönnen und dann, das Gesicht unterm Schlapphut versteckt, eingehüllt in den ältesten Mantel, der sich unter den Sachen des Gesindes finden ließ, die gute Stadt Magdeburg durch das Kroekentor zu verlassen. Der Vater war zum Glück nicht daheim gewesen, und Mägde wie Knechte hatten in uneingeschränkter Begeisterung dem Flüchtling beigestanden.

Mit wackligen Knien und knappem Atem – die Gefangenschaft und das viele Essen machten sich bemerkbar –, aber voll Tatendrang und so frei wie ein Vogel, der dem Käfig entflohen war, mietete er sich in Rothensee ein Pferd und gönnte sich die Zeit, das Schermesser eines Barbiers an seinen struppigen Bart zu lassen, ehe er im Galopp aufbrach gen Alvensleben.

Unterdessen war sein Herr Vater, der edle und gestrenge Schöffe Marcus Alemann, in eine höchst merkwürdige Situation geraten.

Als er am Tollhaus, Einlass begehrend, den Torklopfer bewegte, rührte sich zunächst nichts. Nun gut, die Stunde war früh, mochte sein, die Kranken schliefen noch. Aber zumindest jemand vom Pflegepersonal sollte doch schon auf den Beinen sein! Alemann klopfte ein zweites Mal, dann, dringender, zum dritten Mal. Schließlich hörte er schlurfende Schritte, der Riegel ging, und eine ältliche Frauensperson in Nachthaube und mit nicht ganz sauberem, durch Bandschleifen verzierten Überrock öffnete ihm die Tür.

»Herrje, dem Herrn muss es ja pressieren, zu so früher Stunde! Wartet ein wenig, ich wecke jemanden auf. Aber Ihr müsst schon vorlieb nehmen, nicht jeder Mensch ist zu derart nachtschlafender Zeit schon auf der Höhe.«

Alemann kam es so vor, als wenn die Person nicht »jeder Mensch«, sondern »jedes Mensch« gesagt hätte, die gängige Form, abfällig über ein Weibsbild zu sprechen, aber er war sicher, sich verhört zu haben. »Der Herr Senator Jessen? Könnt Ihr mich zu ihm bringen, gute Frau?«, rief er dem entschwindenden Rücken im nicht ganz reinlichen Überrock hinterher, aber die Frau – wahrscheinlich die Ehefrau des Türwächters, vermutete er – war schon durch einen Vorhang verschwunden, und er hörte nur undeutlich ein Gebrummel wie: »Nachtgäste nicht vor der Mittagsmette aufstören.« Was auch immer das heißen mochte.

Alemann wartete. Er war darauf vorbereitet gewesen, dass dies ein trostloser und verdammter Ort sein würde, dass die Räume widerhallen würden von Schreien, Stöhnen und irrem Gelächter – aber es war ganz still. Angenehm still. In der Luft lag ein Geruch nach Lavendel, Moschus und etwas anderem, das Marcus Alemann im Augenblick nicht einzuordnen wusste, und überhaupt: Dieses Haus wirkte alles andere als trist. Im Gegenteil, es war sogar ungemein wohnlich. Da gab es Bänke mit üppigen Kissen, feine Teppiche an den Wänden, und in der Ecke befand sich eine Anrichte mit Weinkrügen und Schalen voller Leckereien, wie Backpflaumen und Quittenbrot.

Mit gerunzelter Stirn stellte Alemann fest, dass sich an den Wänden Kupferstiche mit ziemlich schlüpfrigen Sujets befanden: Susanna im Bade, von den beiden Alten begafft, eine nackte Venus, an der sich ein Faun zu schaffen machte, ein Bauernmädchen in eindeutiger Beschäftigung mit einem Rittersmann. Was das alles in einem städtischen Domizil für geistig Verwirrte zu suchen hatte, war ihm schleierhaft. Und überhaupt …

Nun war es ja nicht so, dass Marcus Alemann seit Beginn seines Erdenwallens ein Muster moralischer Integrität und Sittenstrenge gewesen wäre. Er hatte durchaus seine wilden Jugendjahre hinter sich, und sein Sohn Richard glich insofern dem Apfel, der nicht weit vom Stamm fällt – wenn das der Vater auch ungern wahrhaben wollte. Jedenfalls, dem Schöffen war eine Einrichtung wie diese hier durchaus bekannt.

Um sich vollends zu vergewissern, rüttelte er an einer der Türen, die von dieser Halle abgingen. Sie war unverschlossen. Im Dämmerlicht eines verhangenen Fensters gewann Alemann Gewissheit: Dieses Öfchen mit dem Heißwassertopf darauf, das Waschbecken auf dem Ständer, das Leinenzeug, das zerwühlte Bett – alles bestätigte seine Annahme.

Er wollte sich gerade zum Gehen wenden, als sich zu seinem Schrecken unter der dicken Daunendecke etwas bewegte. Wie gebannt, unfähig, sich umzudrehen und einfach die Tür von außen zuzumachen, starrte er auf das Wesen, das sich da aus den Federn schälte: ein zerzauster dunkler Haarschopf, ein paar verschlafene, dennoch dunkel blitzende Augen, ein Figürchen, das man kaum als bekleidet bezeichnen konnte, denn das Hemd war ihr von der Schulter gerutscht und enthüllte eine rosig braune Brustwarze, einen riesigen Nippel auf einer kleinen, spitzen Brust.

Was Marcus Alemann an diesem Anblick so an- und aufregte, war die Tatsache, dass die kleine Hure, die da gerade erwachte und ihm mit ungeniertem Gähnen ihren Rachen zeigte, ihn in allen Stücken an seine liebe Frau Gesine erinnerte, als er sie, jungfräulich und kaum älter als fünfzehn Jahre, ins Brautbett geführt hatte.

Kaum älter als fünfzehn Jahre war dieses Wesen bestimmt auch nicht. Und aus dem alles andere als jungfräulichen Mund kamen jetzt, nach dem Gähnen, die Worte: »He, Väterchen, hat das nicht noch ein bisschen Zeit? Ich hatte drei die Nacht, und mir ist, als wenn ich gerade erst eingeschlafen wäre. Aber wenn du nun schon mal da bist – auf einen mehr oder weniger kommt's auch nicht an.«

Womit das Federbett zurückflog und die junge Person auch noch den durchaus sehenswerten Rest enthüllte; das Hemd war bis zum Bauchnabel hochgeschoben, und die Beine waren gespreizt. »Na, komm schon!«, ermunterte das Mädchen ihn. Sie rieb sich den letzten Schlaf aus den Augen, sah jetzt erst richtig hin und bemerkte mitleidig: »Gütiger Jesus, da hat dir aber einer furchtbar die Visage poliert! Komm, du brauchst wirklich ein Trostpflaster.«

Es hätte dieser zweiten Aufforderung gar nicht mehr bedurft. Als würde er am Leitseil gezogen, strebte der brave Alemann auf dieses zerwühlte Bett, auf dieses halb nackte Geschöpf zu, das seiner jungen Gesine von damals so ähnlich war, und versank.

Am liebsten hätte der Stadthauptmann, der kurze Zeit nach Herrn Alemanns Verschwinden in einem der Zimmerchen eintraf – er besaß natürlich einen Schlüssel –, brüllend die Tür zu dem kleinen Paradies des Schöffen eingetreten und ihn von der Frau fort- und in die Schande hineingerissen. Aber seine wackere Vertreterin, die Puffmutter Edith, jene Person in Nachthaube und Bandschleifen-Überrock, die Alemann geöffnet hatte, beruhigte ihn schnell. Sollte er doch dem Schöffen sein Vergnügen lassen! Umso weniger Gefahr bestand, dass der Mann an die große Glocke hängen würde, was hier vorging. Mitgefangen, mitgehangen, oder?

Atzdorn leuchtete das ein. Obwohl, mulmig war ihm schon bei der ganzen Sache. Er setzte sich auf die Kissen, ließ sich von Mutter Edith einen Becher Malvasier einschenken. Den Schaden zu begrenzen, etwas zu vertuschen, dazu war es ohnehin zu spät. Jetzt war das Warten an ihm.

Allerdings ging es ziemlich schnell, bis ein markerschütterndes Gekreisch aus dem bewussten Zimmer drang. Der Grund, der für das Gezeter der schwarzäugigen jungen Person verantwortlich war, ließ sich schnell klären: Marcus Alemann, unterwegs, den unglücklichen Jessen im Tollhaus zu besuchen, hatte seine

Geldbörse nicht bei sich. Verstörten Blickes und mit derangierter Kleidung taumelte er aus der Tür, an seiner Schaube festgeklammert das zur Tigerin mutierte Schmusekätzchen im freizügigen Hemd.

Der Anblick des Hauptmanns Atzdorn trieb Alemann die Röte bis in den Nacken – aber nicht aus Scham über seine Situation. »Schändlicher Gauner!«, brüllte er, ungeachtet seiner eigenen Situation ganz entrüsteter Bürger. »Was für eine Betrügerei! So also! Euer Werk ist das! Ein Freudenhaus, eine Lusthölle habt Ihr aus einer städtischen Institution gemacht! Bereichert Euch schamlos, behumst die gute Stadt Magdeburg, tragt die Maske des Biedermanns und ...«

Er holte tief Luft, und diese Pause nutzte das Mädchen, wieder mit gellender Stimme ihren Lohn einzufordern.

Atzdorn verzog sein bulliges Gesicht zu einem Schmunzeln. Er fühlte sich der Lage gewachsen. »Aber, werter Schöffe Alemann! Ereifert Euch doch nicht so wegen einer Sache, die der Bürgerschaft nur zu Nutz und Frommen gereicht – wie ich feststellen darf, habt Ihr ja soeben selbst von den Annehmlichkeiten dieser Lokalität Gebrauch gemacht, und das zu so früher Stunde! Wer hätte gedacht, dass Ihr so ein Schwerenöter seid! Was das Honorar für die junge Dame angeht, so bin ich gern bereit, Euch aus der Verlegenheit zu helfen. Kathrinchen, gib Ruhe! Der werte Herr Alemann ist Gast des Hauses und hat für heute Kredit. Die Mutter Edith wird dich aus der Schatulle entschädigen.«

»Wenn das so ist« (das Tigerweibchen mutierte zurück zur Miezekatze), »dann wünsche ich dem Herrn noch einen schönen Tag und bin jederzeit zu Diensten, wann immer beliebt. Die schwarze Kathrine! Aber jetzt erst einmal gute Nacht, werte Herren! Jedenfalls für mich!« Die Tür schloss sich hinter dem jungen Ding.

Alemann rang nach Luft. »Herrgott, Capitän, was soll das? Wollet Ihr jetzt zum Betrug auch noch die Bestechung hinzufügen? Meint Ihr, auf die Weise mich abhalten zu können, diese Sache hier zur Anzeige zu bringen? Ich bin hier in die Venusfalle gestolpert, das gebe ich zu, und bin bereit, die Schuld auf mich zu nehmen und mich vor meiner Eheliebsten zu verantworten – denn nur die geht mein Fehltritt etwas an! Aber was Ihr hier veranstaltet habt, das übersteigt doch wohl die Flutlinie! Was ist hier geschehen? Wo sind die unglückseligen Insassen dieses Hauses abgeblieben, wo das Pflegepersonal und der Medicus, der für das Wohl der Armen zuständig ist? Ihr seid ein Verbrecher, Atzdorn, und ...«

»Nun mal langsam!« Jetzt stieg auch dem Hauptmann das Blut ins Gesicht. »Insassen gab's keine mehr, sind alle übern Jordan, und Pfleger und Arzt gaben sich gern mit einem kleinen Schweigepflaster zufrieden. So viel zahlte der hochwohllöbliche Magistrat ohnehin nicht! Sollte der Kasten hier leer stehen? Ihr selbst, Teuerster, habt doch eben unter Beweis gestellt, dass ein Bedürfnis sehr wohl vorhanden ist. Also redet nicht daher wie ein Pharisäer. Wir sind schließlich alle nur Männer.« Er hob den Malvasierpokal gleichsam grüßend gegen den erzürnten anderen.

»Ha! Sehr schön! Macht mich nicht gemein mit Euch, Capitän, zwischen uns stehen Welten! Und überhaupt, wo ist der Herr Senator Jessen? Habt Ihr ihn etwa bei einem der liederlichen Frauenzimmer untergebracht, die hier ihr schmutziges Gewerbe betreiben?!«

Der Antwort auf diese hochtönende Anfrage wurde Atzdorn entbunden. Es hämmerte nämlich jemand so dringlich und wiederholt an die Tür, dass sich in den verschiedenen Kammern Stimmen des Unmuts aus dem Schlaf geschreckter Frauenzimmer vernehmen ließen und Mutter Edith mit wehenden Haubenbändern herbeieilte, um zu öffnen.

Draußen fand sich atemlos der krummbeinige Schließer des städtischen Karzers und verkündete zitternd und zagend die ungeheuerliche Nachricht: Richard Alemann sei aus dem Kerker entflohen, statt seiner, gemeinsam mit dem Mann aus Hamburg, eingesperrt die Fluchthelferin, Herrn Marcus Alemanns »Hausehre« Gesine.

16. KAPITEL

In welchem die Notabeln der Magdeburger Justitia in corpore zusammenkommen

In Richter Heribert Thalbachs Privatquartier – wohlgemerkt nicht in der Gerichtsstube – hatte sich zur Zeit des Mittagsbrotes mehr oder weniger freiwillig eine bunt gemischte Gesellschaft eingefunden: der trutzig und verstockt dreinschauende Capitän der Stadtwache neben dem am Boden zerstörten Schließer des Gefängnisses, zudem ein ganz und gar aufgelöster Marcus Alemann und dessen Eheliebste, nun wieder in anständigem Frauenhabit, die hoch aufgerichtet dasaß und deren Blicke sich vor nichts und niemandem versteckten. Etwas abseits saß weißhaarig, hochmütig und alles andere als versöhnlich der aus dem Karzer befreite Senator Jessen, die fetten Schenkel übereinander geschlagen, und sah scheinbar gelangweilt zum Fenster hinaus. Neben Thalbach hatten sich noch zwei Standespersonen eingefunden, Ratsmitglieder der achtbaren alteingesessenen Familien Gericke und Langhans, die offenbar als Zeugen fungieren sollten. Der Herr Bürgermeister selbst hatte sich entschuldigen lassen. Schließlich war die Zusammenkunft keine offizielle.

»Wenn er sich zu den Belangen nicht äußern möchte, ändert das auch nichts an dem Scandalon«, bemerkte Thalbach mit nach unten gezogenen Mundwinkeln. Richter Thalbach war bekannt für seine scharfe Zunge und seine gnadenlosen Urteile; er war ein dürrer Mann um die vierzig mit bereits stark gelichtetem Haar und einem rötlichen Gesichtsausschlag, der ihm in Ganovenkreisen den Spitznamen »der Gefleckte« eingetragen hatte. »Ich wette meine Amtsrobe gegen eine Frauenhaube, dass es keine zwei Stunden dauert, und die Spatzen pfeifen die Geschichte von der Flucht des Delinquenten von allen Dächern. Justitia in Magdeburg ist blamiert, und das will mir gar nicht schmecken.«

Er zeigte mit dem Finger auf den unglückseligen Schließer, der vor lauter Bangigkeit die Augen zugekniffen hatte. Er war das unterste Glied in der Kette. Ihn, das war klar, würde die ganze Härte des Gesetzes treffen. Wie es denn auch prompt kam. Thalbach zieh ihn der Untreue, der Bestechlichkeit, des Amtsmissbrauchs, Unterschleifs und der Fahrlässigkeit – was alles ganz unbestreitbar zutraf – und ließ den am Boden Zerstörten abführen in jene Zelle, für deren spektakuläre Leerung er unfreiwillig gesorgt hatte, in Erwartung seiner Verurteilung.

»Die Flucht Eures Sohnes, Alemann«, fuhr der Richter fort, »ist uns indessen eine hinlängliche Bestätigung seiner Schuld. Denn wer nichts verbrochen hat, der muss sich nicht vor der Gerechtigkeit fürchten und folglich nicht fliehen. Der Mörder des Kaiserlichen Rates ist hiermit gefunden! Dixi.«

»Das, verehrter Judex, sehe ich freilich ganz anders!«, begehrte Marcus Alemann auf. »Hat bisher irgendjemand in dieser Stadt oder anderswo auch nur den leisesten Versuch unternommen, den Fall zu klären? Mitnichten! Im Gegenteil hatte ich das Gefühl, dass man sich im Stillen die Hände rieb, einen im Gewahrsam zu haben, den man bei Gelegenheit der Kaiserlichen Majestät als Sündenbock präsentieren konnte und …«

»Schweigt!«, donnerte Thalbach. »Und vor allem sperrt in Zukunft Euer törichtes Weib ein, damit es sich nicht einmal mehr in Männersachen einmischt und Unheil anrichtet!« Aber da Alemann einmal die Zunge gelöst war, ließ er sich so schnell nicht aufhalten. »Mein Weib hat gefehlt, aber aus Mutterliebe!«, rief er salbungsvoll aus. »Ehe Ihr Euch aber bei den Vergehen meines Hauses verausgabt, wäre es nicht an der Zeit, Euer Augenmerk auf den Capitän unserer Stadtwache und seine Untaten zu richten? Der Mann hat Eure richterliche Anweisung missachtet und den ehrenwerten Senator in den Karzer gebracht statt ins Tollhaus, weil er diesen öffentlichen Ort zu einem Haus der Schande gemacht hat, um seinem schnöden Profit zu frönen!«

Über die scharfen Züge Thalbachs huschte ein Lächeln. »Nun, der Senator führte sich gestern Abend nicht gerade auf wie ein vernunftbegabtes Wesen, was Euer Gesicht zur Genüge bezeugt. Da sich sein Furor inzwischen gelegt hat, mag das Gefängnis für ihn ja vielleicht das Richtige gewesen sein – sit venia verbo, Herr Senator, nichts für ungut. Wir leisten natürlich in aller Form Abbitte für diesen Lapsus, aber sagt selbst, was sollten wir gestern tun?«

Jessen wandte die Augen ab und würdigte den anderen keiner Antwort.

»Natürlich«, fuhr der Richter fort, »ist das Tun und Treiben des Capitäns aufs Schärfste zu missbilligen. Nicht dass jemand in dieser Stadt jemanden in seinem kühnen Streben nach Profit stören wollte – aber das private – hm – Haus des ehrenwerten Atzdorn steht in schärfster Konkurrenz zu den städtischen Badestuben. Ich habe Seine Ehren den Bürgermeister konsultiert. Die Baderinnen und Reiberinnen dortselbst arbeiten gewiss genauso effektvoll wie die Menscher im alten Tollhaus – mit dem Unterschied, dass der Gewinn aus den Badestuben das Stadtsäckel füllt. Der Hauptmann ist also angehalten, sich in Zukunft einzig und allein seinen Pflichten als Beamteter der Stadt Magdeburg zu widmen. Die amourösen Frauenzimmer sind der Stadt zu verweisen, und der Gewinn des Hauses ist zu konfiszieren.« Das Gesicht des »Gefleckten« war so glatt und ausdruckslos wie eine Wasserfläche. »Des Weiteren ergeht die Weisung, dass sich der Schöffe Alemann samt seiner Ehehälfte unverzüglich in ihr Haus zu verfügen und sich dortselbst still zu verhalten haben, bis zur Ergreifung des flüchtigen Delinquenten Richard Alemann. Marcus wird außerdem ermahnt, seine Gattin zu Zucht und Ordnung zurückzuführen und ihr den unweiblichen Fürwitz auszutreiben. Den Herrn Senator bittet unser verehrter Bürgermeister, als Entschädigung für erlittene Unbill und im Sinne der guten Connectiones zwischen den beiden Hansestädten Gast in seinem Hause zu sein, bis es ihm gefällt, nach Hamburg zurückzukehren.« Thalbach erhob sich, und mit ihm die beiden Beisitzer. »Sic est.

Beschlossen und verkündet ohne Protokoll. Herren, nehmt Vernunft an! Wir machen uns lächerlich!«

Marcus Alemann erhob sich empört. »Herr Richter, das kann Euer Ernst nicht sein! Dieser schurkische Atzdorn geht ohne Strafe aus, indessen mein Name in Schimpf und Schande dasteht und mein armer Sohn in absentu so gut wie verurteilt ist! Was ich ausgestanden habe, das zählt nicht und ...«

»Nun«, unterbrach Thalbach mit süffisantem Grinsen, »wie ich vom Stadthauptmann hörte, habt Ihr heute früh wohl nicht allzu viel ausgestanden.«

»Außerdem«, knirschte Atzdorn zwischen den Zähnen, »seid Ihr mir noch das Salär für die schwarze Kathrine schuldig, das hab ich nur ausgelegt. Wenn ich jetzt alles abliefern soll, was ich in der Leiterstraße eingenommen habe« (er machte eine scheinheilige Verneigung in Richtung Thalbach), »so will ich doch auch ehrlich sein.« Nicht ohne Genugtuung sah er, dass die dunklen Augen der Alemannin mit dem Ausdruck höchsten Befremdens zu ihrem Eheherrn hinüberwanderten. Die Herren schmunzelten hämisch.

Der Richter wandte sich an Oswald Jessen: »Herr Senator, darf ich nun bitten?«

Aber der schüttelte bedächtig den Kopf. »Gruß und Dank an den Bürgermeister, aber seiner Einladung werde ich nicht Folge leisten. Vielmehr will ich im Hause meines alten Gastfreunds Marcus Alemann absteigen. Die Alemann'sche ist noch nicht firm im Grobhannes-Spiel, das will ich sie lehren.«

17. KAPITEL

In welchem der Erzengel Michael erscheint

Sie mussten keine Suche im Wasser starten am nächsten Tag in der Frühe. Zur Morgensuppe, zu der die beiden Besucher aus Hamburg ziemlich unausgeschlafen kamen, die Frau des Hauses indessen wach wie eine Katze erschien, kündigte der Wächter auf dem Ausguck einen Reisenden an.

Adela ließ den Löffel in die Schüssel zurückfallen, dass es spritzte, und rannte mit hochgeschürzten Röcken vor die Tür. Regina und Ulrich folgten ihr langsam. Es kam ihnen so vor, als wenn nichts, was sich auf Alvensleben abspielte, nicht auch mit ihnen zu tun hätte.

Der Tag war, wie die vorausgegangenen, klar und sonnig, kein Wölkchen am Himmel. Erntewetter, wie es besser nicht sein konnte. Da draußen auf den endlosen Feldern standen zum Teil schon die Garben aneinander gelehnt.

Die schattige Allee entlang kam ein höchst seltsames Gefährt.

Ein Handwagen, vor den ein großer Fleischerhund gespannt war. Neben ihm her ging eine zerlumpte Gestalt, den löchrigen Filzhut tief in der Stirn, trotz der Sommerwärme die Hände bis hinunter zu den Fingern eingewickelt in Lumpen, die Füße in Lappen und darüber gebundenen Bastschuhen. Sie steuerte geradewegs auf den Haupteingang zu.

Adela stieß einen Ruf des Unmuts aus. »Der Seifensieder! Ist der Kerl auf dem Ausguck noch zu retten, den Seifensieder anzukündigen? Was soll das?«, blaffte sie den Mann an. »Lumpen- und Knochensammler und Seifenkocher haben sich nach hinten zum Gesindehof zu begeben! Was hast du hier bei den Herrschaften zu suchen, Bettelkerl? Die Herdasche für deine Seife bekommst du vom Küchenjungen, heute wie immer!«

Die Gestalt lachte meckernd. »Heute ist aber nicht wie immer, hochgeborene Frau! Heute bringe ich was für Euer Gnaden persönlich!«

Der Hund ließ sich sabbernd im Schatten nieder. Von dem Karren ging ein scheußlicher Geruch aus. Er war mit Kalkstein und Krügen voller Asche beladen, aber auch mit halb verwesten Fleischabfällen – Ingredienzen für die Herstellung von Seife, eines der ekelhaftesten Geschäfte überhaupt. Somit war auch klar, warum der Kerl mit dem Karren seine Hände verhüllt hatte. Sie waren zweifellos von scharfen Laugen zerfressen.

Aus den Tiefen seiner vielschichtigen Lumpen kramte der Mann nun ein Päckchen hervor, in Leinen eingeschlagen, verschnürt. »Das hat mir wer gegeben für die edle Frau«, sagte er und entblößte beim Grinsen seine Zahnlücken.

Adela streckte die Hand aus, aber das Bündel wurde zurückgezogen.

»Von reichem Botenlohn hat er geredet, von reichem Lohn!«, sprüchelte der Seifenmann. Sein Hund schmatzte.

»Wer? Wer hat von reichem Lohn geredet?«

»Der mir das hier gegeben hat für Euch, edle Frau!«

Adelas Augen sprühten. »Kerl, wenn du nicht so schmierig wärest, würde ich dich schütteln! Spuck's aus, wer hat dir das gegeben? Oder willst du, dass ich dich peitschen lasse?« Der Hund hob den dicken, zottigen Kopf, knurrte tief in der Kehle.

Sendeke trat aus dem Hintergrund hervor, mischte sich ein. »Herrin, mäßigt Euren Zorn! Ein bisschen Kupfer, ein paar Scheidemünzen sind bestimmt wirkungsvoller als die Peitsche – zumal Ihr ja noch gar nicht wisst, was dieser Bote Euch bringt!« Ohne Adelas Einverständnis abzuwarten, trat er auf den Mann zu, zückte eine Münze aus seinem eigenen Geldbeutel und nickte ihm aufmunternd zu. Der Kerl streckte die Hand mit dem Päckchen aus, und mit spitzen Fingern, um ihn nicht zu berühren, nahm Ulrich das Bündel entgegen, ließ dafür die Münze in die dreckige Klaue fallen. »Nun, also?«

»Tja«, hub der Seifensieder an, »ich komme ja viel herum, hol meine Asche und die Abfälle da und dort, und da kommt man schon mal ins Gespräch. Nicht alle Herrschaften sind so hochgemut wie die Frau von Alvensleben und ...«

»Kerl, komm zur Sache und dann verschwinde!« Adela hatte Ulrich das Leinenbündel unsanft aus der Hand gerissen.

»Ach, es war heute früh auf der Straße zwischen Flechtingen und Uchtspringe, mein Hund und ich, wir hatten gerade mehr schlecht als recht gefrühstückt, da kam ein edler Ritter des Weges galoppiert ... Ich schwöre bei Gott, es ist wahr!«, fügte er hastig hinzu, als er die drohende Geste der Hausherrin bemerkte.

Wieder trat Sendeke dazwischen. »Komm mit deinem Hund nach hinten auf den Wirtschaftshof. Wir holen dir aus der Küche einen guten Happen von Schinken und Brot, und ein Gläschen Branntwein ist vielleicht auch dabei, und du erzählst mir die ganze Begebenheit in Ruhe.«

Regina nickte Ulrich eifrig zu. Er traf in solchen Dingen mit wunderbarer Sicherheit das Richtige, und das war jetzt, den Mann mit seinem Gefährt aus der Reichweite der aufgeregten Adela zu bringen. Sie ihrerseits fasste die Frau am Ellenbogen, dirigierte sie sanft nach drinnen. »Seht Euch in Ruhe an, was man da auf so merkwürdige Weise zustellt ... in Ruhe, Braunböckin! Denn Ihr seid allzu sehr außer Euch.«

»Ihr habt keine Kinder, Jungfer Allwissend«, erwiderte Adela bitter, »sonst würdet Ihr nicht so reden.« Sie machte sich an den Verschnürungen des Bündels zu schaffen, und als sie die Knoten nicht gleich lockern konnte, griff sie ärgerlich nach einem Messer und schnitt die Strippen auf. Regina hielt sich auf Abstand, aber in der Nähe. Ihr schwante nichts Gutes, was den Inhalt dieser sonderbaren Sendung anging.

Ein rauer Aufschrei der Braunböckin. »Seht Euch das an!« Die junge Frau trat näher hinzu.

Auf dem Leintuch lag ein Stück ungesiegeltes Pergament, eng beschrieben. Daneben zwei struppige dunkle Haarlocken, mit einer roten Kordel zusammengebunden.

»Das sind Haare von meinen Söhnen, ohne Zweifel«, sagte

Adela heiser. »Alle sagen immer, sie hätten Haare wie Putzwolle. Und das rote Band, das stammt aus Cläuschens Hemdausschnitt. Hab ich im Winter selbst gewirkt. Meine Kinder!«

»Wollt Ihr nicht lesen?«, fragte Regina behutsam. Adela schüttelte den Kopf. »Mir verschwimmt alles vor den Augen. Tut mir die Liebe, lest mir vor.«

Die junge Frau überflog den Brief und errötete. »Es ist sehr ... hm ... persönlich und sehr grob, ich weiß nicht, ob ich wirklich ...«

Eine müde Handbewegung. »Ist mir alles egal. Lest nur.«

Regina räusperte sich. »Du Hure eines JUDAS wirst mich nicht betrügen. Du und dein verlogener neuer Schatz legen mich nicht rein. Deine Bälger sind mir Pfand, dass du mir bis morgen zum Sonnenuntergang einen Juristen mit einem vollgültigen Contract schickst, sonst brennen deine Felder und die Bastarde des verruchten Wulffenstein landen auf dem Karren des Seifensieders als Stoff für seine Seife.«

»Eine Unterschrift hat das wohl nicht?«, fragte Adela nach einer Pause. Sie klang auf einmal sehr ruhig.

»Nein. Aber das ist ja wohl auch nicht nötig«, sagte Regina zaghaft. »Der von den Toten wieder auferstandene Gero von Barby hat offenbar jemanden gefunden, der des Lesens und Schreibens kundig ist.«

Adela hatte sich am Schreibpult niedergelassen. Sie wirkte fast gelassen, aber ihre Hände drehten unaufhörlich die Haarlocken ihrer Kinder hin und her. »Dieses Schwein hasst mich seit Jahren«, sagte sie mit verhaltener Wut. »Nach dem Tod meines Eheherrn hat er zweimal versucht, um meine Hand anzuhalten – ich habe ihm natürlich einen Korb gegeben! Warum sollte ich diesem halben Raubritter und Hungerleider meine Kornfelder in den Rachen werfen? Denn das war schließlich der einzige Grund für seine Werbung. Dann kam Wulffenstein – eine lukrativere Verbindung war kaum denkbar. Und nun – nun wird er mich ruinieren! Was bleibt mir übrig? Die beste Ernte seit sechs Jahren muss ich an diesen Verbrecher verschleudern.« Sie stützte den Kopf in die Hände.

Unbemerkt von den beiden Frauen, war Ulrich Sendeke zurückgekommen. Jetzt warf er über Reginas Schulter einen Blick auf das Schriftstück. »Schlimm«, bemerkte er leise. »Aber ich sollte Euch erzählen, was ich vom Seifensieder gehört habe. Vielleicht könnt Ihr Euch einen Reim darauf machen.«

Adela nickte müde.

»Nun, dass da ein edler Ritter angaloppiert kam, dabei ist er geblieben, Braunböckin. Und er hat ihn ziemlich genau beschrieben. So genau, dass ich denke: Dergleichen kann sich ein Kerl wie der nimmermehr ausdenken. Auch behauptet er, diesem ›edlen Ritter‹ schon häufiger auf seinen Wanderungen durch die Börde begegnet zu sein. Der Mensch soll tatsächlich eine schimmernde Rüstung tragen, wie die Edelleute vor hundert Jahren. Als ich dann näher nachfragte, wurde sie zu einem gut polierten Brustpanzer, den er umgeschnallt hatte. Außerdem soll er schwer bewaffnet sein, auf einem Rappen reiten und von geradezu blendender Schönheit sein. Schwarze, lange Locken und funkelnde Augen. Kommt Euch das irgendwie bekannt vor? Wenn dergleichen durch die Gegend geistert, das dürfte doch nicht nur einem Seifensieder auffallen.«

Adela sah auf, mit gerunzelter Stirn. »Schon«, sagte sie. »Aber das ist eigentlich unmöglich. Was Ihr mir da beschreibt, das hört sich an nach dem Tollen Michel, den sie wegen seiner Schönheit auch den Erzengel Michael genannt haben.«

»Was war mit dem?«

»Ach, das ist schon Jahre her. Ein abgehalfterter Landsknecht, den sie mit Unehre aus dem Regiment entlassen hatten – ich glaube, er hatte sich an der kleinen Tochter seines Hauptmanns vergangen. Es hat damals geheißen, dass man ihn für alle nur denkbaren Dienste kaufen kann, auch fürs Halsabschneiden. Immer, wenn irgendetwas passierte hier herum, ob da jemand verschwand oder wer ausgeraubt wurde oder bei jemandem der rote Hahn aufs Dach gesetzt wurde – immer hieß es, das wäre der Erzengel Michael gewesen. Damals haben sie ihn lange nicht erwischt, und die Leute haben schon gelästert: Wenn wer was

Unrechtes tun will, nur zu! Wozu haben wir denn den Tollen Michel, der trägt's mit auf seinem Buckel. Aber dann haben sie ihn erwischt, als er einen Kaufmannszug überfallen und geplündert hat mit einer Hand voll Kumpane. Die Kaufleute waren wehrhafte Männer, haben sich verteidigt, das Raubgesindel in die Flucht geschlagen und ihn beim Landvoigt angeklagt. Damals ist er hier aus der Gegend verschwunden, als wenn ihn der Erdboden verschluckt hätte. Nach Welschland sei er gegangen, hieß es.«

»Nun«, sagte Sendeke, »wie's scheint, ist er wieder da. Und hat wohl auch einen Brotherrn gefunden.«

»Wenn dieser Schuft meine Kinder in seiner Gewalt hat – dem ist alles zuzutrauen. Dann gnade uns Gott!«

Es war eine Grube voll mit fauligem Stroh, und es war dunkel darin. Aber so hatten die Kinder wenigstens etwas, in das sie sich vergraben konnten gegen die nächtliche Kälte. Erst hatten sie geweint und um Hilfe geschrien, aber schließlich waren sie doch eingeschlafen. Als sie aufwachten, drang ein schwacher Lichtschein von oben durch ein paar Ritzen. Sie konnten erkennen, dass jemand einen Wasserkrug in eine Ecke gestellt hatte, und sie tranken gierig. Dann fand Andres die erste Rübe im Stroh, und als er abwechselnd mit seinem Bruder davon abbiss, wurde ihm klar, wo sie waren.

»Das ist die alte Rübenmiete vom Vorjahr. Der Großknecht hat sie hinter dem Eichenwäldchen angelegt, wo immer die Schweine ausgetrieben werden. Vor ein paar Wochen haben sie die geleert. Erinnerst du dich noch, wie froh wir waren? Nun hatte das hässliche Steckrübenessen ein Ende. Den Rest kriegten die Tiere.«

»Ja, Andres«, sagte Claus. »Aber das schmeckt mir nicht.«

»Iss du nur. Steckrüben sind besser als nichts. Wir werden in dem Stroh herumwühlen, dann finden wir noch mehr. Also verhungern tun wir nicht. Und verdursten auch nicht.«

»Ich will nach Hause.« Die Stimme des Kleinen zitterte.

»Was denkst du, was ich will? Übrigens, wir sind gar nicht so weit weg von zu Hause.«

»Bestimmt finden sie uns bald. Der Schweinehirt, nicht wahr?«

»Bestimmt. Der Schweinehirt.« Er wusste, dass die Schweine im Herbst ausgetrieben wurden, wenn es Eicheln gab, aber wozu das dem Kleinen sagen? Es hätte ihn nur noch mehr geängstigt.

»Andres? Warum müssen wir hier drin sein?«

»Weil wir dumm waren. Weil der Schwarze gar kein Ritterengel ist. Hast du gehört, wie er uns genannt hat? Wulffenstein'sche Wieselschnauzen.«

»Nein, Wiesel-Wulffs und noch irgendwas. Bastarde. Was sind Bastarde, Andres?«

»Ich glaube, Kinder, wo der Vater nicht zu Hause ist.«

»Ja, dann sind wir Bastarde. Und was hat Oheim Wulff damit zu tun?«

»Ich weiß nicht, Claus. Ich weiß es nicht.«

»Wann kommen wir hier raus?«

»Bald. Der Schwarze kann uns doch nicht für lange hier drin behalten.« Andres versuchte mutig zu sein, zuversichtlich. Aber in seinem Innersten war er genauso verzagt wie der kleine Bruder. Konnte der Schwarze das nicht? Natürlich konnte er.

»Aber warum?«

Der Ältere überlegte fieberhaft. Dann fiel ihm etwas ein. »Das ist die Strafe, weil wir – weil ich – weil ich so gern ein Ritter sein wollte. Die Mutter hat gesagt, wir werden nie Ritter. Und nun waren wir ungehorsam.«

»Hat die Mutter uns hier eingesperrt?«

»Nein, Dummkopf. Das war der Ritterengel. Bestimmt kommt er von Gott, wo er doch so schön ist. Vielleicht ist das die Strafe vom lieben Gott für unsere frechen Wünsche.«

»Ich will aber gar kein Ritter mehr sein.«

»Denkst du, ich?«

»Ich will hier raus. Es stinkt, und ich mag keine Rüben.«

»Wir müssen noch ein bisschen warten. Vielleicht sollten wir beten.«

»Ja, Andres. Wir wollen beten.«
Aber er fing dann doch wieder an zu weinen.

»Ich bin am Ende. Der Mistkerl hat es geschafft.« Adela Braunböck von Alvensleben breitete die Arme in einer Geste völliger Verzagtheit aus. »Wenn ich meine Kinder wiederhaben will, muss ich nach seiner Pfeife tanzen und ihm die Ernte überlassen. Das ist mein Ruin. Ich bin eine geschlagene Frau.«

Regina und Ulrich wechselten einen Blick. »Euer Ruin wird es sicher nicht sein, wenn Ihr ein einziges Jahr ohne Gewinn verkauft«, hub Sendeke an, aber die Bäuerin unterbrach ihn mit einem höhnischen Lachen.

»Ein einziges Jahr? Herr Adlatus, Ihr scherzet! Jahraus, jahrein wird er von mir das Monopol für mein Korn verlangen, der verdammte Schuft, und das im Contract durch einen Notarius festmachen lassen. Darauf läuft es doch hinaus, oder? Deswegen verlangt er doch nach so einem Rechtsverdreher. Und ich, ich werde zur Diebin an meinen armen Kindern ...«

»Ich kann mir nicht denken, dass Eure Kisten und Kasten nicht gut gefüllt sind mit Gold und Silber«, bemerkte Sendeke, nicht ohne ein kleines Grinsen, »und am Hungertuche werdet Ihr kaum nagen. Trotzdem. Es muss etwas geschehen, das ist klar. Fasst Mut, Braunböckin. Zwei berühmte Hansestädte auszutricksen, das sollte einem Grafen Barby schwer fallen. Erlaubt mir, dass ich mich kurz mit der Jungfer Jessen berate – dann unterbreiten wir Euch einen Plan.«

Adela nickte. Im Augenblick schien sie wie gelähmt zu sein.

Regina Jessen und Ulrich Sendeke promenierten in der schattigen Lindenallee, in ernsthaftes Gespräch vertieft.

»Ihr seid die Tochter Eures Vaters, Jungfer Regina«, sagte Sendeke, »und habt im Kontor und der Rechenstube Eure Hausaufgaben gemacht. Denket Ihr wohl auch, was ich denke?«

»Und Ihr wart außerdem mein Lehrer«, erwiderte die junge Frau kopfnickend. »Ja, Ulrich. Es ist furchtbar, was der armen

Frau da zustößt, besonders die Sache mit den Kindern, und dieser Graf Barby ist wirklich ein skrupelloser Verbrecher. Andererseits – Gott möge mir verzeihen –, wenn es diesen Barby nicht gäbe …«

»… so müsste man ihn geradezu erfinden«, ergänzte Sendeke trocken. »Wat dem einen sin Uhl, is dem annern sin Nachtigall, so sagt man doch bei uns, nicht wahr? Wenn die Herrin des Korns sich bereit findet, die Ernte dieses Jahres den Hansestädten zu überlassen …«

»… *zu gleichen Teilen* den Hansestädten zu überlassen, schlage ich vor, damit denn auch jeder ein Interesse daran hat!«, fiel ihm Regina lebhaft ins Wort. »Dann wird Magdeburg Wehr und Waffen gegen diesen Kerl ins Feld führen und Hamburg zum Succurs der Magdeburger herbeieilen oder Söldner anwerben. Und wenn wir diesem Grafen die Hölle heiß genug machen, dann wird er wohl auch seinen Helfershelfer – den, der liest und schreibt und mordet – ausliefern, und Richard kommt frei. Seine Unschuld wird zu beweisen sein! Sendeke, Ihr seid ein Schatz!«

Sie drehte sich auf dem Absatz herum und küsste ihn auf die Wange. Der Adlatus lief rot an. »Nun, nun, Regina! Es war ja wohl unser beider gemeinsamer Gedanke, oder?«

Die junge Frau war schon dabei, den Plan weiter auszuspinnen. »Die Herrin des Korns zu überzeugen, dass dies der richtige Weg ist, das müsste Eure Sache sein.«

Sendeke schmunzelte. »Ich glaube, das wird mir gelingen. Ich werde einfach mit ihr rechnen. Rechnen können wir beide. Zahlen haben die beste Überzeugungskraft. Die Magdeburger zu mobilisieren …«

»Das lasst nun bitte meine Sache sein. Da mein Vater ohnehin in der Elbestadt ist, kann ich ja gleich zwei Fliegen mit einer Klappe schlagen: den Verdacht ausräumen, dass man mich entführt haben könnte, und das Aktionsbündnis zwischen den Städten anregen. Ich reite.«

»Aber, Jungfer Regina, das kann ich unmöglich zulassen! Es ist viel zu gefährlich, allein über Land zu reisen. Habt Ihr vergessen, was für gewalttätiges Gesindel sich in der Gegend herumtreibt? Dieser ›Erzengel‹ macht das Land unsicher, und was man von dem Landsknechttrupp halten soll, der hier auftauchte, das ist auch sehr zweifelhaft.«

Regina zuckte die Achseln, und auf ihrer Stirn erschien eine steile Falte. Ulrich kannte dieses Signal. Der Jessen-Starrsinn! Da hätte er mit Engelszungen reden können, ohne etwas zu erreichen.

»Ich bin von Hamburg hierher geritten, ganz allein, das war eine weite Reise, und niemand hat mir etwas getan. Warum sollte ich da den Katzensprung von Alvensleben nach Magdeburg nicht wagen dürfen? Ich lasse mir ein schnelles Pferd von der Braunböckin geben. Noch vor dem Vesperläuten bin ich da.«

»Nehmt wenigstens Geleitschutz mit!«

»Dergleichen klebt an einem wie eine Tonne Lehm!«

Sendeke wusste: Es war zwecklos, weiter zu disputieren. »Dann lasst Euch wenigstens vernünftige Männerkleidung geben! Die Sachen, die Ihr von mir stibitzt habt, sind völlig verdreckt, abgesehen davon, dass sie so knapp an Euch sitzen wie die Weste am Affen!«, sagte er ärgerlich.

Regina lachte, und ihre Augen blitzten. »Gut, dass ich nicht die Formen der Frau Adela habe!«

»Gegen die nichts einzuwenden ist!«, bemerkte Ulrich und schloss den Mund, als ob er zu viel gesagt hätte. »Etwas anderes«, fuhr er eilig fort. »Wenn die Kinder gerettet werden sollen, müssen wir dem Wunsch Barbys zum Schein entgegenkommen und morgen einen Notarius zu ihm schicken. Wo kriegen wir den in der Eile her?«

»Könnt Ihr nicht selbst …«

»Ihr vergesst, dass der Graf mich kennt – und bestimmt nicht gerade liebt, nach dem Zwischenfall unterwegs, wo ich ihm den Jungen abgenommen habe. Abgesehen davon, dass ich nicht so pfiffig bin, einen Contract auszuhandeln, der ihn ins Leere laufen lässt. Dieser andere, der ›Erzengel‹, falls der es denn ist, dürfte ja mit allen Wassern gewaschen sein; was Barby an Dummheit einbringt, holt der durch Schläue raus, und er kann lesen und schreiben.«

»Ich werde in Magdeburg einen auftreiben und sofort hierher schicken!«, versprach Regina. »Wenn wir schnell sind und geschickt, müsste alles glücken. Gott mit uns! Ihr nehmt Euch die Braunböckin vor. Und ich – nun, ich hoffe, dass die Dinge, die ich zu erzählen weiß, bereits ausreichen werden, meinen Verlobten aus dem Kerker zu holen!«

Einen halben Tagesritt von Magdeburg entfernt verlor Reginas Grauer ein Eisen. Sie ritt trotzdem weiter, was zur Folge hatte, dass der Gaul kurz darauf zu lahmen begann. Also musste sie in Burg Station machen und einen Schmied um Abhilfe bitten. Doch der machte ein bedenkliches Gesicht. »Das ist nicht mit einem anderen Eisen gemacht, junger Herr, das liegt tiefer. Warum habt Ihr das Tier ohne Beschlag weitergehetzt, statt abzusteigen und zu führen, wenn Ihr denn schon nicht in der Lage seid, das Eisen selbst aufzunageln? Seht einmal, nun ist das Bein dick. So könnt Ihr nicht weiterreisen. Stellt das Tier beim Mühlenwirt ein, rate ich Euch. Dort könnt Ihr auch einen zuverlässigen Gaul leihen, und bei der Rückreise tauscht Ihr wieder.«

Regina knirschte innerlich mit den Zähnen. Solche Zwischenfälle hatte sie nicht eingeplant, die Zeit drängte. Abgesehen davon, dass sie ja überhaupt nicht vorhatte, auf der gleichen Route zurückzukehren ...

Sie sah jedoch ein, dass der Schmied Recht hatte, und beschloss, den Weg abzukürzen, nicht die breite und bequeme Straße über Möser zu wählen, sondern gleich über die Elbbrücke bei Hohenwarte auf die Stadt zuzureiten, das war schneller, wenn auch ein bisschen unbequemer; es lag kein Wirtshaus mehr am Wege, wo man das Pferd in Ruhe versorgen lassen konnte, ohne sich selbst darum zu kümmern.

18. KAPITEL

In welchem eine dunkle Sache allmählich illuminiert wird

Keine halbe Stunde nachdem Regina auf einem frischen Pferd Burg verlassen hatte, näherte sich ein anderer Reiter von der Möser Seite her dem Ort. Er war scharf geritten, und obwohl er von Staub gleichsam überpudert war, pfiff er vergnügt vor sich hin.

Ein bisschen bleich schien dem Mühlenwirt der Gast, aber im Übrigen gut genährt. Bei einem schäumenden Obergärigen und kräftigen Graubrot mit Butter wartete er im Schatten auf der Bank bei den alten Eichen am Mühlrad ab, dass sein Pferd versorgt wurde. Der Wirt gesellte sich zu ihm.

»Braucht's noch lange bis Alvensleben?«, fragte der Reisende und strich sich den Bierschaum vom Mund.

»Alvensleben? Kommt auf Euer Tempo an. Wenn Ihr's gemächlich angehen lasst, zwei Stunden.«

»Ich bin mehr fürs Schnelle!« Der Reisende grinste.

»Na, das kann auch schief gehen. Eben ist ein junger Kerl aus Alvensleben vorbeigekommen, der hatte seinen Gaul schon auf der kurzen Wegstrecke bis hierher lahm geritten. Übrigens, Ihr tätet mir einen Gefallen, wenn Ihr das Tier am Leitseil mitnehmen könntet. Ohne Reiter geht es schon. Und unter uns gesprochen, die Frau da, diese Wittib – die hat zugeknöpfte Taschen. Da würde ich wieder endlos auf das Futtergeld warten müssen.«

Der Fremde zuckte mit den Achseln. »Wenn ich Euch damit einen Gefallen tue ...«

»Ich komm Euch auch mit dem Preis entgegen!«, beeilte sich der Wirt zu versichern. »Das Vesperbrot ist umsonst.«

»Dann würde ich gern noch eine Scheibe nehmen. Und einen Krug Bier dazu.«

Der Mühlenwirt zog ein Gesicht. »Ihr versteht die Gelegenheit beim Schopf zu packen! Nun gut.«

»Sagt mir doch – wie ist sie so, die Frau von Alvensleben? Außer, dass sie nicht gern Geld ausgibt?«, fragte der Fremde und ließ sich das zweite Butterbrot schmecken.

Der Wirt grinste. »Dafür nimmt sie umso lieber ein! Die weiß, wo Barthel den Most holt, das könnt Ihr mir glauben! Nun, ich hab nichts dagegen, wenn sie die reichen Pfeffersäcke schröpft. Was wollt Ihr denn von ihr? Wollt ihr etwa ein Geschäft mit ihr machen? Dann seid nur vorsichtig. Die hat Euch im Handumdrehen in der Tasche.«

Der andere lächelte ebenfalls. »Ich denke, um Geschäfte geht es weniger.«

So geschah es, dass Richard Alemann an diesem ereignisreichen Tag auf Alvensleben ankam, am Führzügel jenes Pferd, auf dem Regina Jessen vor nicht allzu langer Zeit den Hof verlassen hatte.

Die Tröte des Mannes auf dem Ausguck löste bei Adela Braunböck einen Wutanfall aus, der ihre Angst und Besorgnis nur schlecht verbarg.

»Wenn jetzt schon wieder irgendein schmieriger Bote von irgendwoher eine Hiobsbotschaft bringt, prügle ich ihn eigenhändig von meinem Anwesen herunter!«

Sie hatte mit Sendeke über Papieren gesessen und unablässig die Rechenkugeln hin- und hergeschoben. Der Adlatus stand auf, um einen Blick nach draußen zu werfen, und stieß einen Ausruf der Überraschung aus. »Gott im Himmel, wie ist das möglich?« Er eilte dem Ankömmling entgegen, die Arme weit offen. »Herr Stadtschreiber, was für eine Überraschung! So hat man Euch entlassen? Seid Ihr rehabilitiert? Und wie ich sehe, seid Ihr Eurer Jungfer Braut bereits begegnet!«

Richard saß ab. »Regina begegnet? Wieso das? Ich habe gedacht, sie hier vorzufinden!«

»Aber das ist doch ihr Reittier, das Ihr da mitbringt! Um Gottes willen! Ist ihr etwas zugestoßen? So redet doch!«

Der junge Alemann blickte verwirrt. »Der Mühlenwirt in Burg bat mich, es zurückzunehmen. Ein junger Reisender musste es gegen ein Pferd aus seinem Stall tauschen, weil es etwas lahmt …«

»Der ›junge Reisende‹ war Eure Braut, auf dem Wege nach Magdeburg, um – ach, das ist eine komplizierte Geschichte. Wie schön, dass Ihr wieder in Freiheit seid!«

Richard machte ein betroffenes Gesicht. »Regina verpasst? Wie ärgerlich! Ist sie etwa meinetwegen …« Er schluckte, sagte dann mit einem kleinen Grinsen: »Übrigens, der Wahrheit die Ehre, Herr Adlatus. Freigelassen hat mich niemand. Mir ist es gelungen zu entkommen.«

Adela war dazugetreten und musterte den jungen Mann von Kopf bis Fuß. »Das ist also der Kerl, der das Hamburger Fräulein so in Aufregung versetzt hat, dass sie ausgerissen ist von zu Hause, um ihm zu helfen?! Hm, hm, so, so.« Offenbar fand sie Gefallen an dem, was sie sah. »Und was soll das heißen – Ihr seid ausgerissen?«

Alemann nickte. »Wenn Ihr die Herrin von Alvensleben seid – ich bitte um Asyl!«

Adela schmunzelte. »Nur nicht so förmlich! Ich denke, Ihr kommt hier nicht ungelegen. Also lasst uns drei zusammenhocken und uns gegenseitig ins Bild setzen, was los ist – und das ist eine ganze Menge.« Sie klatschte in die Hände. »He, Bier für uns drei. Wir haben uns einiges zu sagen.«

Rechnen – das war die beste Ablenkung für Adela gewesen, solange sie mit Ulrich zusammengesessen hatte. Aber jetzt, während sich die Männer gegenseitig ins Bild setzten über die Geschehnisse der letzten Zeit, war es mit ihrer Fassung vorbei. Unruhig lief sie vom Tisch zum Schreibpult, vom Saal in die Küche, von dort auf den Hof und zurück, erteilte Anweisungen, widerrief sie. Immer wieder griff sie mit fahrigen Fingern nach den Haarbüscheln von den Köpfen der Jungen, hob sie auf, legte sie zurück.

»Und Ihr meint, der Jungfer Jessen wird es gelingen, einen gemeinsamen Succurs gegen diesen Barby herbeizuführen?«, fragte Richard zweifelnd.

Ulrich Sendeke zog die Brauen in die Höhe. »Erstens – Ihr kennt Eure Braut nicht so gut und so lange wie ich. Die Hartnäckigkeit liegt in der Familie. Und zweitens höre ich aus Euren Worten heraus, dass Ihr meint, umsonst sei nur der Tod bei unseren Kaufleuten – und damit habt Ihr natürlich Recht.« Er warf einen Blick auf die ruhelose Hausherrin und fuhr dann, da er sie außer Reichweite sah, mit gedämpfter Stimme fort: »Nein, es sind hier natürlich Vorschläge ausgehandelt worden, wie es, zumindest in diesem Jahr, zwischen den beiden Städten laufen könnte. Frau von Alvensleben bietet Magdeburg zwei Drittel ihrer Weizenernte an – und zu moderatem Preis. Hamburg bekommt den Rest, dazu außerdem ihre ganze Gerstenernte, und über den Hopfen wird noch verhandelt. Die ehrsame Zunft der Hamburger Bierbrauer kann hoffnungsvoll in die Zukunft schauen. Verehrter Herr Alemann, unter uns – mit dieser Frau Geschäfte zu machen ist kein Leichtes. Aber es ist auch eine Herausforderung, und ich muss sagen, dass ich selten so viel Spaß an diesem oft so leidigen Hin und Her gefunden habe wie hier in Alvensleben.«

»Hm.« Richard strich sich nachdenklich das Kinn. »Gut, wenn die Hansestädte gleichermaßen Vorteil aus ihrer Hilfeleistung ziehen, glaube ich schon eher an einen Erfolg Reginas. Aber die Zeit! Bedenkt doch, wie lange es dauern mag, bis ein bewaffneter Haufen zusammengestellt und gen Barby geschickt ist! Außerdem – verzeiht, aber ich vermute, der Graf wird gar nicht nach Hause gegangen sein.«

»Ihr meint …?«

»Ich meine: Um direkten Weges nach Barby zu gelangen, muss man durch einige Wälder, wo man die Hand nicht vor Augen sehen würde. Kaum anzunehmen, dass der nachts gereist ist. Magdeburg liegt zwischen Alvensleben und Barby, zumindest, so man eine bequeme Route längs der Elbe wählt. Und diese hätte er nehmen müssen, denn man kann nicht zwei gefesselte und wahrscheinlich auch geknebelte Jungen auf dem Pferd durch die Dörfer schleifen, ohne dass das Aufsehen erregt. Er würde also einen geschlossenen Wagen brauchen und dafür fahrbare Straßen, mehr als nur Reitpfade. Die Wegstrecke betrüge mithin mehr als zwei Tagesreisen. Demnach spricht vieles dafür, dass er sich noch hier in der Gegend aufhält! Und denkt einmal an die Kinder. Sie sind gestern Abend verschwunden. Er müsste mit seiner Beute das Morgengrauen abgewartet haben – wo auch immer –, um dann weiterzureisen. Und wozu auch der ganze Aufwand? Wahrscheinlich sind die beiden Kinder hier ganz in der Nähe versteckt.«

Sendeke nickte nachdenklich. »Was Ihr da sagt, klingt plausibel. Nur eins verstehe ich nicht: Falls der Graf noch hier in der Gegend ist, warum soll dann ein Notarius direkt nach Barby reisen?«

Richard hob die Schultern. »Da habt Ihr Recht. Aber vielleicht erreicht uns ja noch eine zweite Botschaft, wo all das widerrufen wird. Dann müsste das aber bald geschehen, denn wer immer das Amt in Barby versehen soll, er müsste sich bald auf den Weg machen. Zeigt mir doch einmal das Schreiben, was der Frau von Alvensleben zugespielt wurde.«

Sendeke ging zum Schreibpult, klappte es auf und entnahm die Botschaft. Richard Alemann warf gerade nur einen kurzen Blick darauf, dann ließ er das Blatt sinken und starrte den anderen an.

»Was ist Euch, Herr Stadtschreiber?«

»Judas. Das Wort JUDAS, so, wie es hier geschrieben steht. Es gibt keinen Zweifel. Es ist die gleiche Hand. Genau so waren die blutigen Buchstaben geschrieben auf dem … des ermordeten Wulffenstein. Sendeke, wir haben den Mörder!«

»Sagen wir einmal«, korrigierte der vorsichtige Hamburger, »wenn wir ihn hätten, könnten wir ihn anhand dieses Beweisstücks überführen.«

»Wie heißt dieser Kerl? Der Tolle Michel? Wenn der sich hier herumtreibt – und ich bin davon ziemlich überzeugt, dass dieser Barby ihm Instruktionen erteilt hat und vielleicht tatsächlich auf seine Ländereien davongeritten ist –, so müsste der doch zu finden sein! Einer, der in einer halben Ritterrüstung umherzieht! So einer wird doch gesehen!«

Sendeke nickte. »Wir sollten die Hausherrin bitten, ihre Leute zu Nachforschungen in der Gegend anzuhalten. Bisher hat sie immer nur nach den verschwundenen Kindern gesucht. Soll sie lieber nach diesem Kerl Ausschau halten lassen!«

»Gut. Dann wissen wir jetzt, was zu tun ist.«

»Nicht ganz. Wir brauchen noch den Notarius, der sich nach Barby begibt und dort einen Contract – möglichst auf Lateinisch – mit dem Herrn Grafen aushandelt, der so kraus und abstrus ist, dass der fiese Schurke einfach nur an der Nase herumgeführt wird.«

Schweigen. Dann sagte Richard leise: »Bitte sagt jetzt nicht, Herr Adlatus, dass ich diese Rolle übernehmen soll.«

»Hm. Habt Ihr nicht Jura studiert? Eigentlich dachte ich schon an Euch ...«

»Und wenn mich die Magdeburger Schergen wieder einfangen, bevor meine Unschuld erwiesen ist?«

»Wie soll Eure Unschuld je erwiesen werden, wenn wir diese Sache nicht gemeinsam klären? Euch kennt der Barbyer nicht. Uns ja. Gebt Eurem Herzen einen Stoß!«

Richard sah vor sich hin. In diesem Augenblick trat Adela zu den beiden Männern. »Verehrte Herren, was soll nun geschehen?«, fragte sie gereizt. »Die Zeit verrinnt!«

Der junge Alemann seufzte schwer. »Der Herr Sendeke wird Euch davon unterrichten, was wir überlegt haben. Ich für mein Teil brauche ein bisschen Bedenkzeit. Erlaubt mir, einen kleinen Spaziergang zu machen und meinen Kopf auszulüften.« Er erhob sich und ging an den beiden vorbei aus dem Raum.

»Was hat er?«, fragte die Braunböckin mit gerunzelten Brauen.

»Ach, ich denke, wir sollten ihn als Notarius gen Barby schicken, und er ziert sich, weil er Angst hat, die Magdeburger fangen ihn wieder ein.«

»Na und?«, bemerkte die Frau schroff. »So gut genährt, wie er aussieht, kann ihm das Gefängnis gar nicht so schlecht bekommen sein.«

Ulrich Sendeke verkniff sich ein Schmunzeln. »Gönnen wir ihm seinen Spaziergang. Ich unterrichte Euch inzwischen über unsere Vorschläge.«

Adela hatte mit Ernst zugehört. »Ich werde meine Leute sofort zusammenrufen, jedenfalls die paar unter ihnen, die ein bisschen Grips im Kopf haben, und sie anweisen, sich umzuhören nach diesem ›Erzengel‹. Freilich, Eure Überlegung zum Versteck der Kinder kann ich nicht ganz teilen. Wo soll man denn hier in der Nähe etwas verstecken? Das Land hier ist so flach wie ein Pfannkuchen, das seht Ihr ja selbst. Hier gibt es keine Schluchten und Höhlen, in die man jemanden werfen könnte, und keine Burgen mit geheimen Kellerverliesen als Verstecke. Hier ist alles übersichtlich. Und in meinem Milchkeller und in der Tenne gehen meine Mägde täglich, stündlich ein und aus. Nein, Sendeke, ich kann das nicht glauben! Wir haben die Hufspuren am Wasser gesehen – die Kinder sind mit Sicherheit nach Barby entführt.« Sie stützte den Kopf in die Hände. »Ich bin müde, Sendeke, glaubt mir. Und dabei hat der Kampf gegen diesen Schuft noch gar nicht begonnen. Meine beiden Jungen sind fort, wer weiß, ob ich sie lebend wiedersehe – und meine große Kornernte, Gottes Segen für eine arme Wittfrau, die habt Ihr mir für Eure Hilfe nun auch abgeschwatzt, zu Bedingungen, wie ich sie nie und nimmer zugelassen hätte ohne Not. – Wollen wir noch mal alles durchrechnen?«

Ulrich Sendeke legte ihr die Hand auf die Schulter. »Wenn es Euch ablenkt von Euren Sorgen, will ich gern mit Euch den Zins und Zinseszins der nächsten drei Jahre errechnen, wenn Ihr wieder unter günstigen Konditionen verkauft. Kopf hoch, Frau Adela, alles wird gut werden.«

Sie blieb sitzen, antwortete nicht, rührte sich nicht. Aber als Ulrich seine Hand wegnehmen wollte, legte sie sanft die ihre darauf und hielt ihn fest.

19. KAPITEL

In welchem es erneut zu Mord und Totschlag kommt

Der Gambrinus-Wirt zu Grabow, Wendelin Röhrer, konnte sich eigentlich nie über mangelnde Kundschaft beklagen. Das kam daher, dass sein Haus direkt an der Ihle-Furt lag; und ob man nun von Nord oder Süd kam, es gab für Mann und Ross und Wagen keinen anderen Weg.

An diesem heißen Vormittag allerdings wusste Röhrer kaum, wo ihm der Kopf stand. Ein Trupp Bewaffneter war gerade eingefallen wie ein Heuschreckenschwarm und erfüllte seine Schankstube mit Lärm, Geschrei und anmaßenden Forderungen. Alles ging ihnen zu langsam. Das Bier kam nicht schnell genug, die Pferde wurden nicht sofort in die Schwemme geführt, und dass Suppe und Braten noch nicht auf dem Tisch waren, kaum dass sie den Raum betreten hatten, das wollte ihnen nicht in den Schädel.

Röhrer, seine beiden Stallburschen, sein Weib und die drei Mägde schufteten im Schweiße ihres Angesichts, wobei sich die jungen Frauenzimmer gleichzeitig noch der zudringlichen Griffe der Männer an den Busen oder unter die Röcke erwehren mussten.

Vor allem der Hauptmann der Truppe, ein großer Kerl mit kantigem Gesicht, tat sich hervor im Kommandieren und Schwadronieren. Der Tisch, an dem die Bedienung für ihn ein weißes Leintuch, Brot, Butter und eine Kanne Wein bereitgestellt hatte, war ihm erst zu nah an der Tür, dann, nachdem man umgeräumt hatte, zu dicht bei der Küche. Außerdem fühlte er sich bemüßigt, ständig mit schneidender Stimme seinen Leuten Anweisungen zu geben.

Draußen an der Schwemme gab es Geschrei und Getümmel.

Zwei Hengste waren aufeinander losgegangen, und fluchend und schimpfend sprangen ihre Reiter vom Tisch auf, um, den Bierkrug in der Hand, den Pferdeknechten zu Hilfe zu kommen.

All das schien dem einzigen Gast, der zu dieser Stunde vor dem Mittagsbrot in der Wirtschaft gesessen hatte, überhaupt nicht zu behagen. Er saß im Halbdunkel, in der Nische zwischen Fenster und dem Durchgang zum Abtritt, und nippte an einem Dünnbier. Als der Reitertrupp gekommen war, schien es Röhrer, als würde er sich noch tiefer ins Dämmerlicht der Nische zurückziehen, aber dann verlor er den Mann aus den Augen, es war viel zu viel zu tun. Komischer Kauz das ohnehin, hatte sich vor zwei Tagen ein Zimmer genommen und in der ganzen Zeit keine zehn Worte mit dem Wirt gewechselt, nichts über das hinaus, was nötig war. Am ersten Abend allerdings hatte er die kleine Tochter Röhrers, ein Mädchen von vielleicht zehn Jahren, an seinen Tisch gewunken und ihr merkwürdige Dinge zugeraunt. Ob sie bereit sei, ihm sein Bett frisch zu beziehen? Das Kind hatte arglos geantwortet, dafür sei die Magd zuständig. Ob sie dann vielleicht später mit ihm nachschauen wolle, ob die Magd alles richtig gemacht hätte? Und als sie antwortete, um das zu verstehen, sei sie noch zu klein, hatte er laut gelacht und »Das denkst du nur!« gerufen. Röhrer hatte dem Mägdlein darauf verboten, sich weiter in der Nähe des Mannes aufzuhalten.

Dann, gestern, hatte er nach einem tönernen Krug mit frischem Brunnenwasser verlangt und war damit fortgeritten. Auf die neugierige Frage der kleinen Stinelise hatte er lachend geantwortet, er hätte im Wald zwei junge Wölfe gefangen, die wolle er großziehen. Als ob man das nicht auch mit Wasser aus dem Fluss tun könnte, auch wenn das ein bisschen stank!

All das hatte Röhrer, wie gesagt, aus dem Gedächtnis verdrängt, weil es zu viel zu tun gab. Nun winkte der Mann ihn zu sich, als er gerade schwitzend mit ein paar vollen Bierhumpen an ihm vorbeieilte, und seine Stimme – das fiel dem Wirt auf – war merkwürdig leise und doch durchaus vernehmbar in all dem Getöse und Geschrei ringsum.

»Mich stört dieser Lärm, Wirt!«, sagte der Gast gelassen. »Sagt diesen Tölpeln Bescheid, dass sie sich benehmen sollen.«

Röhrer musste wider Willen lachen. »Meint Ihr, ich bin lebensmüde? Sagt ihnen das selbst, wenn Ihr Euch traut.« Der eisige Blick der tiefblauen Augen jagte ihm einen plötzlichen Schauer über den Rücken. »Ich werde ein paar Worte mit dem Capitän reden!«, versprach er hastig. Unangenehmer Bursche das. Auf solche Logiergäste konnte man gut und gern verzichten.

Der Hauptmann reagierte auf seine mit aller Vorsicht geäußerte Anmerkung wie erwartet.

»Das hier ist ein Wirtshaus und kein Trappistenkloster, habe ich Recht? Wenn es ihm zu laut ist, soll er sich ein stilles Plätzchen suchen, am besten das Scheißhaus«, verkündete der Angesprochene unter dem beifälligen Gegröle seiner Mannschaft. »Aber erst, nachdem ich da meine Marke abgesetzt habe.«

Nach dieser Ankündigung marschierte er, bereits an den Bändern seiner Hose nestelnd, direkt in Richtung Abtritt an dem anderen vorbei, nicht ohne dessen Stuhl leicht anzurempeln.

Der bleiche Blauäugige wurde, falls das denn möglich war, noch einen Schein blasser, presste die Lippen zusammen und schob seinen Dünnbierkrug von sich weg. Wendelin betrachtete ihn besorgt. Eine Schlägerei war das Letzte, was er wollte in seiner Kneipe.

»Macht keinen Ärger!«, mahnte er mit gedämpfter Stimme. »Die sind in der Überzahl und ...«

Eine Handbewegung brachte ihn zum Schweigen, und achselzuckend wandte er sich wieder seinem Zapfhahn zu. Wenn der Kerl unbedingt den Kürzeren ziehen wollte, würde er ihn nicht davon abhalten.

Der Hauptmann nahm sich Zeit bei seinem Geschäft, und Röhrer hatte den ganzen Vorfall fast schon wieder vergessen – die Bratwurst war ausgegangen, und er musste Stinelise schnell zum Metzger schicken, ein paar frische Kränze holen –, als es denn geschah.

Unterm Hallo seiner Männer kam der Hauptmann endlich

vom Hof zurück. Kaum dass er die Schankstube wieder betreten hatte, hatte der andere auch schon blankgezogen und versperrte den Durchgang zwischen Tisch und Küche.

Der Landsknechtführer stand einen Augenblick verblüfft; wahrscheinlich hatte er das ganze Geplänkel bereits vergessen. Aber dann zog er mit einem gleichsam wohligen Grunzen seine Plempe und ging in Habachtstellung. Eine kleine Rauferei vor dem Essen, warum nicht? Das regte den Appetit an, und ein Kratzerchen war da in Kauf zu nehmen, wenn man dem unverschämten Burschen da zeigen konnte, wo der Hammer hing.

Nur, dass sich dann herausstellte, dass es wohl bei einem Kratzerchen nicht bleiben würde. Der Fremde begann mit einer so massiven Attacke, dass der Kapitän zunächst einmal hastig in die Defensive ging. Schnell blutete er am Arm. An die Wand gedrängt, versuchte er sich, von den anfeuernden Rufen seiner Leute beflügelt, wieder zum Herrn der Lage zu machen. Alles kam, wie Wendelin Röhrer es vorausgesehen hatte. Tische stürzten um, Geschirr ging zu Bruch, Zinnkrüge rollten scheppernd über den Boden, die Mägde kreischten und flüchteten, und er selbst suchte, wie immer in solchen Situationen, Schutz hinter seinem Schanktisch, zog den Kopf ein und dankte Gott, dass er das Mägdlein zum Fleischer geschickt hatte.

Es dauerte. Meist waren solche Wirtshausrangeleien heftig, aber kurz, und irgendwann hatten die Streithähne entweder genug, oder die anderen Gäste gingen dazwischen. Nicht hier. Aus den Zurufen der Männer glaubte der Wirt entnehmen zu können, dass der Hauptmann echt in Bedrängnis war. Ehrensache, dass keiner seiner Leute ihm beistehen durfte, das hätte seinen Ruf als Platzhirsch ruiniert! Aber es wurde sehr heftig. Meine Güte, dachte der Gambrinus-Wirt, während er innerlich den Schaden überschlug und überlegte, wer wohl dafür zahlen würde, und das alles wegen eines lächerlichen Wortwechsels! Diese Herren trugen ihren Verstand auf der Spitze ihrer Degenklinge.

Und dann hörte das Klirren von Eisen auf Eisen auf. Es wurde still. Ein dumpfer Fall, begleitet vom Geraune und Gemurmel der Zuschauer.

Vorsichtig, wie eine Schnecke, die es wagt, ihr Haus zu verlassen, schob Röhrer seinen Kopf über die Kante des Schanktisches – und erstarrte.

Der Fremde lag in der verwüsteten Schankstube, inmitten von Tonscherben und Leintüchern. Und auf diesen Leintüchern breitete sich ein roter Fleck aus, eine Lache, ein See von Blut. Der Hauptmann, ebenfalls aus mehreren Wunden blutend, stand schwer atmend vor dem Gefallenen, die Waffe noch in der Faust. Er hatte seinen Gegner in den Hals getroffen.

»Verdammt! Das wollte ich nicht! Wollte ihm nur eine Lektion erteilen!«, brachte er stammelnd hervor. »Aber der ist mich ja angegangen wie ein Bär im Winter! Wenn ich mich nicht verteidigt hätte, dann läge ich jetzt da ...«

Röhrer schrie nach den Mägden. »Lauft zum Priester, schnell! Der soll dem die Beichte abnehmen!« Eins der Mädchen rannte los, nahm die Holzpantoffeln in die Hand, um barfuß schneller zu sein. Aber der Wirt erkannte, dass es sowieso zu spät sein würde. Der Fremde zuckte, röchelte, zitterte. Das Blut floss stoßweise aus der Wunde.

»Verdammt! Verdammt!« Etwas anderes fiel dem großspurigen Hauptmann nicht ein. Er war jetzt ziemlich kleinlaut.

Wendelin kniete neben dem Sterbenden, bemüht, sich nicht mit dem Blut zu beflecken. »Herr, wollt Ihr beichten? Jeder Christenmensch kann in articulo mortis die Beichte abnehmen, heißt es. Ich höre.«

Der Mann knirschte mit den Zähnen. Sein vorher so schönes Gesicht war verzerrt, die Augen verdreht. »Zur Hölle«, röchelte er. »Zur Hölle. Die fahren nun auch zur Hölle. Die Brut. Verrecken. Wulffen...« In seinem Hals gurgelte es. Seine Füße trommelten auf den Boden. Dann war alles vorbei.

Röhrer schlug ein Kreuz über dem Toten und kämpfte gegen die Übelkeit an, die ihm Anblick und Geruch von Blut stets verursachten. »Irgendwer kann losgehen und dem Priester Bescheid sagen, es eilt nicht mehr«, sagte er mit unsicherer Stimme. »Stattdessen sollten wir vielleicht den Büttel rufen. Verzeiht, Herr Hauptmann, aber Recht muss sein.«

»Es war Notwehr. Und meine Männer können das bezeugen!«

»Ja doch. Gewiss. Es war Notwehr«, bestätigte Röhrer müde. Diese Raufbrüder waren ihm unendlich zuwider.

Ein Schatten in der Tür. Die kleine Stinelise, beladen mit den Kränzen frischer Bratwürste, stand da und starrte auf den Toten. Sagte nur still: »Oh.« Dann, die Augen zu ihrem Vater aufgeschlagen: »Und was wird nun aus den jungen Wölfen, die er großziehen wollte?«

Wendelin zog das Mädchen an sich. »Kind, deine Sorgen möchte ich haben.«

»Es ist heiß. Es ist so furchtbar heiß hier drin.« Der kleine Claus stöhnte. »Und ich möchte mich recken und strecken. Ich kann nicht mehr krumm liegen. Andres, wann kommt der Ritterengel und holt uns hier raus?«

»Bestimmt bald.« Der Ältere versuchte zu trösten. Aber er glaubte nicht mehr daran. Es war kein Ritter gewesen, und erst recht kein Engel. Sie waren nur dumme Kinder. Wir werden hier sterben und verderben, dachte er. Und das Wasser im Krug ist auch zu Ende.

Als hätte der Kleinere seine Gedanken gelesen, fing er an: »Ich hab solchen Durst. Warum bringt er uns nichts zu trinken?«

»Vielleicht wartet er, bis es dunkel ist.«

»Dauert das lange?«

»Eine Weile musst du schon noch Geduld haben. Es ist ja bestimmt erst Mittag.«

»Erst Mittag? Und wann ...«

»Claus, lass mich in Ruhe! Ich weiß es doch auch nicht!«

»Warum bist du jetzt böse mit mir?«

»Ich bin nicht böse mit dir. Aber ich hab auch Durst, und mir tut auch alles weh, und mir ist auch heiß, und außerdem stinkt es schrecklich, weil wir da in die Ecke gemacht haben, und ich will raus, raus, raus!« Andres hatte sich auf die Knie aufgerichtet und schlug mit ausgestreckten Fäusten gegen die Bohlen, die ihre Erdhöhle zudeckten.

Claus, maßlos erschreckt vom Ausbruch des großen Bruders, der ihm bisher Trost und Hilfe gewesen war, begann gellend zu weinen.

Sein Geschrei ging in ein heiseres Wimmern über, als der Bruder ihn in die Arme nahm und das sagte, womit ihre Kinderfrau sie immer davon abgehalten hatte, in Feld und Wald allzu sehr herumzukrakeelen: »Ruhig, du weckst sonst die Erdmännlein auf.«

Was auch immer es auf sich hatte mit diesen Erdmännlein – aufwecken sollte man sie wohl lieber nicht.

»Aber wollen wir nicht wenigstens rufen?«

Andres schüttelte den Kopf. »Wie lange kann unsereins schon rufen. Weißt du was? Wir wollen lieber was Schönes singen. Vielleicht hören uns ja die lieben Englein und kommen uns zu Hilfe.«

»Aber ich kann nicht so viel Lieder. Ich kann eigentlich nur ›Meerstern, ich dich grüße‹.«

»Dann lass uns ›Meerstern, ich dich grüße‹ singen und warten. Warten, bis wer kommt.«

»Ja, Andres.«

Ihre hellen, zittrigen Stimmen füllten das Versteck, als wären die Klänge mit Händen zu greifen.

Der Leutpriester des Ortes ließ auf sich warten. Er hatte mehr als diesen einen Fall zu betreuen und war zu einem sterbenden Kaufmann gerufen worden, von dessen Bußfertigkeit und Reue er sich ein feines kleines Legat für seinen Sprengel erhoffte. Und der Büttel war mit seiner Truppe gegen ein paar Strauchdiebe in der Gegend von Letzlingen ausgerückt, die in der letzten Zeit die Straße nach Norden unsicher machten.

Die ernüchterte Landsknechttruppe mit ihrem ziemlich kleinlaut gewordenen Hauptmann nutzte die Gelegenheit, erst einmal ein paar Meilen zwischen sich und die blutige Sache zu bringen. Man zahlte und zäumte die Gäule wieder auf.

Wendelin Röhrer rang die Hände. »Aber, Herren, Ihr könnet mich doch nicht zurücklassen mit der Leiche hier! Wem soll ich denn da erklären, was geschehen ist?«

»Wir haben keine Zeit, hier herumzuhängen und entweder auf den Gottesmann oder die Obrigkeit zu warten!«, erklärte der Capitän barsch. (Eben noch, vor dem Streit, hatte die Schar sich niedergelassen wie zu dauernder Besatzung.) »Wir stehen im Dienst eines hohen Herrn und sind in der Pflicht, zu seinem Schutz vor Ort zu sein.«

»So sagt mir wenigstens, wo man Euch finden kann, edler Herr! Wie soll ich denn erklären, was hier geschehen ist? Soll ich sagen, eine Räuberbande sei eingefallen?«

Derart ehrenrührige Anmerkung provozierte den Widerspruchsgeist des Hauptmanns. »Wir stehen im Dienste des Grafen Barby«, erklärte er hochnäsig, »und sind bei seinem Quartier anzutreffen.«

»Wie denn? Bis Barby müsste man also Botschaft schicken nach Euch?«

»Vorderhand nimmt der Graf Quartier auf dem Albrechtsgut bei Burg. Dort lasst nach uns suchen, falls es denn notwendig sein sollte.«

Damit warf sich der Kerl aufs Pferd und gab seiner bereits aufgesessenen Truppe den Befehl zum Abzug. Wendelin Röhrer blieb zurück im Kreise seiner Familie und seines Gesindes, eine notdürftig mit einem Laken bedeckte Leiche in der Schankstube des Gambrinus und Zorn im Herzen.

Als der Büttel schließlich eintraf – der Priester ließ auf sich warten, der sterbende Kaufmann war ein härterer Brocken als erwartet –, war der Tote schon kalt.

Der Büttel von Grabow war ein im Dienst ergrauter, hartgesottener Kerl, der wusste, wie der Hase lief. Wirtshausraufereien, auch solche mit tödlichem Ausgang, gehörten für ihn zum Alltag.

Ein mürrischer Gruß galt Röhrer, dann zog er unsanft das

Leilach vom Gesicht des Toten – und konnte sein Erstaunen nicht verbergen.

»Verdammt auch! Der Tolle Michel! Na, wer den erlegt hat, der hat Verdienst erworben um die Sicherheit hier zu Lande!«

»Ihr meint, Ihr kennt ihn?« Wendelin trat näher heran.

»Und ob ich ihn kenne, Röhrer! Der ›Erzengel Michael‹ wurde er genannt, ob seiner schönen Züge! Wähnte ihn allerdings da, wo der Pfeffer wächst, und das mit Vergnügen! Ich wusste gar nicht, dass er sein Unwesen wieder in unseren Landstrichen treibt! Wirt, Ihr habt einen Meuchelmörder unter Eurem Dach beherbergt.«

Röhrer machte ein erschrockenes Gesicht.

Der Büttel erlaubte sich ein kleines Grinsen. »Macht Euch keine Sorgen; gut, dass der jetzt in der Hölle schmort – der so genannte Erzengel. Mal sehen, was er so mit sich führt.« Röhrer schauderte es, mit anzusehen, wie gleichgültig und grob der Mann sich an dem Toten zu schaffen machte, ungeachtet des getrockneten Blutes an dessen Wams zerrte und es öffnete – darunter befand sich eine fein ziselierte Rüstung. »Seht einmal! Dieser Schuft wusste sich zu schützen. Reiner Zufall, dass der Stoß in den Hals ging. Sonst hätte den so leicht keiner ins Jenseits befördern können. Auf diese Weise kann sich der eine oder der andere sogar den Ruf der Unverwundbarkeit erringen!«

Er begann die Taschen des Toten zu durchsuchen und stieß einen Pfiff aus, als er den wohl gefüllten Geldbeutel fand. »Bei wem auch immer der im Sold war – schlecht bezahlt hat man ihn nicht.« Des Weiteren kramte er zwei fein ziselierte, haarscharf geschliffene Dolche hervor – »Werkzeug von Meuchelmördern!« – und eine kleine Schiefertafel nebst Griffel, eingehüllt in ein Stück weiches Leder.

»Was soll denn das nun wieder sein!«, knurrte er.

Röhrer sah ihm über die Schulter. »Verzeiht, Herr, Ihr haltet die Tafel falsch herum!«

»Wie? Was? Tatsächlich? Meine Augen ... Ihr könnt Geschriebenes lesen, Röhrer?«

»Mein Gewerbe bringt es mit sich, Herr«, erwiderte der Gastwirt bescheiden. »Ihr gestattet?« Er nahm dem Vertreter der Obrigkeit die Tafel aus der Hand. »Eine Art Rechnung hat der Tote hier aufgemacht, scheint's, was er eingenommen in letzter Zeit und wer bei ihm noch Schulden hat. – Hm, das ist merkwürdig.«

»Was ist da merkwürdig? Raus mit der Sprache!«

»Nun, dieser Tafel nach zu schließen, hat der Tote seine Einkünfte vom gleichen Mann bezogen, in dessen Sold sein Mörder zu stehen behauptete – vom Grafen Barby. Dabei möchte ich schwören, dass die beiden Streithähne sich noch nie im Leben zuvor gesehen hatten.«

Der Stadtbüttel zuckte die Achseln. »Wen kümmert's? Lasst gut sein, Röhrer, die Sache ist aus der Welt, und der Kerl auch. Es war ein Zweikampf, sagt Ihr? Nun gut. Dann war es kein Mord. Dann müssen wir der Sache nicht weiter nachgehen. Meine Leute schaffen Euch den Kadaver da vom Hals, und Ihr könnt sauber machen. Gott gesegne Euch den Tag.«

Wendelin Röhrer hatte wohl bemerkt, dass die gut gefüllte Geldkatze des »Erzengels« unbemerkt in der Tasche des Hüters von Recht und Ordnung verschwunden war. Um die Tafel kümmerte sich keiner, die hielt er noch in der Hand. Er stand da und fand die Welt einmal mehr schlecht eingerichtet. Aber das war ja nichts Neues.

20. KAPITEL

In welchem Müßiggang zu akzidentieller Lebensrettung führt

Zum Spazierengehen bot die Gegend um Alvensleben nicht allzu viele Annehmlichkeiten. Frau Adela hatte schon Recht: Außer flachem Land und hier und da einem Wäldchen oder einer Hecke gab es nichts, was der Landschaft Reiz verlieh. Aber, so sagte sich Richard Alemann, er hatte ja auch nicht vor zu lustwandeln. Er wollte nur ein bisschen Zeit gewinnen – ja, wenn er ganz ehrlich zu sich war: sich noch eine Weile vor einer Entscheidung drücken.

War denn nicht einzusehen, dass jemand, der das hinter sich hatte, was ihm widerfahren war, einfach ein bisschen Ruhe brauchte? Andererseits – so oder so musste die Angelegenheit in seinem eigenen Interesse geklärt werden. Hinter der Entführung der Kinder und hinter dem Mord an Wulffenstein stand Barby, das war klar – oder vielmehr eine bezahlte Kreatur des Grafen. Ein Wunder, dass der sich bei der Frau Braunböck selbst die Finger dreckig gemacht hatte. Aber er war sich zu diesem Zeitpunkt wohl seiner Sache allzu sicher gewesen und die Überrumpelung und Demütigung der Frau von Alvensleben zu perfekt geplant, als dass er sich selbst hätte um das Vergnügen bringen wollen.

Richard wischte sich den Schweiß von der Stirn und verwünschte seine Idee, in der Mittagshitze herumzulaufen. Zu dieser Stunde machten ja sogar die Schnitter Rast im Schatten einer Weißdornhecke … Nicht allzu weit von dem schmalen Wiesenpfad, durch den er sich gerade quälte, unter dem ohrenbetäubenden Gezirp der Grillen, sah er ein Waldstück. Auf das strebte er zu. Vielleicht das Beste, es den Landleuten gleichzutun und eine kleine Pause einzulegen dort unter den Bäumen. Ein Nickerchen würde ihm gut tun, und vielleicht fand er ja im Schlaf eine Entscheidung.

An Schlaf war zunächst nicht zu denken. Nach dem Grillengezirpe vorhin war es in diesem Wald viel zu ruhig. Außer dem bisschen Windgesäusel im Blätterdach und dem Kreischen eines Hähers herrschte eine fast unheimliche Stille. Ein Eichenwald. Lange nicht ausgeholzt, aber trotzdem gab es kaum Unterholz. Sie trieben wohl im Herbst die Schweine hinein, die machten die Eicheln zunichte, und so wuchs kaum etwas anderes als langes, weiches, mattgrünes Gras. Eigentlich wie geschaffen zum Ausruhen. Trotzdem, irgendetwas störte. Ein Ton, der nicht hineingehörte in dieses Ensemble aus Windesrauschen und Hähergekreisch. Von weiter weg drang, wenn der Wind etwas nachließ, ein dünnes Piepsen zu ihm, fast so etwas wie eine Melodie. Merkwürdig. Gab es eine Kapelle in der Gegend? Einen Einsiedel, der seine Andacht abhielt? Eine verlockende Vorstellung. Richard malte sich den kühlen Innenraum eines Kirchleins aus, wo man, nach einem Gebet um Erleuchtung, sich auf einer Holzbank ausstrecken und die Augen schließen konnte. Natur war letzten Endes zu unruhig für jemanden, der für eine ganze Weile in einem geschlossenen Raum gesessen hatte.

Er erhob sich wieder von seinem Grasbett und ging dem Ton nach. Kein einfaches Unterfangen, wie gesagt. Der Wind irritierte. Immer wieder verwehte eine Bö diese seltsamen Klänge, die sich, je näher er kam, als eine Art Singen herausstellten, unharmonisch, dissonant und schrill, sehr dumpf, aber zugleich sehr hoch. Fast wie Kinderstimmen. Eine beunruhigende Sache.

Der junge Alemann stolperte über Baumwurzeln auf das andere Ende des Wäldchens zu. Hier wich der schöne, glatte Grasteppich einem Gestrüpp aus Brombeeren und Weißdorn, das Weitergehen wurde immer mühsamer. Aber dieser Gesang – ja, es war Gesang! – drang deutlicher zu ihm, und er war viel zu neugierig, um jetzt umzukehren.

Dann erreichte er den Waldrand. Nur, da war nichts. Vor ihm erstreckte sich eine so genannte Schwarzbrache, ein umgepflügtes Feld, das, nach den Gepflogenheiten dieses fruchtbaren Landstrichs, nicht ein Jahr lang liegen gelassen wurde, sondern bereits geeggt und für die Wintersaat vorbereitet worden war. Am Rain zwischen Wald und Feld befanden sich ein paar Rübenmieten, drei davon nur noch leere Gruben, ausgeweidet, leer gefressen, die Bretter, die sie bedeckt hatten und über denen man Erde auftürmen pflegte, um das Eindringen von Licht zu verhindern, lagen verstreut daneben. Eine Grube war geschlossen, wie es sich gehörte, auf dem Erdwall wuchsen wilder Mohn und Winde. Da lagerten wohl die Steckrüben für den Winter.

Die fünfte musste erst vor kurzem geöffnet und, wie es schien, noch nicht ganz geleert worden sein, denn die Bohlen lagen ohne Erdaufschüttung über der Grube.

Die Laute hatten aufgehört. Richard war unheimlich zu Mute. Hatte ihn irgendein Spuk genarrt? Die Mittagshexe? Die Kornmuhme? Nicht, dass er etwa an dergleichen glaubte ... Vorsichtshalber schlug er ein Kreuz. Und da begann es wieder.

Schrille, wimmernde Töne aus der Tiefe heraus, gedämpft und drängend zugleich. Ein Kirchenlied. Ein Kirchenlied stieg aus der Erde empor. Richard fühlte, wie sich die Haare in seinem Nacken aufrichteten.

Er stürzte zu der Rübenmiete und versuchte, mit beiden Händen die seitlich festgestampften Bohlen zu entfernen. Vergeblich. Dazu bedurfte es der Werkzeuge.

Das Singen da drin war verstummt. Dann sagte eine zaghafte Stimme etwas, was er nicht verstehen konnte. Er warf sich zu Boden, legte das Ohr an einen Spalt zwischen den Brettern, lauschte. Da war die Stimme erneut, die Kinderstimme: »Herr Ritterengel, seid Ihr das? Befreit uns doch um Christi willen! Wir haben so Durst! Habt Erbarmen! Wir bestehen die Prüfung nicht. Wir können nicht mehr ...« Die Stimme ging in Schluchzen unter.

Richard schrie fast: »Haltet aus, nur ein paar Vaterunser lang!

Ich kann euch nicht allein befreien. Ich muss zu eurer Mutter, damit sie euch holt.«

Er stand auf und rannte, so schnell er konnte, den Weg zurück. Hinter ihm war wieder das Singen zu vernehmen.

21. KAPITEL

In welchem der hochedle Richter Thalbach sich nicht selbst in die Hände fallen möchte

Oswald Jessen, ganz Würde und Selbstbeherrschung, sprach vor der eilig einberufenen Ratsversammlung und vor Seiner Ehren, dem edlen und gestrengen Herrn Bürgermeister Veit Horn. Niemand wäre auf den Gedanken gekommen, diesen respektablen Hamburger Patrizier in – trotz der Hitze – pelzbesetzter Schaube und mit der Ehrenkette um den Hals ins Tollhaus stecken zu wollen …

Jessen berichtete wichtige Neuigkeiten. Dass die Neuigkeiten eigentlich von seiner Tochter mitgebracht worden waren, spielte keine Rolle, denn natürlich konnte ein Weibsbild nicht im Rat auftreten. Immerhin, die Jungfer Regina – wohl geputzt und höchst sittsam weiblich gekleidet – wohnte der Sitzung gleichsam in der zweiten Reihe bei. Sie saß auf einem Stuhl hinter dem Sitz ihres Herrn Vaters, die Augen keusch niedergeschlagen, aber von Zeit zu Zeit beugte Jessen sich nach hinten und das Mädchen sich nach vorn, um ihm ins Ohr zu flüstern. Denn all die Details hatte sich der Senator in der Eile nicht merken können und deshalb erwirkt, dass Regina gleichsam als seine Konsultantin zugelassen wurde. Das war in der Geschichte der ehrwürdigen Magdeburger Ratsversammlung eindeutig das erste Mal, dass ein Frauenzimmer partizipierte. Viele schüttelten darob den Kopf. Die Weiberwirtschaft nahm ihrer Meinung nach wirklich ausufernde Dimensionen an. Die Alemannin, die mit unziemlicher Kühnheit ihrem Sohn zur Flucht verhalf, diese Frau mit dem Korn in der Börde, von deren Existenz die Kaufleute zwar wussten, aber man hatte doch immer mehr mit ihren männlichen Verwaltern verhandelt denn mit ihr selbst, und nun auch noch diese junge Person, die einfach mehr wusste als ihr Vater! Wie sie zu ihrem Wissen gekommen war, das ließen die Herren des Rates einmal dahingestellt. Man musste ja nicht alles hinterfragen. Es gingen so Gerüchte, die Jungfer sei in Männerkleidern, mit gespreizten Beinen zu Pferde sitzend, eingeritten durchs Kroekentor ... Da sagte man doch lieber gleich: Schwamm drüber.

Die ganzen Histörchen von Mord und Totschlag und Entführung, die Jessen ausbreitete, erregten zunächst einmal nur Kopfschütteln. Hellhörig wurden die Honoratioren, als sie erfuhren, zu welchen Conditiones die Herrin des Korns bereit war, ihren Segen feilzubieten. Hm. Gut. Also das lohnte denn vielleicht doch den Einsatz von bewaffneter Macht. Hatte man Garantien dafür? Herr Sendeke, der Adlatus des Senators Jessen selbst, hatte ... Aha. Unter diesen Umständen sah man sich auch durchaus geneigt, gegen einen Bösewicht wie den Grafen Barby, der sich dreisterweise in die Geschäfte der Hanse einzumischen wagte, vorzugehen. Aber die Unschuld des jungen Alemann zu beweisen ... Je nun. Die Herren wackelten abwägend mit den Köpfen. Wenn der junge Mann unschuldig war, ja, warum hatte er sich dann mit List aus dem Gefängnis davongestohlen? Der Unschuldige hat nichts zu befürchten. Gott steht ihm bei.

Dazu fiel sogar Richter Thalbach eine ganze Menge ein – von Justizirrtümern bis zur Anwendung der Folter zum Erlangen von Geständnissen. Gott war in vielen Fällen der einzige Beistand des Angeklagten und nicht immer zur Stelle, wenn es um Leben und Tod ging. Also, er selbst hätte sich auch nicht gern in die Hände von sich selbst begeben. Aber das behielt er selbstverständlich für sich und schloss sich dem zweifelnden Kopfwackeln der Herren an.

Die Jungfer Regina hinterm Stuhl des Senators war rot angelaufen und zischte ihrem Vater eindringlich ins Ohr. Jessen machte zunächst eine abwehrende Handbewegung, nickte dann aber doch und erhob die Hand, um sich erneut zu Wort zu melden.

»Die hochedle Ratsversammlung möge erwägen«, hub er an, »dass der in dieser Stadt geschehene Mord an einem Kaiserlichen Rat keine Sache bleiben wird, die nur der Gerichtsbarkeit der

Magdeburger unterliegt. Wir können davon ausgehen, dass Kaiserliche Majestät gewiss die Untat an einem ihrer bevollmächtigten Beamten nicht ungesühnt lassen wird. Ich möchte wetten, dass bereits eine Kommission sich gebildet haben wird – alles dauert am Hof ein bisschen länger –, und möglicherweise ist ein Jurist des Kaisers schon auf dem Weg hierher, um die Untersuchung an sich zu ziehen.«

»Wir sind nach der Prozessordnung vorgegangen!«, erklärte der Richter steif. »Noch binnen eines Tages hatten wir den Verdächtigen hinter Schloss und Riegel!«

»Um ihn dann wieder zu verlieren!« Thalbach wollte auffahren, aber der Hamburger fuhr gelassen fort: »Ich gebe der ehrenwerten Versammlung und vor allem Euch, Herr Judex Thalbach« – Jessen hatte zu dem Herrn, der ihn ins Tollhaus hatte stecken wollen, nicht gerade ein herzliches Verhältnis –, »zu bedenken, dass es ein bei weitem besseres Licht sowohl auf die Hansestadt Magdeburg als auch auf Eure Jurisdiktion werfen wird, wenn bei Ankunft des besagten Bevollmächtigten der *wirkliche* Täter bereits gefasst ist – und wenn er außerdem *kein* Magdeburger ist.«

Einen Augenblick lang herrschte nachdenkliches Schweigen in dem schön ausstaffierten Raum mit den geschnitzten Stühlen, den Teppichen auf Wand und Boden, dem goldbunten Schilderwerk an der Decke. Von draußen, durch die wegen der Hitze weit geöffneten Fenster, drangen die Rufe des Marktes und das Schreien der Mauersegler herein.

Dann sagte Bürgermeister Horn mit einem Seufzer: »Da möget Ihr wohl im Recht sein mit Eurer Meinung, Herr Senator. Der Herr Richter Thalbach sollte das bedenken zum Wohl und Nutzen der Stadt.«

»Außerdem«, setzte Oswald Jessen noch eins drauf, »könnte es doch dem Hof – nun, nicht eine Lehre, das steht uns nicht zu, aber doch ein feiner Hinweis sein, dass man sich überlegen sollte, an wen Privilegien zu vergeben recht und schicklich ist. An ehrenwerte Hansestädte oder an Raubritter!«

Raubritter. Das war stark. Aber es traf genau die Stimmung der Ratsherren. Es bedurfte nunmehr keines langen Hin und Hers. Der Beschluss, bewaffnet gegen Barby vorzugehen, wurde gefasst. Worauf sich nun Hauptmann Atzdorn in ganzer Länge von der Seitenbank erhob, auf der er, als kein ordentliches Ratsmitglied und Beisitzer ohne Stimme, ausgeharrt hatte, und zu bedenken gab, dass das aber Zeit kosten würde!

Zeit? Wieso das? Könnte man nicht einfach unter Waffen rufen, was der Stadt zur Verfügung stand, und in aller gebotenen Eile gegen Barby ausrücken?

Atzdorn verzog das Gesicht, einer Bulldogge ähnlicher denn je. Ja, wenn das so einfach wäre! Abgesehen von dem Kontingent, das ihm unverzichtbar zum Schutz der guten Stadt Magdeburg selbst zur Verfügung zu stehen hatte, waren die Rotten im Einsatz.

Im Einsatz? Wie denn das? Bürgermeister Horn hob die Brauen. Befand sich die Stadt denn im Kriege?

Im Kriege wohl kaum, konterte der Hauptmann, aber denn doch in der einen oder der anderen Fehde. In Hillersleben hatten ein paar Strauchdiebe die Landstraße unsicher gemacht und einen Kaufmannszug überfallen. Da musste man ein Exempel statuieren. Zu Bernburg verlangten dreiste Anlieger plötzlich Maut für die Elbpassage, und in Angern hatten Obstbauern …

Der Bürgermeister winkte ab. Angesichts der spöttischen Miene des Hamburger Patriziers war ihm das Geplänkel seiner Stadtsöldner unendlich peinlich. Da wollte man nun mit der Weltstadt um das Stapelmonopol konkurrieren und verzettelte sich in irgendwelchen Kleinkriegen.

»So seht zu, Atzdorn, dass Ihr möglichst bald freie Landsknechte anwerbt! Die Zeit drängt!«

Der Stadthauptmann verneigte sich und verließ, mit all seinem Blech scheppernd, den Sitzungssaal.

Jungfer Regina hatte wieder eifrigst mit ihrem Vater zu tuscheln und gestikulierte dabei zum Gotterbarmen, aber der Senator, dem die Zornader auf der Stirn zu schwellen begann, winkte heftig ab. »Alles nach Recht und Ordnung«, zischte er dem Mädchen mit verhaltener Stimme zu.

Der Bürgermeister ließ durch die Ratsdiener das Ende der Sitzung verkünden.

Beide Jessens waren rot im Gesicht vor Erregung, als sie in heftiger Kontroverse auf den Treppenstufen des Rathauses stehen geblieben waren – sie beachteten nicht einmal die höflichen Abschiedsgrüße der Magdeburger Ratsherren, die an ihnen vorbei nach draußen strömten.

»Kein Wort mehr, Regina! Es reicht wahrhaftig! Nicht genug, dass ich mich hier zum Gespött des halben Rates mache, indem meine Tochter wie ein flüsternder Geist hinter meinem Stuhl bereitsteht und mir die Worte, die ich sagen soll, ins Ohr träufelt – nun willst du auch noch widersprechen dem Beschluss einer hochwohllöblichen Bürgerschaft! Ist dir zu Kopf gestiegen, dass du in Hosen und Wams durch die Gegend gezogen bist, und willst du es jetzt besser wissen als die Männer?«

»Aber ich *weiß* es besser!« Regina fuhr sich mit beiden Händen ins Haar und richtete heillose Unordnung in ihrer bändergeschmückten Frisur an. »Herr Vater, all dies Zögern und Zaudern, dies Beraten und Bereden dient nur dem Schurken zum Vorteil! Er hat die kleinen Kinder in seiner Gewalt, er stellt die Bedingungen – und hier wird abgewägt! Längst sollte eine Stafette reitender Boten nach Hamburg unterwegs sein, um die Stadtwache zum Succurs für Magdeburg herbeizuholen, längst sollte ...«

»... sollte *was*?!« Jessens Stimme schwoll an. »Regina, komm zu dir!« Er sah kurz über die Schulter, näherte sein Gesicht dann dem der Tochter und fauchte gedämpft: »Glaubst du wirklich, die Freie und Hansestadt Hamburg würde auch nur einen einzigen Mann entsenden? Selbst wenn jemand auf diese Idee käme – mein Veto würde ich einlegen! Lass das nur die Magdeburger fein für uns miterledigen! Meine Anwesenheit im Rat heute, mein Vortrag – das mag als Beitrag Hamburgs genügen in dieser Angelegenheit. Du sagst, es eilt? Nun, da kämen wir von da oben an der Nordsee doch ohnehin zu spät zum Succurs! Diesen Barby werden die guten Leute hier auch ohne unsere militärische Hilfe früher oder später kleinkriegen, und die Contracte mit der Frau sind für dieses Jahr unter Dach und Fach.«

Regina atmete schwer. »Geht es immer nur um den Profit und nicht vielleicht auch einmal um Christenpflicht und Menschenrecht?«

Oswald Jessen maß seine Tochter mit den Augen. »Nimmst du dir heraus, mich zu maßregeln, naseweises Ding? In was für peinliche Lagen du mich gebracht hast unlängst! Gut, ich habe dir verziehen, dass du dich Hals über Kopf aus dem Staub gemacht hast und vor lauter Liebestollheit wie eine Landstreicherin davongezogen bist. Ich habe dir, wenn auch nur mühevoll, sogar verziehen, dass du mich vor den Magdeburgern zum Gespött gemacht hast. Aber wenn du jetzt nicht aufhörst, dich in Dinge einzumischen, die keines Weibes Sache sein können noch dürfen, dann muss ich mir doch sehr überlegen, ob ich dich nicht ins Kloster stecke, statt dich diesem jungen Alemann zu geben.«

Die junge Frau zeigte sich von den Drohungen ihres Vaters ziemlich unbeeindruckt. Sie kannte sein aufbrausendes Naturell zur Genüge und wusste, dass sie ihn in den meisten Fällen nicht nur schnell besänftigen, sondern auch meistens ihren Willen durchsetzen konnte. Letzteres allerdings sah im Moment anders aus. Jessen schien fest entschlossen, ihrem eigenwilligen Treiben ein Ende zu bereiten.

»Wenn ich nur wüsste, wo Richard sich jetzt befindet!«, lenkte sie ab.

»Hab ich dir das nicht gesagt? – Er hatte vor, schnurstracks nach Alvensleben zu ziehen«, gab Jessen nicht ohne Bosheit zurück. In der Tat hatte er mit Regina darüber noch nicht geredet – glücklich, wie er war, das verlorene Lämmlein erst einmal wieder im Pferch zu wissen, und voller Furcht, dass sie aufs Neue ausreißen könnte.

Regina holte Luft, und wieder stieg ihr die Zornesröte ins Gesicht. »Haltet Ihr mich für ein dummes Ding, das mit Docken spielt und …«

Sie kam nicht weiter in ihrer Suada, denn ein einfach, aber modest gekleideter Mann trat, das Barett in der Hand, mit einem ehrfurchtsvollen Bückling an sie beide heran. »Verzeiht, edler Herr, aber Eurem Aussehen nach seid Ihr der Großen in der Bürgerschaft einer, wenn nicht gar der Bürgermeister, so wie Ihr da vor dem Rathaus steht.«

Oswald Jessen lächelte selbstgefällig. »Nein, der Bürgermeister bin ich nicht, guter Mann. Der stünde Euch auch sicher nicht so ohne weiteres Rede und Antwort. Soviel ich weiß, ist es in der Stadt nicht Sitte, dass gemeines Volk ohne weiteres Standespersonen anspricht.«

»Dessen bin ich mir sehr wohl bewusst!«, versicherte der Mann eilig. »Ich hätte auch nie die Dreistigkeit besessen, wenn nicht ein merkwürdiges Dokument durch Zufall in meine Hände gelangt wäre, bei dessen näherem Studium ich zu der Annahme kam, die Sache sei für die gute Stadt Magdeburg nicht ohne Interesse, weswegen ich denn …«

»Ihr redet ja ohne Punkt und Komma, Teuerster!« Jessen grinste leutselig. »Wer seid Ihr denn überhaupt?«

Der Mann dienerte erneut. »Wendelin Röhrer, zu Euren Diensten, Gastwirt im Gambrinus zu Grabow, direkt an der Ihle-Furt.«

»Womit geklärt wäre, dass Ihr viel und gut redet. Also, Meister Röhrer, was ist Euer Begehr?«

Regina bemerkte mit Verblüffung, dass ihr Vater nicht den geringsten Skrupel zeigte, sich aus purer Neugier mit einer Sache zu befassen, die ihn, als Stadtfremden, mit Sicherheit nichts anging. Sie wollte schon den Mund aufmachen, um den Fremden aufzuklären, ließ es dann aber angesichts des gerade erfolgten väterlichen Rüffels auf sich beruhen.

»Edler Herr, in meiner Schenke hat es Mord und Totschlag gegeben – das kommt leider hin und wieder vor. Eine Rotte Landsknechte legte sich mit einem Gast von mir an, der kam dabei ums Leben, und der Stadtbüttel von Grabow ließ, wohl eher aus Nichtachtung vor Geschriebenem, das er nicht versteht, eine Tafel aus dem Besitz des Getöteten in meinen Händen zurück. Ich gestehe, dass ich ein neugieriger Mann bin, das bringt der Beruf so mit sich. Was man weiß, das kann einen nicht überraschen. Diese Tafel nun ist so etwas wie das – nun ja, das Hauptbuch des Toten, der übrigens ein bekannter Verbrecher war, bekannt unter dem Namen ›der Tolle Michel‹ und im Dienste eines Grafen Barby stehend.«

Regina schrie halblaut auf. »Gott im Himmel! Was sagt Ihr da? Zeigt her!«

Der Wirt warf einen verwunderten Blick auf die naseweise Jungfer, die sich in ein Männergespräch einmischte, und lächelte höflich, ohne weiter auf das Mädchen einzugehen.

»Nun fanden sich auf dieser Tafel zwei Eintragungen, die mit einem Verbrechen zu tun haben, das in dieser Stadt verübt wurde, wenn ich das denn recht verstehe. Ein Mord an einem gewissen Rat W. Geld für die Freveltat und anderes Geld, das dem Ermordeten beigesellt werden sollte ... Ich begreife nicht ganz, Herr. Aber zumindest schien es mir die Mühe wert, meine Wirtschaft in den Händen des Gesindes zu lassen und mich hierher aufzumachen. Die Behörden könnten ja vielleicht durch diese Tafel neue Informationen bekommen und sich dann zweifellos auch mir gegenüber erkenntlich zeigen.«

Regina hielt die Luft an. Wenn ihr Vater den Kerl da jetzt mit diesem Fund zum Richter Thalbach schickte ... Aber Gott sei Dank, Jessen tat nichts dergleichen. Er warf seiner Tochter einen schnellen Blick zu.

»Guter Freund, Ihr seid bei mir an der richtigen Stelle. Folgt mir ins Haus meines Freundes Alemann, damit wir die Sache in Ruhe durchgehen – und an einem Douceur für Eure Mühe soll es auch nicht fehlen.«

Natürlich wusste Regina, was in ihrem Vater vorging. Sie wusste, dass er innerlich triumphierte, bot sich ihm doch die Gelegenheit, Thalbach eins auszuwischen und ihm bei der Lösung dieses Falles einen Schritt voraus zu sein, um sich für die erlittene Schmach des Gefängnisses zu rächen. Aber das war ihr wirklich egal in diesem Augenblick. Jetzt hatte sie nicht das Geringste dagegen, dass der Senator sich penetrant in Angelegenheiten einmischte, die ihn nichts angingen.

22. KAPITEL

In welchem Regina Jessen wiederum in ungeziemend unweiblichen Aktionismus verfällt

»Dieser Gero von Barby ist entweder krank im Kopf, oder er versteht nichts vom Wirtschaften!«, sagte Jessen kopfschüttelnd. »Eine solche Summe für nichts und wieder nichts auszugeben!«

»Für nichts und wieder nichts?« Marcus Alemann riss die Augen auf. »Aber verehrter Senator, er hat einen Mord damit gekauft!«

»So etwas kann man weit preiswerter bekommen«, bemerkte der Hamburger missbilligend. Wie es schien, ärgerte ihn die Verschwendung. »Und dann noch diese sinnlose Geste, dem Ermordeten einen vollen Beutel beizugeben! Als wenn es das Dokument und die Blutschrift nicht auch getan hätten!«

Regina, die sittsam im Hintergrund saß und sich gemeinsam mit der Alemannin pro forma an einer Paramentenstickerei zu schaffen machte, traute ihren Ohren kaum. Übte ihr Vater allen Ernstes Kritik an der Art und Weise des Verbrechens, warf dem schurkischen Grafen indirekt Dilettantismus vor? Ein starkes Stück, fürwahr. Ihr kribbelte es in den Fingern, Nadel und Faden hinzuschmeißen. Ein Stück Silbergarn zerriss. Gesine Alemann warf ihr einen beschwichtigenden Blick zu, spitzte die Lippen zu einem »Pst!«.

»Wie auch immer!« Marcus wirkte etwas verwirrt von der Argumentation des Senators. »Jedenfalls, durch dieses Schriftstück dürfte meines Sohnes Unschuld klar bewiesen sein. Auftraggeber und Mörder, beide sind namhaft gemacht.« Er wickelte die Lederhülle sorgfältig wieder um die Tafel – wie leicht konnte die mit dem Griffel eingeritzte Schrift gelöscht werden!

»Das Beste wird sein, wenn wir morgen die Schöffen zusammenrufen und ihnen unser Beweisstück vorlegen. Ihr selbst seid doch noch Schöffe, Herr Alemann – ich meine, nach dem Vorfall – hm ...« Er grinste viel sagend, und Alemanns Adamsapfel hüpfte beängstigend auf und ab. »Genauso wie Ihr noch Senator seid, verehrter Herr, obwohl Ihr im Gefängnis saßet!«, gab der mit vor Ärger erstickter Stimme zurück. »Als ob der Besuch in einem solchen Haus ...«

»Aber wer redet denn davon?« Jessen zwinkerte. »Natürlich meine ich den von mir sehr geschätzten, aber offiziell natürlich verurteilten Handstreich Eurer Hausehre in Betreff der Befreiung Eures Sohnes!«

Eine Schere fiel klirrend zu Boden. Jetzt war es an Regina, der anderen beruhigend die Hand auf den Arm zu legen.

»Und Richter Thalbach?«

»Oh, der Richter wird schon noch früh genug von meinem Fahndungserfolg erfahren!«

Jetzt hielt es Regina nicht mehr aus. »Herr Vater! Bei allem Respekt, aber Ihr tut so, als hätten wir alle Zeit der Welt. Dabei sind zwei Kinder als Geiseln verschleppt, und ein Bösewicht droht, ihnen alles Mögliche anzutun, und die Frau von Alvensleben verlässt sich auf die Hilfe der Hanseaten – deswegen hat sie sich auf diese Verträge eingelassen. Eile tut not, wenn ich das sagen darf!«

»Du darfst«, sagte Jessen gut gelaunt, »auch wenn nicht alle Welt deiner Meinung sein dürfte. Lass uns nicht in Gefühlsduselei versinken, liebes Kind. Die Verträge sind gemacht – und in ihnen erkenne ich die Handschrift meines wackeren Sendeke –, und wir sind im Geschäft mit der Frau. Wenn wir im Augenblick zu Magdeburg keine Männer in Waffen finden, so muss die Aktion eben warten. Dieser Graf Barby wird den zwei Jungen nicht gleich den Kopf abreißen.«

»Dieser Graf Barby lässt Kaiserliche Räte meuchlings ermorden und schreckt sicher auch nicht vor einer Untat an zwei Kindern zurück! Herr Vater! Habt Ihr nicht eben selbst gesagt, der muss krank im Kopf sein? Glaubt mir, er ist es!«

»Nun, nun«, sagte der Senator begütigend und warf einen entschuldigenden Blick zu Marcus Alemann, der sichtlich indigniert diesem unbotmäßigen Sermon zugehört hatte. »Reginchen, manchmal tut es mir Leid – entschuldige schon, dass ich so viel Geld in deine Ausbildung investiert habe, von der ja eigentlich von vornherein feststand, dass sie nutzlos ist für Frauenzimmer. Nun hast du Flausen im Kopf und denkst, du kannst überall mitreden. Mach dir mal einfach keine Sorgen mehr um die ganze Geschichte, glaub mir, sie ist bei erfahrenen Männern, Kaufleuten wie mir und Alemann, in besten Händen. Du, mein Mädchen, bist einfach reif fürs Brautbett. Wenn du erst eine junge Frau bist, dann werden dir die ›männlichen Gedanken‹ schon von allein vergehen. Und dein Bräutigam – nun ja, es gab genug turbulente Vorgänge um die Alemanns, aber du bist ja auch ein durchgebranntes Kind, ein beschädigtes Stück, und ob ich dich noch anderwärts unter die Haube kriegen würde, das bleibt dahingestellt. Aber ich denke, das mit Richard Alemann, das wird möglich sein. Nun, da seine Unschuld von mir bewiesen wird.«

Er sah von einem zum anderen, selbstgefällig, ganz und zutiefst davon überzeugt, richtig zu handeln und richtig zu reden. Dass er irgendjemanden im Raum kränken könnte, kam ihm nicht in den Sinn – denn sosehr Regina errötet war, so sehr war Alemann, gleichsam im Gegenzug, blass geworden. – Das »beschädigte Stück«, das gut genug war für seinen Sohn!

Regina kannte ihren Vater zur Genüge, um zu wissen: Er würde seine Meinung nicht mehr ändern, und jeder Einwand würde ihn nur noch mehr in die einmal eingeschlagene Richtung treiben. Sie erhob sich, knickste.

»Erlaubet, das wir uns zurückziehen, Mutter Gesine und ich!« Ohne die fragende Miene der Alemannin zur Kenntnis zu nehmen, raffte sie ihre gemeinsame Handarbeit und verließ mit der Frau den Raum.

»Bis später! Auf eine Partie Karten, Hausfrau!«, rief Jessen jovial hinterher.

»Warum wolltet Ihr gehen? Vielleicht hätten wir doch noch Einfluss nehmen können, wir beide?«, brachte Gesine vor, als sie schließlich im Frauengemach angekommen waren. Die Magd Elsabe rückte die Stühle, brachte kühles Leichtbier aus den Tiefen des Alemann'schen Kellers, zog die Vorhänge zu gegen die Hitze.

Regina schüttelte den Kopf. »Er ist entsetzlich stur«, erwiderte sie. »So etwas hat keinen Zweck. Wenn er sich in eine Sache verbissen hat, bleibt er dabei. Argumente helfen da nichts. Nein, ich habe eine andere Idee – aber sie lässt sich nur ohne Wissen der Männer durchführen. Mir ist da etwas eingefallen. Dieser Wirt, der uns die Tafel brachte, hat erzählt, dass der ›Tolle Michel‹ von einem Landsknechtführer abgestochen wurde, und die Truppe sei hinterher nach einem Gutshof bei Burg aufgebrochen. Also, da treiben sich jene Männer in Waffen herum, die wir so nötig brauchen. Was, wenn ich mich noch einmal in die Mannskleider werfe und versuche, die Rotte gegen Barby anzuwerben? Landsknechte sind Landsknechte, sie kämpfen für den Meistbietenden. Wenn mein Beutel gut gefüllt ist ...«

Gesine starrte die junge Frau an. »Teure Jungfer Regina – aber das ist doch – das ist doch ein Hirngespinst!«

»Aber wieso denn?«

»Habt Ihr nicht schon genug verrückte Abenteuer hinter Euch?«

»Es war alles überhaupt nicht weiter schlimm. Und sagt nicht, ich sei nicht erfolgreich gewesen. Mutter Alemann, helft mir einfach. So, wie Ihr Eurem Sohn geholfen habt. Schließlich war es ja nicht nur ich, die sich in andere Kleidung geworfen hat ...«

Regina hatte sich hingekniet vor der anderen, ihre Arme um deren Hüften geschlungen, und sah bittend zu ihr auf. Frau Gesine betrachtete das schöne, kühne Gesicht der jungen Hamburgerin, den Glanz der hellgrauen Augen, die hohe, edel geformte Stirn, den Mund, sanft wie ein Amorbogen und dennoch entschlossen. Sie seufzte, und dann huschte ein Lächeln über ihre faltigen Züge. »Du meine Güte, was für eine Sohnestochter hol ich mir da ins Haus mit dir, Mädchen! Mein Richard, der wird sein Tun mit dir haben!«

»Und ich mit ihm!«, erwiderte Regina zuversichtlich und schnell und erhob sich. »Also, Ihr helft mir?«

Gesine Alemann hob die Schultern. »Du kannst dich verkleiden, wie du willst. Ich halt dir hier im Haus den Rücken frei, solange es geht – nur: Wenn du heute Abend noch die Stadt verlassen willst, müssen wir uns etwas einfallen lassen. Die Tore schließen beim Vesperläuten.«

Regina nickte. »Ich weiß. Gibt es denn kein geheimes Pförtchen, kein Ausfalltürchen, zu dem irgendwer den Schlüssel hat? Das wäre mir ohnehin lieber, als sichtbarlich zum Tor hinauszumarschieren!«

Die Alemannin seufzte erneut. »Der Einzige, der meines Wissens den Schlüssel zu solchen Türchen hat, ist unser Nachtwächter Erdmann Eippe. Aber der wird sie wohl kaum herausrücken.«

»Und übers Wasser?«

»Bei den Mühlen wird die Elbe nachts mit Ketten abgesperrt. Da kommt kein Boot durch. Freilich, wenn du schwimmen könntest?« Sie war unversehens bei dem spontanen »Du« der Stunde geblieben.

Regina verdrehte die Augen. »Schwimmen? Das nun wirklich nicht. Fechten und reiten und die sieben freien Künste und Latein und ein bisschen Griechisch – aber schwimmen: nein! Außerdem – die Vorstellung, in die nächtliche Elbe zu steigen, würde wohl auch einen perfekten Schwimmer das Gruseln lehren. Ich möchte nicht wissen, was da drin alles treibt!«

»Also bleibt uns nur Eippe. Bloß wie?«

Regina zuckte mit den Achseln. »Ich weiß nicht. Ich weiß nur eins: Ich muss einfach los. Diese Männer denken alle nur an ihren Profit. Wir Weiber müssen andere Wege finden.« Sie erhob sich. »Übrigens, was ist mit Lukas? Ihn würde ich gern mitnehmen.«

»Lukas. Natürlich.« Frau Gesine nickte eifrig. Abgesehen davon, dass sie sich durch den stämmigen Diener wirksamen Schutz für das Mädchen versprach – sie war froh, ihn loszuwerden. Der Hamburger war ihr für einen Subalternen einfach ein Stück zu selbstbewusst.

»Wenn ich nur wüsste …« Regina nagte an der Unterlippe. »Hat dieser Nachtwächter keine Laster? Kann man ihn nicht bestechen?«

»Gerechter Gott, wer hat denn keine Laster? Nur, der alte Erdmann ist ja nun wirklich jenseits von gut und böse. Er würde nie …« Sie brach ab, schlug die Augen nieder. Auch Regina schwieg taktvoll. Natürlich war ihr inzwischen die Freudenhaus-Episode des ehrenfesten Marcus Alemann zu Ohren gekommen, und sie begriff auch, dass Gesine sich einerseits genierte ob dieser Angelegenheit, andererseits aber auch begriff, dass sie damit ihren Eheherrn für eine Weile fest im Griff hatte. Schuldgefühle sind der beste Kitt.

»Ab und an trinkt der Alte mal einen Schoppen im ›Güldenen Löwen‹. Aber nie so, dass er seinen Dienst nicht ausüben könnte.«

»Das hört sich doch gut an. Lukas könnte ihn ja zu einem Gläschen einladen und – habt Ihr nicht einen Mohnsaft oder irgendein anderes gut wirksames Schlafmittel? Wenn es uns gelingt, den Alten vorübergehend außer Gefecht zu setzen und ihm den Schlüssel abzunehmen!«

Die Alemannin atmete tief durch. »Aber das hieße ja, einen städtischen Angestellten in seiner Pflichtausübung zu behindern!«

»Aber, Mutter Gesine!« Regina war aufgesprungen, gestikulierte mit einer Lebhaftigkeit, als wäre sie eine Südländerin, nicht ein kühles Nordlicht. »Noch hat der Wächter ja seinen Dienst nicht angetreten! Noch ist es nicht ganz Nacht! Es dämmert erst! Wie ich meinen Lukas kenne, denke ich, weiß der doch inzwischen hier Bescheid und hat alle notwendigen Bekanntschaften gemacht. Wenn Ihr mir dies oder jenes gebt und ich ihm befehle, den Alten zu einem Schluck vor dem Dienst einzuladen und … Was soll daran falsch sein?«

Gesines Zögern war deutlich. Aber schließlich mochte sie das Mädchen sehr gern, und ging es nicht auch um ihren Sohn?

Sie holte aus dem mit zwei Schlössern gesicherten Wandschrank – das Schlüsselbund trug sie am Gürtel – ein dunkles Fläschchen hervor. Schlafmohn.

»Es ist bitter, er soll einen Süßwein bestellen«, bemerkte sie. »Die Wirkung dauert ihre Zeit. Besser, man versetzt den Saft noch mit einer Prise dieses Pülverchens hier – aber nicht mehr als eine Messerspitze. Eine durchreisender Wundarzt hat es mir mal dagelassen, als Richard klein war und Zahnschmerzen hatte. Ein Wundermittel! Wenn ich mal dieses oder jenes Weh hatte – es half immer. Aber, wie gesagt, Vorsicht damit!« Regina nickte eifrig, mit glänzenden Augen.

»Dann Gott befohlen, meine Tochter!« Sie reckte sich auf die Zehen und küsste die junge Frau auf die Stirn. »Von jetzt an weiß ich nichts und wasche meine Hände in Unschuld. Du hast mich verlassen, um ein paar Vaterunser zu beten und danach zu Bett zu gehen, nicht wahr?«

Regina war draußen wie ein Wirbelwind und rief nach ihrem Lukas. Und als sie so dastand mit den beiden Mixturen in der Hand, kam ihr der Gedanke, dass es vielleicht nicht verkehrt wäre, die Dosis des Wunderpulvers, das in den Mohnsaft geschüttet wurde, doch noch ein bisschen zu erhöhen. Was bedeutet schon eine Messerspitze mehr oder weniger? Sicher ist sicher. Sie machte sich sogleich ans Werk.

»Er schläft wie ein Murmeltier. Heute Nacht wacht der nicht mehr auf. Die gute Stadt Magdeburg muss wohl mal ohne inneren Schutz auskommen. Sie haben ihn in der Schänke auf die Bank gelegt, nachdem er vom Stuhl gekippt war und ich ihn, unterm Vorwand, ihm zu helfen, um sein Schlüsselbund erleichtert hatte«, sagte Lukas ungerührt.

Seine Herrin, bereits wieder in den Männersachen, lachte ungeduldig. Es war inzwischen dunkel. Der Nachtwächter interessierte sie herzlich wenig. »Die gute Stadt Magdeburg wird nicht gerade in dieser Nacht abbrennen. Hast du auch herausgefunden, welcher Schlüssel zu welcher Pforte passt? Nicht dass wir hier ewig suchen müssen!«

Lukas nickte gelassen. »Ich hab ihn in ein Gespräch verwickelt, und der alte Angeber hat mir seine Schlüsselgewalt prahlerisch vor Augen geführt. Seitlich vom Kroekentor gibt es ein Gärtchen, und von da führt die Pforte nach draußen. Kommt, Jungfer Jessen, wenn wir da draußen noch irgendwo Pferde bekommen wollen, müssen wir uns beeilen.«

Regina warf sich den Mantel um. »Das musst du mir nicht sagen. Ich hab nur auf dich gewartet.«

Was der wackere Wendelin Röhrer, seines Zeichens Gastwirt zu Grabow, allerdings vergessen hatte zu erwähnen, als er in Magdeburg eine gewisse Tafel gegen Belohnung überbrachte – sei es, weil er es nicht für wichtig erachtete in dem Zusammenhang, sei es, dass er es einfach vergessen hatte –, das war die Tatsache, dass die Landsknechtrotte, deren Führer den »Tollen Michel« abgeschlachtet hatte, im Dienst der gleichen Person stand wie der Ermordete …

23. KAPITEL

In welchem die Herrin von Alvensleben zu tief ins Glas guckt

Sie waren gewaschen, mit Haferbrei und warmer Milch geatzt, in frische Hemden gesteckt und zu Bett gebracht worden. Die angedrohte mütterliche Tracht Prügel war auf später verschoben worden, aber Andres und Claus waren guten Mutes, dass dergleichen in Vergessenheit geriet. Jetzt lagen sie erst einmal schwitzend unter den dicken, rot karierten Federbetten – aufs Schwitzen hatte Adela trotz sommerlicher Hitze bestanden, als unfehlbares und probates Mittel, vorbeugend gegen jede Art Siechtum und böses Fieber. Dass ihnen der Schweiß in Strömen von den Schläfen lief, hatte sie nicht weiter gestört. Sie schliefen, aufs Äußerste erschöpft, und die Braunböckin war beim zweiten Krug ihres besten Weines, aus den Tiefen des Kellers geholt. Sie hatte bereits einen kleinen Rausch, versicherte Richard Alemann immer wieder ihrer ewigen Dankbarkeit und ließ den Kopf immer häufiger auf die schmale Schulter Ulrich Sendekes sinken, der diese Bürde offenbar gar nicht so ungern erduldete.

»Gott sei gedankt, dass er Euch auf eine so dumme Idee gebracht hat, im Eichenwäldchen spazieren zu gehen – so etwas kann auch nur Städtern einfallen!«, sagte Adela, die Zunge schon ein bisschen schwer, mit entwaffnender Ehrlichkeit. »Bevor die Eicheln herunterfallen, geht in des Wortes wahrstem Sinne keine Sau dorthin, und die letzten Rübenmieten öffnen wir auch erst im Herbst. Auf alles wäre ich gekommen, nur nicht darauf …« Sie schüttelte den Kopf, fuhr sich mit den Händen ins Haar und brachte ihre bereits arg zerzauste Frisur noch mehr durcheinander. »Dieser Barby und sein Henkersknecht! Der ›Ritterengel‹! Nun, über kurz oder lang wird der schließlich aufkreuzen an der Miete, wenigstens Wasser wird er den Knaben ja wohl bringen wollen. Gott, wird der Augen machen, der gottverdammte Schweinehund, wenn er auf meine Männer stößt! Die werden ihm schon ein feines Willkommen entbieten!«

»Was habt Ihr eigentlich vor, Adela? Wollt Ihr ihn gefangen setzen?«, fragte Sendeke. Sein Gesicht war leicht gerötet, und wohl nicht nur vom Wein. Richard entging es nicht, dass die Hand des Adlatus sich irgendwo unter den Röcken der Frau von Alvensleben zu schaffen machte.

»Gefangen setzen, ha! Totschießen sollen sie ihn, dazu hab ich Befehl gegeben! Sobald er auftaucht, die Armbrust gespannt und aus dem Gebüsch heraus drauflosgeschossen. So ein Kroppzeug ist es nicht wert, auf Gottes Erde herumzulaufen.«

»Ein ordentliches Gericht …«, hub Richard an – obwohl ja seine eigenen Erfahrungen mit der Gerichtsbarkeit nicht die besten waren, konnte er den Juristen nicht verleugnen.

»Gericht! Pah! Weg mit Schaden!«

Der junge Alemann seufzte. Er konnte nicht umhin, der Frau bis zu einem gewissen Grade zuzustimmen. Mit den Gerichten war es eben so ein Ding. Man wusste nie, was am Ende dabei herauskam. Vielleicht ja Folter und Tod, aber vielleicht wand so ein Delinquent mit mehr Geld als guten Worten auch seinen Hals aus der Schlinge und setzte zu neuen Untaten an. Andererseits wäre ein Geständnis des Übeltäters, was den Mord an Wulffenstein anging, auch für ihn von Nutzen. Nun gut oder wie auch immer. Blieb ja noch Barby selbst.

»Ich will mich da nicht einmischen«, bemerkte er friedfertig. »Wichtig ist ja nur, dass Barby sich noch eine Zeit lang in dem Glauben wähnt, er habe diese Pfänder, und sich in Sicherheit wiegt. So haben wir Zeit gewonnen und können mit ihm bezüglich der fingierten Verträge in Ruhe verhandeln, bis der Entsatz aus Magdeburg heran ist und wir ihn in die Knie und zu einem Geständnis zwingen.«

»Fingierte Verträge? Geständnis?« Die Braunböckin sah Richard an, als sähe sie ihn das erste Mal. »Wovon redet Ihr eigentlich?«

Der junge Mann runzelte die Brauen. »Wir hatten ausgemacht ...«, setzte er an, aber die Herrin des Korns fuhr ihm in die Rede. »Ja, wir hatten! Aber was geht mich das jetzt noch an? Ich habe meine Kinder wieder. Falls mich dieser Schandkerl nicht mit Brand und Mord überzieht – und dafür werde ich vorsorgen diesmal! –, kann er mir im Mondschein begegnen. Soll er doch in Barby vor Wut in die Teppiche beißen, falls er denn welche hat. Mögen die Magdeburger und die Hamburger ihm auf den Pelz rücken, um ihn zu strafen für seine Anmaßung – mir nur recht. Umso eher hält der Lümmel still. Aber ich habe mit dem ganzen Kram nichts mehr am Schürzenband. In weniger als einer halben Woche beginnt der Drusch, das Abwiegen, das Einsacken. Da hab ich alle Hände voll zu tun. Übrigens war es ja wohl ein bisschen übereilt, so billig an die Hanseaten zu verkaufen. Ja doch, Vertrag ist Vertrag. Aber nächstes Mal kommen die mir nicht wieder so wohlfeil davon. Da geht's an den Meistbietenden.«

Sie nahm einen tiefen Schluck gleich aus der Weinkanne.

Die beiden jungen Männer sahen einander an, und zu Ulrich Sendekes Ehre musste gesagt werden, dass er seine Pfoten unterm Rock der Frau vorgezogen hatte. Richard schnappte nach Luft.

»Aber, Frau von Alvensleben! Habt Ihr es vergessen? Noch immer gelte ich als der Mörder Eures – ich meine, des verstorbenen Kaiserlichen Rats Wulffenstein! Wie soll ich jemals rehabilitiert werden, wenn Barby oder sein Helfershelfer nicht gestehen?«

»Meine Güte«, sagte Adela mit immer schwerer werdender Zunge. »Habt Ihr ein empfindliches Gewissen! Ihr seid frei, was wollt Ihr noch? Geht, wohin Ihr wollt, kehrt Magdeburg und der Hanse den Rücken, und die schöne Person, die sich für Euch in Mannskleider geschmissen hat, wird Euch bestimmt folgen, wohin auch immer. Wenn nicht – ist sie Euer sowieso nicht wert, und es gibt Weiberärsche genug auf der Welt. Teurer Richard, ich bin Euch auf ewig dankbar, aber Eure Rehabilitation« – sie hatte sichtliche Mühe mit dem Wort –, »die interessiert mich einen

Kuhfladen. Für mich ist die Affäre Barby aus und vorbei. Und im Übrigen haben mich die Aufregung des Tages und der Wein müde gemacht. Bringt Ihr mich nach oben in meine Kammer, Ulrich? Ich hab ein bisschen Schlagseite.«

Fassungslos sah Richard zu, wie Sendeke, mit einem verlegen entschuldigenden Achselzucken des Inhalts »Was soll man da machen?«, die üppige Person vom Stuhl hochhievte und mit ihr auf die Treppe zumarschierte. Der Arm, den Adela um die Taille des Adlatus gelegt hatte, war inzwischen ein Stück tiefer gerutscht, der Frauenkörper hing schräg an den Begleiter gelehnt, und der eher schmächtige Ulrich musste ziemlich dagegen halten, um sie die Treppe hochzugeleiten.

Dann ging der Riegel, und im Hause Alvensleben kehrte Stille ein. Richard schien, als würde alles, was an Gesinde vorhanden war, sich irgendwo in der Nähe aufhalten, und zwar mit angehaltenem Atem und auf Zehenspitzen auf etwas wartend.

Es dauerte auch nicht lange, bis sich aus der Kammer der Frau ein Zwiegesang erhob, der an Lautstärke nichts zu wünschen übrig ließ und bei dem Adela eindeutig den führenden und antreibenden Part übernommen hatte. Dazu rappelte und wackelte die Bettstatt da oben, dass die Zimmerdecke erbebte. Richard saß da, vor den Kopf geschlagen. Weniger ob der amourösen Aktivitäten des ungleichen Paars als wegen der schlichten Weigerung der Frau von Alvensleben, weiter mitzuspielen, und er bildete jene Figur, die man »Mecklenburger Wappen« nannte: Er stützte den Kopf auf beide Fäuste. Merkte nicht einmal, dass es überall im Haus lebendig wurde, Geflüster, Gekicher, Geraschel … Merkte nicht, dass die Tür zur Kammer der beiden Knaben ging, denn selbst deren fester Erschöpfungsschlaf hielt dem Toben nicht stand.

Er wurde erst wieder aufgeschreckt von einem mörderischen Geschrei.

Adela Braunböck, mehr als spärlich bekleidet, stand wutentbrannt auf der oberen Diele und versohlte die nackten Hinterteile ihrer Sprösslinge mit dem gleichen Seil, mit dem die Jungen versucht hatten, den Riegel der mütterlichen Kammer vorsichtig aufzuziehen, um ein bisschen dem Treiben zuzuschauen und was fürs Leben zu lernen.

Richard schüttelte sich. Irgendwie hatte er genug von Alvensleben. Er beschloss, sich mit den Knechten der Braunböckin an der Rübenmiete auf die Lauer zu legen. Vielleicht gelang es ihm ja, den Unhold lebendig zu fassen, wenn er die Burschen überredete, nicht so genau zu zielen …

Aber er und die Armbruster der Frau von Alvensleben warteten vergebens. Sie konnten ja nicht wissen, dass der Leichnam des Tollen Michel bereits auf dem Marktplatz zu Grabow, ans Rad geflochten, den Bürgern zur Abschreckung und Befriedigung ihres profunden Rache- und Gerechtigkeitssinns vorgeführt wurde.

24. KAPITEL

In welchem Regina Alemann ins offene Messer rennt, bevor sie sich auf ihr eigenes besinnt

»Ihr wisst, ich nehme kein Blatt vor den Mund, Jungfer Jessen, und deshalb sage ich, es ist sinnlos, durch die Nacht zu irren wie zwei Kater auf Freiersfüßen«, sagte Lukas. »Die Gäule sind grottenschlecht, und wir wissen nicht, wo wir suchen sollen. Lasst uns zusehen, dass wir beizeiten ein Nachtquartier finden in irgendeiner Bauernklitsche, und morgen machen wir weiter. Die Hauptsache ist doch, dass wir raus sind und unterwegs.«

Als altgedientes Faktotum des Hauses Jessen machte Lukas aus seinem Herzen keine Mördergrube. Er hatte klar genug durchblicken lassen, dass er den Plan seiner jungen Herrin für ziemlich fadenscheinig hielt und tollkühn außerdem. Eigentlich setzte er mehr auf den Effekt der Entdeckung. Wenn herauskam, dass die Jungfer Jessen – mal wieder! – ausgerissen war, würde ja vielleicht irgendwer in dieser langweiligen Kommune den Hintern hochbekommen und eine Mannschaft aussenden.

Regina schwieg. »In Burg gibt es einen ganz guten Wirt«, sagte sie dann. »Da hab ich schon mal ein Pferd getauscht. Vielleicht schaffen wir es bis dahin.«

»Oder brechen uns die Beine! Burg – o je, wie weit mag das denn noch sein? Übrigens rate ich ab. Wenn Ihr da ein Pferd getauscht habt und jetzt ohne das betreffende Ross auftaucht, könnte der Wirt ja ziemlich verstimmt sein.«

»Unfug, Lukas. Das ist doch längst zurückgebracht worden.«

»Hm.« Lukas klang nicht sehr überzeugt. Die Gäule stolperten nur so durch die beginnende Nacht. »Jungfer Jessen, hört einen guten Rat von mir. Lasst uns hier irgendwo draußen nächtigen, es ist ja milde. Die Pferde sind nicht trittsicher, das merkt Ihr doch auch, nicht wahr? Und dann – warum sollten wir nicht gleich weiterreiten nach diesem Alvensleben? Schließlich sitzt Euer Verlobter dort, wenn ich die Frau Alemannin recht verstanden habe. Es ist bestimmt das Gescheiteste, wenn Ihr …«

»Wenn du aufhörst zu reden«, unterbrach ihn Regina schroff. »Aber ich denke, so ganz Unrecht hast du nicht. Also gut. Lass uns hier hinter diesem Heureiter unser Nachtlager aufschlagen. Das hat den Vorteil, dass sich die Gäule satt fressen können.«

»Ja, bis der Bauer dahinter kommt«, knurrte Lukas. »Aber egal. Wir machen hier Rast, und morgen mit dem Frühsten geht es zu dieser Bauerntrulle.« Er saß ab, schnallte die Sättel von den Pferden, breitete ihrer beider Mäntel als ein Lager für die junge Frau aus. Stand dann zu keinem Gespräch mehr zur Verfügung, sondern hatte sich auf die andere Seite des Heureiters verzogen.

Regina blickte auf in den bestirnten Himmel. Leicht ums Herz war ihr nicht. Ihr dämmerte, für was Lukas dieses Unterfangen ansah: für eine der typischen Jessen-Eseleien, vergleichbar dem Amoklauf ihres Vaters von Hamburg nach Magdeburg.

Wie sehr ihr getreuer Diener damit Recht hatte, wurde ihr spätestens klar, als sie beim Morgengrauen höchst unsanft geweckt wurde. Jemand stieß ihr etwas Hartes in die Rippen. Gegen das erste Licht blinzelnd, sah sie blankes Eisen vor Augen. Der Ruf nach Lukas erstickte ihr im Hals. Sie setzte sich auf und sah sich umzingelt von Kerlen in Leder und bunt geschlitzten Wämsern, bis an die Zähne bewaffnet, verwegene Federbüsche auf den Baretten.

Regina musste die Landsknechtrotte nicht suchen. Sie war von ihr gefunden worden.

Sie richtete sich auf, versuchte ihre Gedanken zu sammeln. Von Lukas keine Spur. Die beiden Pferde standen friedlich angebunden mit gesenkten Köpfen an der gleichen Stelle wie gestern Abend, also konnte er nicht weit fort sein.

»Was macht dieser Milchbart hier allein? Wartest du auf einen, der dir's besorgt, Schönling?«, klang es nicht gerade ermutigend in ihre Ohren.

Sie setzte ein Lächeln auf, sprang auf die Füße, begann forsch: »Gott zum Gruß, die Herren! Gerade war ich auf der Suche nach solchen, wie ihr es seid. Ich habe vor, eine Truppe in Sold zu nehmen.«

»Er hat vor, eine Truppe in Sold zu nehmen, aha. Und deshalb übernachtet er auf freiem Feld. Wo übrigens ist der zweite Mann?«

»Welcher zweite Mann?«, log Regina. »Ich bin allein unterwegs. Das andere Pferd ist nur als Ersatz gedacht.« Das war eine fadenscheinige Lüge, denn das andere Reittier war vollständig gesattelt, aber offenbar hatten die Männer keine Lust, dem nachzugehen. Der einsame »Schönling« im Heu faszinierte sie zu sehr. Regina redete einfach weiter und machte ihre Stimme so tief und brummig wie möglich. »Bringt mich vor euren Anführer, und ich denke, wir kommen schnell überein, denn ich zahle gut, und hinter mir steht der Hohe Rat der Hansestadt Magdeburg, die euch sicher in ihre Dienste übernehmen wird, wenn ihr diese Aufgabe zur Zufriedenheit erfüllt.«

»Was faselt dieser Bengel bloß?«, knurrte einer der Männer. Trotzdem, Reginas Selbstsicherheit und ihr unerschrockenes Auftreten hatten die Schar nicht unbeeindruckt gelassen.

»Also gut«, ließ sich ein anderer vernehmen. »Führen wir ihn vor den Hauptmann. Er kann ja seinen Sermon da vortragen. Wobei, mit dem Dienst wird das nichts werden, Milchbart. Wir sind nämlich in Lohn und Brot. Beim Grafen Barby.«

Regina vergaß beinah, ihre Stimme zu verstellen, als sie langsam wiederholte: »Beim Grafen Barby?« Ihr war eiskalt geworden. In ihrem Kopf wirbelten die Gedanken durcheinander, verrückten sich die verschiedenen Teilchen ihrer Erinnerung, ergaben kein eindeutiges Bild. Also war dieser Hauptmann auch schon von Barby ausgeschickt worden, um die Nachricht vom vermeintlichen Tod des Grafen in die Welt zu setzen.

Wie auch immer: Sie saß in der Klemme. Während sie sich anschickte, mit den Männern gemeinsam aufzubrechen, hielt sie mit gerecktem Hals Ausschau nach Lukas. Aber der war nirgends zu sehen.

Die Landsknechte requirierten – sicher ohne langes Nachfragen beim Bauern – Heu von dem Haufen, der Regina als Nachtlager gedient hatte, und zogen dann los, die beiden Pferde am Leitseil, die junge Frau in der Mitte, in einer Position, die der eines Gefangenen ähnlicher sah denn der eines Gastes. Ihr Ziel war ein nahe gelegenes Bauerngut, das Lukas und die junge Frau in der Nacht einfach nicht bemerkt hatten – sonst wären sie der Rotte schon gestern Abend in die Arme gelaufen.

Regina bemühte sich, den Kopf hochzutragen und Zuversicht auszustrahlen. Immerhin, man hatte ihr die Waffen – das Kurzschwert und den Dolch – gelassen, wohl in der Meinung, dass so ein Knäblein ohnehin nicht zum Kämpfen taugen würde.

Nachdem die Truppe hinter den Mauern des Gehöfts verschwunden war, schälte sich Lukas fluchend und prustend aus dem Heu. Erst war er halb erstickt im Inneren des Heureiters, wo er sich zwischen die drei hölzernen Beine des Gestells gezwängt hatte, dann hatte er gezittert, als die Männer Heubatzen für Heubatzen herausrauften und forttrugen. Die Schicht, die ihn vor einer Entdeckung verbarg, war schon hauchdünn, als die endlich genug hatten. Er hatte alles gehört. Das war ja eine üble Malaise, in der die Jungfer Jessen steckte!

Nun stand er ohne Pferd da, aber das würde er sich zu beschaffen wissen. Und dann nichts wie los, hin nach diesem Alvensleben. Denn hier, das stand fest, konnte er für seine Herrin rein gar nichts tun. Die Lösung musste bei diesem Bräutigam liegen und vielleicht auch bei der Kornfrau.

Das Kopfschütteln über die exzentrischen Abenteuer seiner Herrschaft hatte er sich schon längst abgewöhnt.

Das Gehöft, in das man Regina führte, glich eher einem Heerlager als einem bäuerlichen Anwesen. Piken lehnten an den Wänden oder waren zur Pyramide aufgeschichtet, ungeputzte Brustharnische und Eisenhauben lagen in trauter Nähe zum Misthaufen, die Hühner hatten sich verängstigt in den Stall zurückgezogen, nur der Hahn stand trotzig auf dem Dach und blickte auf das Treiben hinab. Schafe blökten, Leute schrien durcheinander, ein Schwall undefinierbarer Flüssigkeit platschte aus einem Fenster auf eine Schabracke aus Schaffell. Kurz, es war ein Saustall.

Ob es mit Zustimmung der Eigentümer oder ohne sie dazu gemacht worden war, schien irrelevant angesichts der Tatsache, wie die Kerle Knechte und Mägde des Hofes kommandierten, schikanierten und springen ließen. Von den Eigentümern ließ sich niemand sehen.

Regina wurde in eine Diele geführt, in der die Spuren des abendlichen Zechgelages noch manifest waren. Auf dem Tisch, neben umgestürzten Humpen und abgenagten Knochen, standen Schalen mit erkalteter süßer Suppe, um die Fliegen summten. Stühle und Bänke standen kreuz und quer herum im Raum, vor dem ausgebrannten Kamin balgten sich zwei Katzen um einen Fisch. Es roch nach abgestandenem Bier und Erbrochenem. Die junge Frau hielt die Luft an. Ihr wurde fast schlecht.

Ihre Begleiter hatten sie allein gelassen, und Regina überlegte für einen kurzen Moment, ob sie nicht versuchen sollte, sich aus dem Staub zu machen. Aber abgesehen davon, dass die Chancen für eine Flucht schlecht standen – wie würde sie vom Hof kommen? –, ihr Mut und ihr Hochmut waren ungebrochen. Wer war sie denn? Konnten diese stumpfsinnigen Rohlinge es etwa mit ihr aufnehmen, einer Hamburger Patriziertochter? Also ließ sie sich auf einer der Bänke nieder, bemühte sich um eine möglichst lässige Haltung, die Hand am Griff der Waffe, die Beine übereinander geschlagen, und harrte der Dinge, die da kommen sollten.

Sie musste nicht lange warten.

Zwei stiernackige Kerle in bunt geschlitzter Montur, eindeutig besser angezogen als der verwilderte Trupp vom Heuhaufen, gaben ihr zu verstehen, dass sie sich mit ihnen ins obere Stockwerk des Hauses begeben sollte – das zweigeschossige Gebäude war nach dem gleichen Plan erbaut wie Alvensleben –, und führten sie in einen Raum mit einem nach draußen führenden Altan. Offenbar konnten die Besitzer von da aus die Feldarbeiten überwachen.

Scharf gezeichnet wie zwei Schattenrisse vor dem Gegenlicht der Morgensonne, erblickte Regina zwei Gestalten, die sich mit ihrem Frühstück beschäftigten – dem Geruch nach schon am frühen Morgen etwas Gebratenes und Gesottenes, und die Bierhumpen waren groß genug. Gegen das Licht blinzelnd, trat Regina näher, verneigte sich – und erstarrte. Vor ihr saß nicht nur der Hauptmann der Truppe, jener Kerl mit dem kantigen Gesicht, der Adela damals die Nachricht vom »Tod« des Barby gebracht hatte, sondern in voller Lebensgröße, den roten, struppigen Bart fettbeschmiert, eine Hühnerkeule in den Händen, ebenjener Totgesagte, Graf Gero von Barby persönlich.

Regina war gerade wegs in die Höhle des Löwen gerannt.

Der Graf ließ langsam seine Hühnerkeule auf den Zinnteller zurücksinken, wischte sich mit dem Handrücken den Mund und atmete tief aus. Dann sagte er leise: »Ja, wen haben wir denn da?« Und ein breites Grinsen zog seine Wangen auseinander.

Er und der Hauptmann wechselten einen Blick. »Lange nicht gesehen und doch wiedererkannt!«, bemerkte der Capitän höhnisch. Und an seinen Brotgeber gewandt: »Das Bürschchen von Alvensleben, der Bettschatz der Hexe Braunböck!« Barby schniefte: »Der neunmalkluge Wicht, der mich mit einem gezinkten Contract reingelegt hat! Der sich traut, mit einem Mann wie mir Katz und Maus zu spielen! Dir werden wir zeigen, wer von uns beiden die Katze ist und wer die Maus!«

»Der Trottel, der versuchen wollte, mich und meine Männer anzuwerben – wahrscheinlich gegen Euch, Herr Graf!«, ergänzte der Hauptmann mit einem unangenehmen Lachen. Er nestelte an seiner Waffe.

Regina war ein paar Schritte zurückgewichen. Reden, reden, reden!, schoss es ihr durch den Sinn. Nur so konnte sie Zeit gewinnen. Sie schickte ein Stoßgebet zum Himmel: Gott, lass Lukas so schnell wie möglich nach Alvensleben und zu meinem Verlobten gelangen! Mach, dass sie mich rausholen hier! Unterdessen begann sie schon zu plappern, fest in ihrer Rolle, die Hand hochnäsig am Schwertgriff, den Kopf im Nacken, die Stimme tief und männlich. »Ihr seid im Irrtum, Herr Hauptmann, wenn Ihr denkt, ich hätte nicht gewusst, in wessen Diensten Ihr steht – mein Gott, das lag doch für jemanden mit etwas Köpfchen auf der Hand! Nie und nimmer war zu erwarten, dass ein simpler Schreiberling einen gewieften Kämpfer wie den hochgeborenen Grafen« – sie verneigte sich leicht in Richtung Barby – »zur Strecke bringen könnte! Und Ihr, Herr Graf, verzeiht den kleinen Schabernack, den ich mit Euch vollführt habe! Aber Not kennt kein Gebot, wie schon das Sprichwort sagt.«

»Kleinen Schabernack?« Jetzt brüllte Gero von Barby. »Ausgetrickst hast du mich, zum Gespött gemacht vor allen, die diesen verdammten Wisch zu Gesicht bekommen haben!«

»Herr Graf!«, sagte Regina so kaltblütig wie möglich, »Ihr habt nicht gerade ritterlich an Frau Adela gehandelt, und so müsst Ihr Euch nicht wundern, wenn man zurückschlägt – mit Mitteln, die ebenfalls nicht ganz lauter sind. Mord und Erpressung und Entführung – alles nur wegen ein paar Fuder Korn, die man gern preiswert erhalten und teuer verkaufen möchte! Erwägt, ob das lohnt!«

»Halt dein loses Mundwerk, du Schandbube!« Barby war rot angelaufen, und der Landsknechtführer sah erstaunt von einem zum anderen. »Wovon redet dieser junge Spund? Mord? Entführung? Also ich und meine Leute haben damit nichts zu schaffen!«

Wunderbar!, dachte Regina. Ein Lichtblick. Der eine weiß nicht alles vom anderen ... Sie fuhr fort: »Aber, Herr Hauptmann! Wollt Ihr im Ernst behaupten, dass Ihr keine Ahnung davon habt? Euer Brotherr, der Graf, hat die beiden Söhne der Braunböckin verschleppen lassen und droht, sie zu ermorden, falls die Herrin des Korns nicht mit ihm in Contract geht!«

Der Capitän knurrte. »Erstunken und erlogen! Derart Unritterliches ...« Er verstummte. Wie es schien, hatte Regina zumindest ein Körnchen Zweifel in seine treu ergebene Seele gepflanzt. »Dies ist eine ganz normale Fehde. Seit Tagen rede ich dem Grafen zu«, fuhr er fort, mehr für sich, »endlich Feuer an den Weizen dieser unbotmäßigen Hure zu legen, damit sie zu Kreuze kriecht. Aber bis jetzt …«

»Aber, Capitän!« Regina bekam langsam Oberwasser. »Warum sollte der Graf etwas derart Unsinniges tun? Er würde sich doch gleichsam ins eigene Fleisch schneiden, denn jeder Weizenhalm, den er verbrennen lässt, jede Ähre, die in Flammen aufgeht, schmälert den Profit, den er sich erwartet. Da ist es doch viel besser, zur Erpressung zu greifen und ein paar unschuldige Kinder als Pfänder zu nehmen, nicht wahr?«

»Wer soll das denn getan haben?« Der Hauptmann warf seinem Herrn einen misstrauischen Blick zu. »Also von uns keiner!«

»Ich hab noch anderes Volk im Dienst als Euern Raufhaufen, Hauptmann«, sagte Barby unwirsch, »und bin Euch darüber keine Rechenschaft schuldig. Und du«, fuhr er Regina an, »halt endlich dein ungewaschenes Maul, bevor ich es dir stopfen lasse!«

»Das werde ich tun, sobald ich mein Anliegen vorgebracht habe«, erwiderte die junge Frau. Sie hatte sich vorher nichts zurechtgelegt, aber auf einmal war ihr sonnenklar, wie sie weiter vorgehen musste. Es war die einzig mögliche Lösung. »Ich hatte nicht erwartet, Euch hier so in der Nähe vorzufinden. Mein Wunsch, den ich dem Hauptmann unterbreiten wollte, war ohnehin, vor Euer Angesicht gebracht zu werden, denn ich habe im Namen Adela Braunböcks einen Vorschlag zu unterbreiten.«

»Einen Vorschlag? Hm. Ich bin ganz Ohr.«

»Die Herrin des Korns schlägt einen Tausch vor. Ich bin hier, um mich selbst als Geisel anzubieten – im Tausch gegen die beiden Knaben.«

Sie atmete tief durch. So. Nun war es heraus. Mal sehen, was das brachte.

Gero von Barby schluckte. Für einen Moment glotzte er vor sich hin, und man konnte die Gedanken in seinem Kopf förmlich knistern hören. Dann sagte er langsam: »Du redest ziemlichen

Unfug, findest du nicht auch? Warum sollte ich etwas tauschen, wenn ich beides haben kann? Du und deine ›Dame‹, ihr seid noch dümmer als Bohnenstroh. Du bist hier, wunderbar. Dich hab ich zu den Jungs noch als Draufgabe. Prosit, vivat!« Er hob seinen Krug, trank dem Hauptmann zu, aber der gab ihm nicht Bescheid. Täuschte sich Regina? Ihr kam es so vor, als wäre das kantige Gesicht des anderen verändert: misstrauisch und verschlossen.

»Herr Graf«, erwiderte Regina, die auf diesen Einwand gefasst gewesen war, »es ist Euch gewiss nicht zu verdenken – wer weiß schon, was in einem Frauenzimmer vorgeht. Aber lasst Euch gesagt sein: Eine verzweifelte Mutter wird zur Furie, und bei ihr kann man nicht mehr auf Verstand und Einsicht bauen. Die Braunböckin hat gedroht, wenn sie ihre Kinder nicht binnen der nächsten Stunden wiederhat, heute Abend eigenhändig die Schober mit der eingefahrenen Ernte in Brand zu stecken, ehe sie sich von Euch erpressen lässt. Ihr gilt dann alles gleich.«

»Hoho!«, machte der Graf. »Das glaubst du doch selber nicht.« Aber es klang unsicher.

Nein, Regina glaubte das wirklich selber nicht. Wichtig war nur, dass der Graf es – vielleicht – in Erwägung zog. Sie durfte dem Grafen jetzt keine Zeit zur Überlegung geben und fuhr fort: »Zum Zweiten bedenkt: Meine Familie ist nicht unvermögend. Ihr könntet für mich – zusätzlich zu dem Korncontract mit der Herrin von Alvensleben – noch ein saftiges Lösegeld kassieren.«

»Deine Familie?« Der Graf grunzte. »Aus was für einer hochgebornen Sippschaft stammst du denn ab, Bürschlein?«

Regina lächelte hochmütig. »Ich bin verwandt mit dem Hamburger Patrizier Oswald Jessen, einem der reichsten Männer der Hansestadt.«

Gero von Barby stutzte, dann brüllte er vor Lachen. »Capitän, hört Euch das an! So also hängt das alles zusammen! Das Bürschlein ist ein Emissär der Hamburger, wollte durch seine Liebesdienste der Braunböckin den geschäftlichen Zuschlag abschmeicheln! Na, da sind die Herren Pfeffersäcke ja fein hereingefallen!

Ich denke, Milchbart, dein Vorschlag gefällt mir. Gut, ich werde Befehl geben, dass die Bälger freigelassen werden.«

»Wo sind sie?«, fragte Regina schnell. »Hier auf dem Gehöft?«

»Natürlich nicht, Herr Neunmalklug. Die sind gut verborgen. Allerdings habe ich ihren Bewacher schon ein paar Tage nicht gesehen. Hauptmann, schickt doch jemanden aus nach Grabow. Beim Wirt an der Ihle-Furt, so ließ er verlauten, will er Quartier beziehen. Er soll die Bälger in drei Teufels Namen loslassen.«

»Wie erkennt der Bote diesen Mann?«, fragte der Hauptmann steif.

Barby grunzte wieder. »Immer allein. Sehr still. Trägt einen Panzer. Kann lesen und schreiben. Ein Kerl, schön wie ein Erzengel, nicht so ein Weichling wie dieser Pfeffersack-Agnat hier. Aber Vorsicht. Der ist schnell mit der Klinge.«

Der Hauptmann hatte sich erhoben. Er war weiß wie die Wand. »In der Gambrinus-Schenke an der Ihle-Furt?«, murmelte er mit weit aufgerissenen Augen. »Gütiger Himmel! Der ist mir gestern frech gekommen. Den hab ich im Zweikampf erschlagen.«

Der Graf war wirklich nicht der Schnellste. Er verzog seine Lippen zu einem verächtlichen Grinsen. »Wenn es ein ehrlicher Kampf war – der Bursche war zwar brauchbar, aber ein Schurke vor dem Herrn und …« Er unterbrach sich. »Verdammt auch.«

»Heißt das, niemand als dieser Kerl wusste, wo die Kinder versteckt sind?«, hakte Regina nach. Vor Schreck hatte sie vergessen, ihre Stimme zu verstellen. Aber da achtete im Augenblick auch niemand drauf. Barby nickte wie betäubt.

»Die Kinder sind also mindestens vierundzwanzig Stunden ohne Nahrung und Getränk?«

Barby versuchte ein Grinsen. »Solche Brut, die hält das schon aus.«

»Und was, wenn keiner sie findet? Wenn sie verhungern und verdursten?«

In die Stille hinein sagte der Hauptmann hart: »Meine Rotte und ich, wir sind keine Duckmäuser und bereit, unsere Waffen an den Meistbietenden zu verkaufen, und wenn's um Weiber und Wein und Raufereien geht, da sind wir sicher nicht die Feinsten. Aber das da – Herr Graf, wenn die Kleinen durch Eure Schuld umkommen, dann gnade Gott Eurer Seele. Und meine Männer und ich, wir sind des Dienstes bei Euch quitt. Und zwar sofort. Zahlt uns aus, wenn's denn recht ist.«

Gero von Barby sah dem Abzug seiner gedungenen Mannschaft mit einer Art dumpfer Betäubung zu, da oben auf dem Altan des Gehöfts, im Licht der Vormittagssonne. Dass der Humpen, den er in der Hand hielt, leer war, schien er gar nicht zu bemerken.

Regina saß am Tisch, auf dem Platz, den zuvor der Hauptmann eingenommen hatte. Sie aß und trank. Wenngleich sie innerlich zitterte, wie dies Wagnis wohl ausgehen würde – die Erregung hatte ihr Hunger gemacht, und es gab keinen Grund, warum sie die sicher schwierigen nächsten Stunden nüchtern überstehen sollte. Allerdings, wenn sie an die Kinder dachte, blieb ihr fast der Bissen im Hals stecken. Die Zeit drängte! Ob Lukas schon in Alvensleben angekommen war? Oder ob er und ihr Verlobter schon unterwegs waren hierher? Sie musste sich in Geduld fassen.

Barby war mit ihr allein. Er hatte zwar die Tür verschlossen und den Schlüssel in seine Tasche gesteckt, und ihr Kurzschwert hatte er mit einer energisch-verächtlichen Handbewegung angefordert und seitlich auf das Bord geworfen, aber war Gott sei Dank nicht auf die Idee gekommen, sie zu durchsuchen. Unvorstellbar, was das bedeutet hätte. So war sie immerhin noch im Besitz des Dolches, und das gab ihr ein gewisses Gefühl der Sicherheit.

Mit langem Hals versuchte sie ebenfalls, an Barby vorbei nach draußen zu spähen, ob irgendwo am Horizont vielleicht eine kleine berittene Schar auftauchen würde, ausgesandt zu ihrer Rettung. Aber da hinten flimmerte nur die Sommerhitze und ließ Land und Himmel miteinander verschwimmen.

Regina schöpfte tief Atem. »Um Gottes willen, Graf, bedenkt Eure Lage!«, begann sie, leise, beschwörend. »Die angeheuerten Truppen seid Ihr los, der gedungene Mörder ist tot. Wer soll Euch nun beistehen? In weniger Zeit, als eine Messe dauert, wird der Hauptmann, davon bin ich überzeugt, in Alvensleben sein, um die Sache aufzuklären und sich reinzuwaschen von der Blutschuld an diesen Kindern. Was soll um Himmels willen geschehen? Gebt auf, einigt Euch mit der Frau, gesteht ein, dass Ihr den Rat Wulffenstein genauso habt umbringen lassen wie seine armen Knaben irgendwo dem Verschmachten ausgesetzt – und Ihr rettet zumindest Eure Seele vor den Feuern der Hölle, auch wenn man Euch verurteilen wird.«

Barby krächzte: »An dir ist ein Bußprediger verloren gegangen! Lass mich in Ruhe, Bürschchen! Was soll mir schon passieren? Ich bin Reichsgraf, und für mich ist nur das Hochnotpeinliche Gericht des kaiserlichen Hofs zuständig!«

»Wieso meint Ihr, dass die Majestät nichts unternehmen wird, den Mord an einem ihrer Räte zu sühnen?«

Regina war aufgestanden und auf den Altan neben den Mann getreten.

»Verschwinde! Lass mich in Ruhe, oder ich kippe dich von hier in die Tiefe!«

»Besser wäre, Ihr würdet mich freilassen. Dann könnten wir gemeinsam nach dem Versteck der Knaben suchen und Eure Schuld vermindern.«

»Den Teufel werde ich tun, du Klugscheißer!«

Reginas Augen hatten unterdessen unermüdlich den Horizont abgesucht. War da links hinten, wo sie Alvensleben vermutete, nicht eine kleine Staubwolke sichtbar, ein Punkt im Dunst des Horizonts? Und auf der anderen Seite – ballte sich da nicht auch etwas Dunkles zusammen? Ihr Herz tat einen Sprung. Sie kniff die Lider zusammen, um besser sehen zu können, stützte sich mit beiden Händen ab und beugte sich weit über die Brüstung. Sie war jetzt dem Mann sehr nahe, hörte, wie er neben ihr »Gottes Tod!« zwischen den Zähnen hervorknirschte, wandte sich erschrocken um und sah, dass seine Blicke gar nicht auf den Horizont gerichtet waren, sondern an ihr hängen blieben.

Erst, als er die Hände nach ihr ausstreckte, wurde ihr klar, dass sie, indem sie sich neben ihm vorbeugte, mehr von sich enthüllt hatte, als gut war.

Barby brüllte: »Gott verflucht! Ein Weib! Eine Weibsschlampe versucht mich hier reinzulegen! Das sieht der Hure Alvensleben ähnlich, diesem halben Kerl, dass sie sich's von einem Frauenzimmer machen lässt! Aber wart's mal ab, du patrizisches Luder – falls du mir das nicht auch noch vorgelogen hast! –, wart's mal ab, wie ein richtiger Mann zufasst!«

Regina versuchte sich zu wehren – vergeblich. Gegen den brutalen Zugriff Barbys hatte sie keine Chance. Seine Pranken fetzten ihr das lederne Wams vom Leibe, und das Hemd ging gleich mit in Fetzen. Er packte sie an den Oberarmen und begann sie in den Raum zu zerren. Regina sperrte sich, sie schrie, trat, spuckte. Schließlich gelang es ihr, sich vorzubeugen und Barby in die Hand zu beißen. Für einen Augenblick ließ der Mann locker, und mit mehr Glück als Geschicklichkeit gelang es Regina, an ihren Dolch zu kommen. Das Eisen blitzte vor Barbys Augen, und er fuhr zurück.

Keuchend wie ein gehetztes Tier, stand er da und maß das Mädchen mit den Augen, während es mit federnden Knien, die Waffe vorgehalten, in Verteidigungsstellung ging. Aber der Graf gehörte nicht zu denen, die sich von einer Frau einschüchtern ließen, sei es nun mit oder ohne Dolch. Er knurrte vor Wut: »Mach dich nicht lächerlich, Flittchen!«

Ein, zwei Täuschungsmanöver, die Regina zu Ausfällen zwangen. Dann senkte Barby den Kopf und rannte wie ein gehörnter Stier auf sie zu, rammte ihr den Schädel in die Magengrube, ungeachtet dessen, dass er einen Stich in die Schulter abbekam. Das Mädchen rang nach Luft, krümmte sich vor Schmerz, und aus ihrer Hand fiel das Dolchmesser klirrend zu Boden. Barby schleuderte die Klinge mit einem Fußtritt beiseite, er hatte Regina mit beiden Armen um die Hüfte gepackt und hob sie hoch. Seine

Arme kamen ihr vor wie eine Schraubzwinge. Schreiend begann sie mit beiden Fäusten auf den rötlich behaarten Nacken des Mannes einzutrommeln, zappelte mit den Beinen und versetzte ihm schließlich, mehr aus Zufall denn gezielt, mit dem Fuß einen Schwinger zwischen die Beine.

Der Graf jaulte auf. Er stolperte, taumelte blindlings nach vorn gegen die Brüstung, presste die Frau in seinen Armen dagegen. Regina hörte das Krachen und Splittern des Holzes, sie glaubte, ihr Rückgrat würde brechen an der Balustrade, die sich schmerzhaft in ihre Rippen bohrte.

Mein Gott, gib, dass es kein Trugbild war, was ich da am Horizont gesehen habe, flehte sie. Mach, dass ich aus den Fängen dieses Unholds gerettet werde ... Dann wurde ihr schwarz vor Augen, und eine wohltätige Ohnmacht umnebelte ihre Sinne.

25. KAPITEL

In welchem Rettung in letzter Sekunde erfolgt, wie es sich gehört

Als Lukas auf einem von der Weide weg »ausgeliehenen« Gaul staubbedeckt in Alvensleben eintraf, kam Richard Alemann gerade zurück von dem Inspektionsgang, den er an diesem Morgen noch einmal zur leeren Rübenmiete unternommen hatte. Eigentlich war ihm seit gestern schon klar, dass sich niemand von Barbys Leuten und schon gar kein »Engelritter« bei der Grube einfinden würde, dass, hätte er die Kinder nicht durch Zufall entdeckt, die beiden elendig umgekommen wären. Zorn im Herzen, bog er in die Lindenallee ein – und traf Lukas.

Dass sich Regina in Gefahr befand, begriff er sofort. Alles andere würde ihm der Jessen'sche Diener dann auf ihrem Ritt zu jenem einsamen Bauernhof erklären, zu dem man die junge Frau verschleppt hatte.

Richard hatte von Adela mit solcher Entschiedenheit bewaffneten Geleitschutz verlangt – schließlich hatte er das Leben ihrer Kinder gerettet! –, dass die Herrin des Korns nicht umhinkonnte, alles, was eine Pike tragen und sich auf einem Pferd halten konnte, zusammenzutrommeln.

Adela zog ein Gesicht. »Mitten in der Ernte! Wir fahren die ersten Garben ein, und übermorgen will ich mit dem Drusch beginnen! Was, wenn das Wetter umschlägt? Es geht um jede Stunde!«

»Es geht um das Leben der Person, die Euch mit List und Geschick davor bewahrt hat, einen erpresserischen Knebelcontract einzugehen, und gegen den Mann, der Euch Eures Geliebten beraubt und Eure Kinder ermorden wollte! Und Ihr denkt an den Drusch?!«

Die Braunböckin verstummte. Sie verzichtete auf weitere Einwände und bemerkte nur halblaut: »Aber beeilt Euch!«

Das musste sie Richard nicht zweimal sagen.

Alemann galoppierte durch das Hoftor des Albrechtsgutes, als wenn ihm der Teufel auf den Fersen wäre. Er hatte das schnellste Pferd aus dem Stall der Braunböckin und ließ Lukas mit dem Rest der Männer hinter sich. Als er zwischen auseinander stiebendem Federvieh und quiekenden Schweinen anhielt und aus dem Sattel sprang, wähnte er zunächst, sich im Gehöft geirrt zu haben. Hier gab es kein Landsknechtlager, der Hof schien verödet. Dann entdeckte er ein paar Knechte und Mägde, die sich ängstlich in den Ecken und an den Stalltüren herumdrückten.

»Wo ist ...«, hub er an, unterbrach sich aber sofort wieder, denn von drinnen, von oben hörte er Gepolter, Gebrüll, dann die gellenden Schreie einer weiblichen Stimme. Richard zog blank und stürzte ins Haus, die Treppe hoch.

Die Tür war verschlossen. Der junge Mann nahm Anlauf und rannte mit der Schulter dagegen. Einmal, zweimal, dann splitterte das Holz, gaben die Bohlen nach. Richard zwängte sich durch die Bresche nach innen – und erstarrte. Auf dem Altan sah er seine Braut, in Hosen, den Oberkörper halb entblößt, im Handgemenge mit einem rothaarigen, ungeschlachten Mannsbild. Der Kerl hatte sie hochgehoben, sie wehrte sich und zappelte. Und dann krachten beide Kämpfenden gegen die Brüstung, das Mädchen zuunterst. Das Geländer gab nach.

Richard schrie auf, was den Angreifer veranlasste, für einen Moment von Regina abzulassen und sich halb umzudrehen. Der junge Mann zögerte keinen Augenblick, rannte, die Klinge in der Hand, auf den anderen zu.

Graf Barby war ohne Waffen und jetzt gerade auf alles andere eingerichtet denn auf einen Kampf. Er wollte dieses Weib, dessen Widerstand gerade nachgelassen hatte, wollte es mit aller Wut und Kraft, die in ihm waren. Regina war neben ihm ohnmächtig zusammengerutscht, lag in den Trümmern der zerbrochenen Balustrade. Er hielt den Körper am Arm fest, wie ein Tier, das seine Beute nicht loslassen will, und starrte den Angreifer böse an.

»Lass die Frau in Ruhe und wehr dich, du Schurke!«, schrie Richard. Barby schüttelte, gleichsam verwundert über die Störung, den Kopf. Was wollte dieser Mensch von ihm? Immerhin, da kam einer mit gezogener Waffe auf ihn zu.

Er ließ Reginas Arm los – die würde ihm nicht entgehen – und duckte sich vor dem ersten Angriff des jungen Mannes. Kein erfahrener Kämpfer, das stellte er fest. Sonst wäre er, Barby, schon hinüber gewesen! Mit dem also würde er leichtes Spiel haben. Der Dolch, der dem Mädchen aus der Hand gefallen war, lag zu seinen Füßen. Er bückte sich danach. In diesem Moment fühlte er, wie ihm der Boden entzogen wurde.

Regina, aus ihrer kurzen Bewusstlosigkeit erwacht, hatte seinen Knöchel ergriffen und das Bein in die Höhe gerissen. Barby taumelte, versuchte, sich am angebrochenen Geländer zu halten. Vergeblich. Den Dolch in der Faust, sauste er mit dumpfem Gebrüll nach unten.

»Gut gemacht, Herr Stadtschreiber!«

Richard trat mit zitternden Knien an die Balustrade. Lukas und seine Berittenen standen unten. Zwischen den Hufen ihrer Pferde lag der Körper des Grafen Gero von Barby. Eigentlich war es ja gar nicht so ein tiefer Fall. Aber offenbar war er unglücklich aufgekommen …

»Ist er tot?«, fragte Richard ungläubig.

»Mausetot«, bestätigte Lukas in aller Seelenruhe.

»Eigentlich hab ich ja gar nichts gemacht«, murmelte der junge Alemann vor sich hin. »Dumme Sache, das. Jetzt, wo wir ihn bestimmt vor ein Gericht gekriegt hätten wegen versuchter Notzucht!«

Er bückte sich zu seiner Braut hinab. Die sah zu ihm auf und versuchte ein Lächeln. Vor lauter Verwirrung dachte sie nicht daran, ihre Brüste mit dem zerfetzten Hemd zu verhüllen – und Richard wäre der Letzte gewesen, sie darauf hinzuweisen.

Die Entsatztruppe aus Magdeburg traf am Abend in Alvensleben ein. Es war erstaunlich, in welchem Tempo ein Hamburger Senator in der Lage war, Bewaffnete aus dem Boden zu stampfen, selbst wenn angeblich kein einziges Kontingent vorhanden war – man musste nur seine Tochter allein und in Männerkleidern vorwegschicken. Der biedere Atzdorn selbst leitete die Truppe und war denn doch ungeheuer froh, nicht in Kampfhandlungen eintreten zu müssen.

Die Herrin des Korns war gerade dabei, die Männer zu bewirten – darin ließ sie sich nicht lumpen –, als der Senator selbst eintraf, knallrot im Gesicht, mal wieder dem Schlaganfall nah, erschöpft, aber bei weitem nicht so erschöpft wie das Pferd, das zweite, das ihn hierher geschleppt hatte.

Seine Tochter kam ihm in von der Bäuerin geliehenen Sachen entgegen – Röcke, eigentlich zu kurz für die hoch gewachsene Patriziertochter, Mieder, das sie nicht ganz ausfüllen konnte, Hemd, das ihr von den Schultern rutschte –, aber trotz aller Unzulänglichkeiten in der Pracht ihres aufgelösten Haars jeder Zoll eine Schönheit und das Gesicht rosig überhaucht in Anbetracht ihres Bräutigams, mit dem sie Hand in Hand erschien.

Oswald Jessen hob die Augen gen Himmel. »Bevor du noch weitere Kapriolen schlägst, Deern – du musst heiraten, und so schnell wie möglich, damit dir die Flausen aus dem Kopf gehen.«

Regina quittierte das väterliche Verdikt mit einem Lächeln. »Wenn die Alemanns einverstanden sind, zu Erntedank?«, schlug sie vor. »Dann hat die Frau von Alvensleben ihre Ernte in den Scheuern und kann als Brautmuhme mitwirken.«

Nicht dass Letzteres Jessen sonderlich behagt hätte. Aber im Augenblick stimmte er allem zu. Weiberwirtschaft. Dagegen war kein Kraut gewachsen. Nur aus dem Haus mit dem Mädchen.

Die Braunböckin hatte zuvor Reginas Prellungen und Schürfwunden eigenhändig und höchst sachgemäß mit einem Kräuterabsud behandelt.

»Wie geht es Euren Söhnen, Frau Adela?«, hatte sich das Mädchen besorgt erkundigt und bündige Antwort erhalten: »So gut, dass sie schon das erste Mal wieder Dresche bezogen haben.«

Regina lächelte. Sie lächelte auch jetzt – eine Braut, deren Hochzeit nahe bevorstand. Und wenn sie noch Schmerzen hatte – sie zeigte es nicht. Das Einzige war, dass sie sich zur Mittagszeit zu einer kurzen Ruhe zurückzog. Vorher bat sie ihren Vater, möglichst bald die Zofe Margrete aus Hamburg herbeizurufen. Ihr fehlten der Komfort und das Geschwätz. Jessen sagte alles zu.

Die Herren, also der Brautvater, der Bräutigam und der Adlatus Sendeke, indessen setzten sich zu klärendem Männergespräch beim Bier zusammen.

Nun, da jeder das, was er über Barby und seine Helfershelfer wusste, beitragen konnte, ergab sich das Bild in aller Deutlichkeit.

Richard seufzte. »Ewig schade, dass er tot ist! Wir hätten alle Beweise gehabt, dass er der Drahtzieher dieser ganzen Crimina war! Man hätte ihn aufs Rad geflochten!«

Sendeke schüttelte, mild gesonnen, den Kopf. »Mein ist die Rache, spricht Gott der Herr! Werter Herr Stadtschreiber, was wollt Ihr? Eure Unschuld ist erwiesen, auch ohne dass Barby vors Halsgericht kommt – und seid Ihr wirklich so sicher, dass ein kaiserlicher Gerichtshof nicht irgendeine Masche gefunden hätte, durch die ein Graf schlüpfen kann? Nun ist er aus dem Weg, kann keinem mehr etwas antun, den Erzbösewicht Michael hat's auch erwischt, sie beide schmoren in der Hölle. Fiuat justitia, pereat mundus, heißt es zwar – aber vielleicht hat die Welt noch gute Gelegenheit, ein bisschen weiterzubestehen, auch wenn nicht überall menschliche Gerichtsbarkeit zum Zuge kommt.« Er strich sich über sein schütteres Bärtchen. »Und nun, Herr Senator, zu Euch. Wie Ihr wohl wisset, habe ich Euch mehr denn ein Jahrzehnt, wie ich mir schmeichle, in Treue gedient. Jetzt gebt mir Erlaubnis, aus Eurem Dienst zu scheiden. Andre Arbeiten warten auf mich.«

Jessen blieb der Mund offen stehen. »Was meint Ihr, Sendeke? Seid Ihr unzufrieden bei mir? Euer Salär …«

»Es hat nichts mit dem Salär zu tun, Herr Senator«, beeilte sich der Adlatus zu versichern. »Es bieten sich mir nur andere Lebensumstände und andere Aufgaben. Und kurz und gut, ich habe vor, der Frau Braunböck als Kassenwart und Vermögensverwalter zur Seite zu stehen.«

»Das ist ein Stück aus dem ...« Jessen, an dessen Stirn gerade die Zornader zu pochen begann, spürte unterm Tisch den Fuß des Eidams in spe, holte Luft, dachte kurz nach und sagte dann: »Das ist ein Stück aus dem Leben, das mich sehr überrascht. Ich hatte eigentlich gedacht, Ihr würdet in Lohn und Brot bei mir alt werden.«

»Nun, Herr Senator«, erwiderte Ulrich Sendeke mit einem feinen Lächeln, »seid versichert, das ich die Interessen des Hauses Jessen auch hier zu wahren verstehe, bestimmt besser als andere Verwalter – in den angemessenen Relationen, versteht sich.«

»Und falls Ihr einmal das Bedürfnis haben solltet, Euch aufs Neue zu – hm – zu verändern, ein Platz in meinem Kontor soll Euch immer offen bleiben. Wir handeln die Einzelheiten Eures Ausstiegs dann noch aus.« Jessen wischte sich den Schweiß von der Stirn. Er war sehr zufrieden mit sich und seiner Selbstbeherrschung, und Richard grinste in sich hinein.

In die einvernehmliche Männerrunde platzte die Herrin des Hauses und ließ sich ohne viel Umstände mit am Tisch nieder, in der Nähe Sendekes. »Wie ich sehe, sind alle zufrieden!«, begann sie grinsend. »Ich bin es auch, jedenfalls in vieler Hinsicht. Die Turbulenzen dieses Sommers haben mir gereicht. Aber ich sage Euch offen, Herren, dass ich mich mit den Conditiones, die ich dieses Jahr, der Not gehorchend, eingegangen bin, nur per Anno einverstanden erkläre. Im nächsten Jahr wird der Kornpreis neu verhandelt, und es erhält, wie immer, der Meistbietende den Zuschlag.«

Richard zuckte die Achseln. »Ich bin kein Kaufmann. Aber ich könnte mir denken, dass dergleichen meiner Vaterstadt nicht besonders zusagen würde.« Ulrich hielt den Kopf gesenkt, und Jessen maß seinen künftigen Schwiegersohn mit nachdenklichem Blick.

»Die Zukunft könnte durchaus nicht nur Concordia sein zwischen den beiden Hanse-Schwestern Hamburg und Magdeburg«, sagte er sachlich. »Aber das soll mich nicht davon abhalten, getane Abmachungen auch zu besiegeln. Regina wird nach Erntedank eine Magdeburgerin sein. Vielleicht werden wir uns nicht so häufig besuchen können, wie uns lieb wäre.«

EPILOG

In welchem sich posthum noch eine weitere Leiche anfindet

Da die Schicklichkeit es nicht zuließ, dass eine Braut vor der Hochzeit bereits im Hause des Bräutigams wohnte, hatte man sie samt ihren Dienstboten, zuvörderst natürlich Margrete, in der Dependence des Klosters Unserer Lieben Frauen einquartiert. Adela hatte ihre Gastfreundschaft offeriert, aber eingedenk der lautstarken Vergnügungen, denen sich die Herrin des Korns mit ihrem neuen Verwalter zu jeder erdenklichen Tageszeit widmete, hatte Richard höflich dankend in Reginas Namen abgelehnt. Er bezweifelte, dass dergleichen für die jungfräulichen Ohren seiner Braut geeignet sei.

Von Zeit zu Zeit kam Frau Gesine für eine kurze Visite herüber, aber die Hochzeitsvorbereitungen, das Kochen und Backen, das Brauen und Putzen und Nähen und Sticken und Einkaufen, fraßen ihre und Elsabes Tage auf. Keiner konnte sich inzwischen mehr vorstellen, dass dieses verhuschte, ehrpusslige Frauchen mit den meist demutsvoll niedergeschlagenen Augen die Courage besessen hatte, ihren Sohn aus dem Gefängnis entkommen zu lassen und die Flucht Reginas zu decken. Marcus, ihr Eheliebster, las ihr mehr denn je jeden Wunsch von den Augen ab. Gesine blieb in dem Glauben, dass er weiterhin reumütig seinen Fehltritt in Atzdorns Freudenhaus abdiente. In Wahrheit jedoch war der wackere Schöffe auf den Geschmack gekommen. In den Reizen der schwarzen Kathrine hin und wieder zu versinken war ihm zur Gewohnheit geworden, zumal sie ja, wie er sich vor sich selbst entschuldigte, doch nur eine verjüngte Ausgabe seines lieben Eheweibs war …

Stadtschreiber Richard Alemann besuchte seine Zukünftige jeden Tag, und die beiden wandelten sittsam Hand in Hand durch den Klostergarten, begleitet von der kleinen Margrete. Richard hatte endlich sein Amt angetreten, und von Würde und Bürde der Stellung gebeutelt, hatte er zu Reginas Freude die überschüssigen Pfunde, die er sich im Gefängnis angegessen, wieder abgearbeitet. Liebesgeflüster und Seufzer der Ungeduld gab es genügend. Daneben wurde auch über die Dinge in der Stadt und in der Welt geredet. Eine kaiserliche Untersuchungskommission war im Anrollen, hieß es, um den Mord an Wulffenstein mit allem juristischen Scharfsinn noch einmal zu untersuchen, aber das rührte Alemann wenig. Die Beweise, die vorgelegt werden konnten, waren hieb- und stichfest. Und einen Toten in effigie zu verdammen – was gab es Bequemeres für ein Concilium von Judices!

»Hast du gehört, dass die Stadt sich nach einem neuen Nachtwächter umsehen muss?«, plauderte Richard eines Tages.

»Wieso das? Ist der alte Eippe in den Ruhestand gegangen?«

Der junge Mann schüttelte den Kopf. »Am Abend deiner Flucht hat der Alte sich einen so gründlichen Rausch angetrunken, dass er nicht wieder aufgewacht ist. War nicht Lukas sein letzter Saufkumpan?«

»Ich weiß nicht«, sagte Regina still. Sie blieb einsilbig für den Rest des Besuchs.

Regina und Margrete probierten vorm Spiegel Frauenhauben an, die neusten Modelle aus Flandern, mit Spitzenbesatz und Goldbordüre, sehr reich und sehr vornehm.

Die Braut sah blass und großäugig in den Spiegel, nicht bereit, das Entzücken ihrer kleinen Zofe zu teilen.

»Warum gefallen Euch die schönen Dinger nicht?« Margrete zog einen Flunsch und verstaute die leinenen Gebilde wieder im Kasten. »Jede Frau der Stadt würde sich alle zehn Finger ablecken nach so einem Kopfputz, und Ihr seht drein wie sieben Tage Regenwetter!«

»Ich bin nicht bei der Sache«, erwiderte Regina. Sie drehte sich zu ihrer Dienerin um, griff ihre Hände und flüsterte: »Margrete, ich muss dir etwas sagen. Ist dir eigentlich klar, dass ich zwei Menschen auf dem Gewissen habe?«

Erschrocken entzog sich das Mädchen seiner Herrin. »Was redet Ihr denn da für einen Unsinn, Herrin! Ihr?!«

»Und doch ist es so. Ich habe den Grafen Barby vom Altan gestürzt ...«

»... das war Notwehr! Er wollte Euch an Leib und Leben!«

»Das schon. Aber trotzdem. Als er da unten lag ... Und dann dieser Nachtwächter. Lukas war von mir beauftragt, ihm etwas ins Getränk zu schütten. Ein Schlafmittel. Damit wir an den Schlüssel kommen. Aber ich – ich traute der Sache nicht und dachte, man sollte die Wirkung noch durch ein zweites Remedium verstärken, und hab das dazugemixt.«

Margrete hob die Schultern. »Dieser Nachtwächter war alt und klapprig, woher wollt Ihr wissen, ob der nicht ohnehin an diesem Abend den Geist aufgegeben hätte? Gott ruft die Menschen zu sich, wie es ihm gefällt.«

»Ja, aber ich bin mir nicht sicher, ob es Gott in diesem Fall recht war.«

»Herrin, hört auf, Euch mit solchen Gedanken zu plagen! Geht beichten, betet die Ave Marias, die Euch die Äbtissin auferlegt, und wenn Ihr denn unbedingt wollt, lasst für die beiden Mannsbilder Messen lesen. Kommt, seid heiter, wie es sich für eine Braut gehört!«

Regina seufzte. »Wahrscheinlich hast du Recht. So etwas passiert eben, wenn man sich in Männersachen einmischt. Hast du irgendwo noch diese anderen Hauben, die aus Florenz? Ich denke, die gefallen mir besser.«

Die beiden Frauen wandten sich wieder dem Putztisch zu.

Frank Goyke

Tödliche Überfahrt

Ein Hansekrimi

223 Seiten

ISBN 3-434-52809-1

Lübeck im Jahre 1445: Nach dem Tod seines Vaters Balthazar und den Morden an seinen Lüneburger Freunden ist endlich Ruhe in das Leben von Sebastian Vrocklage eingekehrt. Er hat den Bürgereid der Hansestadt Lübeck geleistet, ist glücklich verheiratet und erfolgreicher Kaufmann mit weitreichenden Handelsbeziehungen. Doch der Schein trügt: Sein Korrespondent in Bergen wird ermordet aufgefunden, Frachtbriefe sind gefälscht. Kurzentschlossen schifft er sich gemeinsam mit seiner Frau Geseke und dem Ritter Ritzerow nach Bergen ein. Die Geschäfte dort erweisen sich als mörderisch …

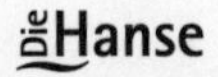

Hartmut Mechtel

Der Tod lauert in Danzig

Ein Hansekrimi

214 Seiten

ISBN 3-434-52806-7

Danzig im Jahre 1626: Die mächtige Hansestadt hat sich dem polnischen König widersetzt und erfolgreich ihren reformierten Glauben verteidigt. Valten Went, Wundarzt, ist ein angesehener Bürger. Als der Kaufmann Hans Brüggemann tot in der Mottlau treibt, beauftragt ihn der oberste Richter mit den Untersuchungen: Mord!

Wenige Tage später wird ein toter Holländer aus der Mottlau gefischt. Stehen die Morde in irgendeinem Zusammenhang? Was weiß der Gesandte der Katholischen Liga? Und: welche Rolle spielt die schöne Witwe Madeleine de Marcillac ...?